이해조 신소설 3선

이해조 신소설 3선

초판 1쇄 인쇄	2014년 10월 17일
초판 1쇄 발행	2014년 10월 24일
지은이	이 해 조
엮은이	편 집 부
펴낸이	손 형 국

편집인	선 일 영	편 집	이소현 김아름 이탄석
디자인	이현수 신혜림 김루리 추윤정	제 작	박기성 황동현 구성우
마케팅	김회란 이희정		

펴낸곳	에세이퍼블리싱
출판등록	2004. 12. 1(제2011-77호)
주소	153-786 서울시 금천구 가산디지털 1로 168, 우림라이온스밸리 B동 B113, 114호
홈페이지	www.book.co.kr

전화번호	(02)2026-5777	팩스	(02)2026-5747

ISBN   979-11-85742-29-8 04810   978-89-6023-773-5 04810(SET)

에세이퍼블리싱은 ㈜북랩의 문학 전문 브랜드입니다.

이 도서의 국립중앙도서관 출판예정도서목록(CIP)은 서지정보유통지원시스템 홈페이지(http://seoji.nl.go.kr)
와 국가자료공동목록시스템(http://www.nl.go.kr/kolisnet)에서 이용하실 수 있습니다.
(CIP제어번호: CIP2014029765)

이해조
신소설 3선

편집부 엮음

빈상설
자유종
구마검

일제강점기 한국현대문학 시리즈

028

ESSAY

일러두기

※ 〈일제강점기 한국현대문학 시리즈〉로 출간하는 한국 근현대 작품집은 공유 저작물로 그 작품을 집필하신 저자의 숭고한 의지를 받들어 최대한 원전을 유지하였다.

※ 오기가 확실하거나 현대의 맞춤법에 의거하여 원전의 내용 이해에 문제가 없을 정도의 선에서만 교정하였다.

※ 이 책은 현대의 표기법에 맞춰서 읽기 편하게 띄어쓰기를 하였다.

※ 이 책은 원문을 대부분 살려서 옛글의 맛과 작가의 개성을 느끼도록 글투의 영향이 없는 단어는 현대식 표기법을 따랐다.

※ 한자가 많이 들어간 글의 경우는 의미 전달이 어려운 경우에 한해서 한글 뒤에 한자를 병기하여 그 뜻을 정확히 했다.

※ 이 책은 낙장이나 원전이 글씨가 잘 안 보여서 엮은이가 찾아 볼 수 없는 경우에는 굳이 추정하여 쓰지 않고 원전의 내용을 그대로 살렸다.

※ 중학생 수준의 독자가 이해하기 어려운 단어, 어휘에 대해서는 본문 밑에 일일이 각주를 달아 가독성을 높였다.

들어가는 글

꽃은 처음부터 꽃의 모양을 띠었던 것은 아니다. 처음에는 작은 씨앗이었던 것이 싹을 틔우고 줄기가 자라나 생장의 성숙한 단계에 접어들게 되면 비로소 활짝 꽃 본연의 자태를 드러낸다. 1920~1930년대 한국 문학 중흥기의 문학들이 꽃이라면 이해조의 신소설은 그 씨앗이라 할 수 있다. 형식적으로는 기존 소설들과 대비하여 상투적인 한문구를 최대한 배제하고 대중들이 쉽게 이해할 수 있는 구어체의 문장을 사용하였고, 내용적으로는 자유결혼 찬성, 계급타파, 미신타파, 봉건제도 전반에 대한 비판의 목소리를 담아내어 고전소설에서 근대소설로 넘어가는 단초를 제공하였다는 평가를 받고 있다.

최근 과정을 소홀히 하고 결과만을 추구하는 한국사회에 대한 자성의 목소리가 커지고 있다. 평화상을 제외하고도 16회나 노벨상을 수상한 일본과 달리 우리나라는 단 한 개의 노벨상도 획득하지 못했다는 사실은 우리 사회가 그동안 기초, 그리고 결과를 내는 과정에 얼마나 소홀해 왔는지 알려준다. 이해조의 신소설 또한 그러한 측면에서 재조명되고 그 의의를 해석하는 과정이 필요하다 할 수 있다. 최근 『자유종』 발표 100주년을 맞아 자유종이 연극으로 각색되어 시연되는 등 재평가의 움직임을 보이는 것은 그런 의미에서 퍽 다행스러운 일이 아닐 수 없다. 이 책에는 이해조의 대표적인 신소설 3편을 수록하였다.

2014년 가을
편집부

들어가는 글 / 5

빈상설鬢上雪 / 7
자유종 / 118
구마검驅魔劍 / 152

작가 연보 / 230

빈상설貧上雪

"군밤 사오, 군밤 사오, 설설 끓는 군밤이오. 물으니 덥소. 군밤이오."

서양 목체를 한 허리 뚝 꺾어 만든 밤 집게를 땅에다 툭 던지고 오동빛 같은 검댕 묻은 손으로 머리를 득득 긁으며,

"이런 기가 막힐 일도 있나? 해는 거진 넘어가는데 군밤은 그대로 있으니, 돈이 있어야 쌀을 팔아다가 우리 댁 아씨 저녁 진지를 지어드리지."

주머니를 부시럭부시럭 끄르고 동전 여남은 푼을 내어들고 눈먼 고양이 닭의 알 어르듯 하는데, 울는꽂스로 양복을 말쑥하게 지어 입고 다까뽀시에 불란서 제조 살죽경을 쓰고 흰떡가래만 한 여송연을 반도 채 타지 못한 것을 희떱게[1] 휙 내버리고 종려단장[2]을 오강[3] 사공 노질하듯 휘휘 내두르며 강가 앞에 와 딱 서더니,

"이애, 군밤 사자."

군밤 장수가 깜짝 놀라며 얼풋[4] 일어나 두 손길을 마주 잡고 허리를 굽실하며,

"소인 문안드립니다. 서방님께서 댁으로 행차하시면 소인이 군밤을 갖

---

1) 희떱다: 말이나 행동이 분에 넘치며 실속이 없다.
2) 종려단장: 종려나무로 만든 짧은 지팡이.
3) 오강(五江): 예전에 서울 근처의 중요한 나루가 있던 다섯 군데의 강가 마을. 한강, 용산, 마포, 현호, 서강을 이른다.
4) 얼풋: '얼른'의 사투리.

다드리겠습니다."

양복 입은 자가 두 눈을 딱 걷어붙이며 구두 신은 발길로 밤 벌여놓은 자판을 들입다 차더니,

"이놈, 괘씸한 놈, 네가 언젯적 군밤이냐? 내 돈은 똥이 묻어 못 팔겠느냐? 네가 이 밤을 팔아? 이놈 잘 팔아보아라." 하며 밤을 모판 째 개천에다 처박아버리고 단장으로 휘휘 젓더니 다시 돌아서서 수죄5)를 하는데, 좌수의 죄에 원까지 하등을 맞듯 군밤 장수 죄에 군밤 장수의 상전이 들추거난다.

"이놈, 그때의 버릇을 어디서 배웠느냐? 네 상전이 나를 보거든 그리하라고 가르쳤더냐? 네 상전은 넉넉히 가르치기도 하리라마는 이놈 네가 생심 그리하고 무사할까?"

군밤 장사가 고개를 숙이고 허리를 굽실굽실하며,

"네, 소인이 죽을 때라 잘못하였습니다. 죽여주십시오. 소인의 죄에 소인이나 죽이시지 상전댁에야 천부당만부당하신 분부를 하십니다."

그 대답은 다시 하지도 아니하고 모주 먹은 도야지 벼르듯 하며 가니 군밤 장사가 어이가 없어 덤덤히 섰다가 그 사람이 멀찍이 간 것을 보더니 주먹으로 땅을 치고 혼자 사설을 한다.

"에구, 하나님 맙소사, 보는 데가 있고 위아래 사람 된 법이 있으니까 꿀 먹은 벙어리처럼 지내지마는 남의 못할 노릇을 너무 말으시지. 이 일을 어찌하나? 에구 하나님 맙시사." 하며 깨어진 좌판 조각을 주섬주섬 집어 둘러메더니, 손에 가졌던 돈으로 팥죽을 한 그릇 사서 들고 게딱지만한 쓰러져가는 오막살이 초가집으로 들어가며,

"여보 복단 어머니 거기 있소?"

---

5) 수죄: 범죄 행위를 들추어 열거하는 것.

방문이 툭 열리며,

"그게 누구요? 장 서방이오? 그것은 무엇이오?" 하고 다 떨어진 반물치마에 행주치마를 가뜬하게 두른 여인 하나가 쏙 나오더니,

"여보, 그것은 왜 또 사왔소? 쌀을 팔아오지. 아씨께서 아직 진지도 못 잡수셨는데 딱도 하오."

(장) "나는 쌀을 팔아오고 싶은 생각이 더 있지만 억지로 어찌할 수 있소."

(복) "왜 밤을 못다 팔았소? 돈이 모자라거든 반 되라도 쌀을 팔아왔으면 우리는 못 먹어도 진지한 그릇이나 잦혀 드리지. 에그, 어떻게 하나. 여보, 그 죽은 저기 두었다가 장 서방이나 자시고 돈이 얼마나 있는지 어서 나가 많고 적고 돈대로 팔아오오."

(장) "답답한 말도 하오. 돈이 있고 보면 임자의 말을 기다리고 있겠소?"

(복) "그러면 밤은 하나도 남지 아니하였는데 돈은 다 무엇을 했소? 술을 자셨나 보구려. 여보, 술이 다 무엇이오? 술 먹고 흥청거릴 사람이 다 따로 있지, 우리 처지에 무슨 경황에 술을 자신단 말이오? 상전 부모라니 상전이 굶어 앉으셨는데 마음에 황송하지도 않소? 아씨 가슴을 시원하게 해드릴 수는 없지만 어느 시절이든지 좋은 일이 생기도록 우리가 정성껏 공궤6)를 아니하면 가뜩이나 설움이 산같이 쌓이신 터에 어디다가 마음을 붙이신단 말이오?"

사정 모르는 책망을 한바탕 들으니 상전을 위하여 물불이라도 들어가라면 서슴지 아니할 복단 아비가 열이 벌컥 나서 서방님에게 당한 분풀이까지 한데 엄뜨려서 만만한 계집한테 실컷 하려 든다.

---

6) 공궤: 윗사람에게 음식을 드림.

(장) "누가 술을 먹어? 술 먹는 것 임자 눈깔로 보았소? 아무리 여편네기로 소갈머리 없이 말도 하지. 내가 언제 술을 먹어? 가뜩이나 속에 불덩어리가 부썩부썩 치밀어 올라오는데, 제미붙을[7], 오늘 너 하나 죽이고 나 죽으면 그만이로구나, 이런 때 칼이라도 있으면 내 배를 찌르고 창자를 내어보였으면. 술 먹었나 아니 먹었나 시원히 좀 알게."

(복) "아따, 이러면 몇이나 죽는 줄 아는군. 불은 왜 치밀어. 볼기짝에 화덕 불을 놓았남? 그러면 돈은 다 무엇을 했소?"

(장) "글쎄 돈이 어서 난 돈이야? 서방님이 오시더니 밤을 팔라고 하시기에 가만히 생각한즉 그 양반이 길가에서 군밤 잡수실 터인가? 잡수시고 싶으면 놈이만 내어보내시면 몇 관 어치는 못 사들일라구. 손수 오셨을 리가 나? 벌써 트집을 잡으려고 그리하시는 것이길래, 그래 내가 여쭙기를 댁으로 행차하시면 갖다드리마 하였더니 에구, 나는 처음 보았소. '그 따위 버르장이를 네 상전이 시키더냐? 넉넉히 시키기도 하리라. 시킨다고 네놈이야 그러하지 못하리.' 하시며 부처님 같으신 아씨를 빗대놓고 건넛산 꾸짖기로 불호령을 하시더니 군밤을 송두리째 개천에다 쏟아버리시니, 아따, 법만 없으면 불공설화[8]가 곧 나오겠지만 아씨 한 분을 뵈어 꿀떡꿀떡 참고 온 나를 왜 비위를 건드려."

(복) "에그 너무 말으시지. 우리 생애[9]로 군밤장사를 하더라도 그동안 부려 잡수신 공으로 하여도 밑천이 부족하면 얼마간 대어주셔도 없는 일이 아닐 터인데, 번연히 그 밤을 팔아 돈냥을 벌면 당신 마누라님 조석을 해드리는 줄을 짐작하시면서 그리시더란 말이오. 세상에 우리 아씨

---

7) 제미붙을: 제 어미와 붙을. 심한 욕.
8) 불공설화(不恭說話): 공손하지 아니하게 하는 말.
9) 생애: 생계.

불쌍도 하시지 수백 리 밖에서 그 댁 가중家中에를 누구를 바라고 들어오셨길래 이렇게 구박을 하시누. 못 보시는 데는 왼갖 짓을 다 하다가도 눈앞에서만 알랑알랑하는 평양 안어서10)만 제일로 알으시고 북촌 바닥에 몇 채 아니 되는 고래 등 같은 기와집을 까치 둥우리를 솔갱이가 빼앗듯 하여주시고 정작 소중히 자별하신 우리 아씨는 이 아우라진 셋집 구석으로 내쫓으시고 오히려 부족하여 비부쟁이11)가 군밤을 팔아 진지 해드리는 것까지 훼방을 놓으시더란 말이오? 우리 댁 마님이 아씨를 장중보옥같이 어떻게 귀히 기르셨다고 이 모양으로 박대를 하시누. 아무러나 이 댁에서도 선대감 내외분만 그저 계시면 이런 변이 낳겠소?"

(장) "누가 아니라나, 이 댁 대감 당년 같으면 평양 안어서가 발그림자나 하여보았을 터이오?"

(복) "에그, 우리 댁 영감께서 상소나 아니 하셨더라면 제주로 정배12) 나 아니 가셨을걸, 아씨 설운 사정이나 낱낱이 여쭈시게. 수로로 천리, 육로로 천 리 밖에 가시니 아씨 이 고생 하시는 것 꿈속같이 모르고 계시겠지."

(장) "여보, 영감 계실 때인들 아씨께서 고생을 적게 하셨소마는 편지 왕래에도 그대 말씀은 아니 하셨나 봅디다. 편지 심부름을 내가 일상 했지만, 보시는 소리를 듣든지 영감의 눈치를 뵈어도 그대저대 아무 사색 아니 계십디다."

(복) "그렇고말고, 우리 아씨같이 꼭하신 성품이 또 어디 있나? 에그, 무엇인지 시장하신데 죽이나 갖다드립시다." 하며 왼 손길을 행주치마

---

10) 안어서: 아나서. 정삼품 이하 벼슬아치의 첩.

11) 비부쟁이: 계집종의 지아비를 낮잡아 이르는 말.

12) 정배: 죄인에게 내리는 형벌의 하나. 지방이나 섬으로 보내 일정한 기간 동안 정해진 지역 내에서만 감시를 받으며 생활하게 하는 것.

속에다 쏙 집어넣어 한 편 자락을 접첩하여13) 죽 그릇을 받쳐 들고 중문 안으로 들어간다.

장안만호14) 굴뚝마다 저녁연기가 아니 나는 집이 없어 사산 밑 나무 허리에 푸른 띠를 띤 듯한데, 집집마다 사람의 소리가 화락한 기상이 가득가득 하거늘, 홀로 화개동 마루터기 서향 대문 낸 말같이 작은 이 집은 착박하기가 둘째가라면 설워할 만하건만, 어찌 그리 휑뎅그렁하며, 춥도 덥도 아니한 가을철에 어이 그리 쓸쓸스러운지 적적한 빈 마루에 들락 날락하느니 새끼 달린 제비 그림자뿐이요, 불고 쓴 듯한 부엌에 즉즉 거리느니 귀뚜라미 소리뿐인데, 그 집 안방에 꽃같이 젊은 부인이 옥 같은 흰 손길로 턱을 괴고 뒤뜰로 난 동창 문을 향하고 앉아 서투른 담배를 한 모금 빨고 열 번씩 침을 뱉으며 산천초목이 스러질 듯이 긴 한숨을 쉬고 진주 같은 눈물이 이따금 뚝뚝 떨어지니, 이 부인은 신세를 생각하고 원통할뿐더러 엎친 데 덮친다고 천리절도千里絶島밖에 가신 부모와 동기의 소식이 돈절15)하여 생전에 다시 못 뵈올 듯한 근심과, 사랑하시던 시부모의 향화를 자기 손으로 받들지 못하여 며느리 도리를 다하지 못하니, 천지간에 한 죄인이 되거니 싶은 한탄이 한데 모여 설움이 뼈에 사무치고 창자가 녹는 듯하여 그리하는 것이라. 복단 어미가 상을 앞에다 갖다 놓으며 백 가지로 위로를 하여 죽을 권한다.

(복) "아씨, 어서 잡수십시오, 시장하신데."

(부) "…."

(복) "어서 잡수셔요. 가뜩이나 맛없는 것이 다 불어터집니다."

---

13) 접첩하다: 접어서 포개다.

14) 장안만호: 서울의 아주 많은 집들. 보통 만호장안이라고 썼다.

15) 돈절: 편지나 소식이 딱 끊어짐.

(부) "나는 먹고 싶지 아니하니 자네나 배고픈데 먹게." 하며 눈물만 잦추어 떨어지니, 복단 어미가 가슴이 답답하여 아무쪼록 먹도록 하느라고 벽에 걸린 수건을 내려 눈물을 씻어드리며,

(복) "너무 설워 마십시오. 차차 좋은 때가 있지, 고생인들 일상 하시겠습니까? 차차 서방님도 뉘우치시는 생각이 나시면 긇고 옳은 것을 분간하실 날이 있을 것이요, 적소에 가신 우리 댁 영감께서도 오래지 아니하여 풀려 오셔서 내직 벼슬이나 하시면 좀 좋겠습니까? 이런 일 옛일 삼고 웃음으로 연락할걸요. 어서 고만 진정하십시오. 쇤네가 누구를 바라고 삽니까? 아씨께서 일향¹⁶⁾ 이러시면 쇤네버텀 아편이나 먹고 죽겠습니다. 죽어도 설운 것은 없지만 한 가지 눈 못 감을 것은 귀뚜라미만 한 복단이란 년이올시다. 그년을 부려 잡수시든지 놀리시든지 아씨에서 하실 일이지, 얼토당토아니한 평양 안어서가 무슨 까닭으로 달달 볶아 자시는지, 시시때때로 그년 매 맞고 꼬집히고 우는 양을 보면 진작 뒈지거나 하였으면 좋겠어요." 하며 상전의 우는 것을 만류하느라고 하더니, 제가 차포오졸은 더 보태어 흑흑 느껴가며 운다.

원래 설워 우는 때 곁에 누가 와 만류를 하면 그치려던 울음도 복받쳐 더 나오는 법이라. 이 부인이 처음에 복단 어미가 눈물을 씻겨가며 만류하는 서슬에 멈추었던 눈물이 다시 시작하다가 복단 어미가 사설을 하여가며 울어대는 바람에 울음 문이 탁 막히며, 시집 흥구덕¹⁷⁾이 더 나올까봐 염려가 되어 턱 괴었던 손길로 죽 그릇을 앞으로 다가 놓으며,

(부) "내가 이것을 먹을 것이니 울지 말게. 자네가 변하였나? 그게 무슨 소린가! 복단이가 평양집 드난하는 것인가, 서방님 드난하는 것이지. 내

---

16) 일향: 언제나 한결같이.

17) 흥구덕: 흠구덕의 잘못. 남의 흠을 헐뜯어 험상궂게 말함.

가 아무리 이 고생을 한대도 죽기 전에는 서 씨 댁 사람인즉, 복단이가 나를 따라온 터에 서방님 드난 아니하겠나? 에그, 요란스러워, 그만두게."

(복) "왜요? 복단이가 아씨 교전비¹⁸⁾지, 평양집 교전비오니까? 서방님께서야 뼈가 빠지도록 부려 잡수신대도 아씨가 계신데 제가 무슨 군말을 하겠습니까마는, 정작 아씨는 이 모양으로 고생을 하시게 하고, 그년은 평양 안어서 줄 까닭이 있습니까? 에고 그년, 오늘밤이라도 급살이나 맞아 죽었으면. 이다음에 그년 나오거든 옷을 벗기고 보십시오. 푸릇푸릇하게 멍들지 아니한 데가 없습니다. 툭하면 꼬집어서요."

(부) "제가 잘못했기에 그렇지, 잘해도 그렇겠나? 자식 역성을 하면 못쓴다네."

(복) "쇤네도 장 저더러 이른답니다. 고분고분히 말 잘 들으라고."

한창 이 모양으로 종, 상전이 이야기를 할 때에 금분이가 복단이를 찾으러 나왔다가 창밖에서 엿듣고, 말끝이 날 만하니까 다시 문간으로 자취 없이 나가더니 행랑문 앞에 가 인기척을 하고 방문을 열며,

(금) "복단 아버지 계시오? 복단이 여기 왔습니까? 아씨께서 부르시는데."

복단 아비가 굵고 드러누워 열이 나는 판에,

(장) "아씨가 누구야? 복단이 여기 없네. 아씨, 아씨? 아씨가 누구란 말인구!"

(금) "에그, 우리 댁 평양 아씨 말이오."

(장) "응, 밑도 끝도 없이 아씨라고 하니까 누가 알았나? 평양 안어서 말인가? 왜 복단이를 데리고 계시며 어디로 찾으러 보내야?"

---

18) 교전비: 주로 귀족이나 부유층의 혼례 때에 신부가 데리고 가는 여자 종.

금분이가 속종에 치부를 단단히 하여두고 문을 툭 닫더니 안방으로 들어간다. 안방 문을 사르르 열더니 두 손으로 마루를 짚고 아래턱을 문지방에다 대고 반쯤 엎디어 들여다보며 없는 정이 있는 듯이 눈웃음을 살살 하며,

(금) "아씨, 무엇을 하십쇼? 쇤네 왔습니다. 에그, 진지 잡수시네. 복단네 아주머니도 거기 계시구려."

(부) "금분이냐? 너 어째 왔느냐?"

(금) "쇤네가 아씨를 뵈옵고 싶어서 왔습니다." 하며 복단 어미를 건너다보고,

"복단이 여기 왔소? 불러오라고 하시는데."

복단 어미가 금분이를 보니 평양집 본 듯이 미운 생각이 버럭 나서,

(복) "여보게, 복단이커녕 아무것도 아니 왔네. 오지도 아니 했지마는 왔기로 누가 뜯어먹나?"

(금) "누가 뜯어먹는다고 했소? 불러오라시니까 물어보았지. 복단 어머니는 공연히 남을 볼 적마다 들큰들큰하네."

(복) "세 많은 자네를 누가 감히 들큰대? 자네 앞에는 내 자식 가지고도 말을 못하겠네 그려."

(금) "누가 당신더러 말을 말랬소? 나를 가지고 트집가락을 하니까 말이지. 세는 무슨 세가 많소, 한 반하에서?"

(복) "트집가락이 얻다 쓰는 문자야! 내가 나이로 하여도 자네 어머니 뻘이 지는데."

(금) "어머니 말고 할머니뻘이 되기로 까닭 없이 트집을 잡아도 쇤네 쇤네 하리까?"

(복) "오, 열흘 붉은 꽃이 없고 십 년 가는 세도가 없어! 세 좋아 인심을 얻지."

한참 이 모양으로 다투는데 부인이 시속 편협하고 귀둥대둥[19]하는 사람 같으면 시앗[20]의 종년이 와서 자기 앞에 와 그 모양으로 하면 그년의 머리채라도 휘어잡고, '이년, 네 상전 년이 내 앞에 가 나와 같이 있는 종어멈을 해내라고 시키더냐? 갖은 요악을 다 부려 남편 빼앗고 집, 세간, 종까지 빼앗고 무엇이 부족하여 한편 구석에 쫓겨 와 있는 데까지 네년을 보내어 포달을 피게 하더냐 마더냐?' 하고 금분이 이 뺨 저 뺨을 쥐어박아 시앗의 분풀이를 하려 들런마는, 본래 가정의 학문이 상없지[21] 않고 천성이 유순하여 범절이 덕기德氣가 더럭더럭한 부인이라, 설왕설래說往說來를 하다가 점점 뒤 거친 말이 나올까 염려를 하여 일아개장[22]에 미국 대통령이 구화[23] 담판하듯 평화하도록만 말을 한다.

(부) "이게 무슨 말들이야? 한 댁 문하에 있으면서 누가 세가 있고 누가 세가 없고? 어, 나 많은 사람이나 나 적은 것이나 똑같군, 똑같애. 웃음의 소리로 송사를 간다더니 옛말이 하나 틀릴까! 이 애 금분아, 그만두어라, 복단 어미가 망령이 났나 보다. 젊은이 망령은 몽둥이로 고친다더니, 자네가 젊었다고 할 수는 없지만 망령 나게 늙기야 했나? 어멈, 여보게 참게."

복단 어미가 아씨 말에 어려워하던 말을 뚝 그치고 가슴만 벌떡벌떡하며 있는데, 금분이는 한 가락 더 퍼붓는다.

(금) "여보, 노인네가 그리를 말으시오. 남의 마음 쓰는 것을 모르고 무정지책無情之責을 말으시오. 복단이가 걱정을 듣든지 매를 맞든지 내 동

---

19) 귀둥대둥: 말이나 행동 따위를 되는 대로 아무렇게나 하는 모양.
20) 시앗: 첩.
21) 상없다: 보통의 이치에서 벗어나 막되고 상스럽다.
22) 일아개장: 일본과 러시아의 전쟁.
23) 구화: 교전국이 전쟁을 끝내기 위하여 서로 화의하는 것.

생이나 다름없이 여기고 아무쪼록 덜 듣고 덜 맞도록 싸고돌며 아씨께 여쭐뿐더러, 오늘만 해도 요강 더디 닦았다고 대수롭지 않게 걱정 두어 마디에 대강이 한 번 쥐어박으셨는데, 밥 시작할 때에 나간 아이가 그 밥을 다 먹도록 아니 들어오니 누구는 걱정하시지 아니하시겠소? 내게는 지다위[24]를 아무리 해도 소용없소." 하며 부인을 핼기죽이 돌아다보며,

"아씨, 쇤네 말이 옳지 않습니까? 쇤네 들어갑니다." 하더니 행주치마 자락을 홈쳐 싸잡고 문간으로 나가며 주둥이를 비죽비죽 두어 번 하며,

"흥, 얼마나 기승을 부리나 보자. 제까짓 년커녕 제 상전도 알 배때기 없는데, 밑구멍이 다 웃는군!" 하며 눈깔을 깜작깜작하고 갖은 꾀를 다 생각을 하면서 붉은 고개 모퉁이를 넘어오는데, 발에 무엇이 툭 걸쳐서 엎드러지며,

"에그머니, 척척해라! 이것이 무엇이야? 물큰하는 게 사람 죽은 송장같애. 불이 있어야 좀 보기나 하지. 빌어나 먹을 마누라하고 말씸음 하느라고 어둡는 줄도 몰랐지!" 하며 옷소매를 툭툭 털며 일어나서 검다 쓰다 말이 없이 부리나케 돌아가더니, 소안동 서 판서 집으로 쏙 들어가 바로 안방 문을 향하여 들어가다가, 다시 무슨 생각을 하였는지 돌아서며 행랑방으로 들어가 젖은 옷을 홀딱 벗어 횟대에다 턱 걸치고, 마른 옷을 내려 입고 들창 옆에 걸린 사발 등을 벗기더니 불을 켜들고 다시 대문 밖으로 나선다. 좀체 계집 같으면 캄캄칠야, 으슥한 골목에서 그 광경을 보았으면 어진혼[25]이 거진 빠져 그곳에 주저앉아 버렸을 것이요, 그렇지 않더라도 집에를 왔으면 가슴이 그저 벌떡거려 다시 가볼 생의도 못하련마는, 워낙 담이 동의 덩어리 같아서 벼락이 내린대도 눈도 아니 깜짝거

---

24) 지다위: 자기의 허물을 남에게 덮어씌우는 짓.
25) 어진혼: 착하고 어진 사람이 죽은 영혼.

릴 금분이라. 제 서방이 옆에 행랑에서 지껄이건만 같이 가자 말 한마디 없이 저 혼자 엎드러지던 곳을 찾아가 등 든 손을 번쩍 들고 고개를 수굿 하며 휘휘 둘러보더니,

"에그, 저것이 무엇이야, 참말로 송장일세! 내가 저기 걸려 넘어졌군. 자세 좀 보아야."

금분이가 송장 앞으로 바싹 가서 이리 뒤척 저리 뒤척 하다가 깜짝 소스라치게 놀라며,

"이런 년 보게, 이년이 웬 곡절인가! 정녕 저 우물에 빠져 죽은 모양인데, 어째 여기 나와 있나? 옳지, 물에 빠진 사람이 죽을 때는 기어 나와 죽는다더니 그 말이로군."

배때기를 발길로 지근지근 눌러보더니,

"이것 보아, 아가리로 물을 한없이 쏟네, 그렇지만 쓸데없는걸! 어느 때 이 지경을 했는지 벌써 사지가 모두 뻣뻣하고 발딱거리는 숨기운도 없으니 할 수 있나?" 하며 어느 틈에서 고런 얕은꾀는 쏙 나오는지 담 밑에 있는 헌 짚신짝을 얼른 집어서 우물 발치에 있는 개천 흙을 묻혀다가 송장의 눈, 코가 보이지 않도록 들문지르고 돌아오며 혼잣말이라,

'흥, 남 잡이 제 잡이라더니, 그 말이 똑 옳군!

나를 못 먹겠다고 으르렁거리더니 제 딸이 먼저 뒈졌군. 그까짓 년 열 뒈져도 사람이 동날 것은 아니지만, 이런 말이 나고 보면 우리 아씨 흠구덕이 나겠지! 딴은 그년이 무쇠라도 녹일 터이야. 매도 한두 번을 맞아야지, 오늘만 하니 그렇게 할 것 무엇 있나? 요강을 닦으라고는 열 번 스무 번 잔심부름을 시켜놓으니 저절로 좀 늦게 닦았는데,

느물느물하기가 어디 양반 부인 같으니, 양반이 부리던 종 작은아씨니까 거만해서 그러니 하며 능구리 감아놓은 듯이 두드러주니, 내라도 그 지경이면 죽을 생각밖에 아니 날 터이야. 에그, 아무렇든지 우리 아씨야

말로 평양서 뭇 서방질할 때보다 아망위[26] 되었지.' 하고 마음이 열두 번씩 변사(變詐)[27]를 하며 저의 댁으로 들어간다.

'사람이 착하면 복을 받고 악하면 앙화를 받는다는데, 말이야 바로 하지, 화개동 아씨같이 착하고 무던하신 이야 또 어데 있나? 제기, 우리가 그 구박을 당했을 말이면 승문고라도 치고 남산에 봉화라도 들었을 터이야. 남편 망신되고 아니 되는 걸 알 비렁뱅이 있나? 그 거조만 하고 보면 평양집이 아무리 구미호같이 서방님을 호리더라도 동풍에 문다래 떨어지듯 할 걸! 그 아씨는 못 하시나 아마 내가 이 길로 지소에 가서 순검을 데려다 복단이 송장을 뵈이고 전후 사설을 다 할까 보다, 평양집 경치고 쫓겨나가는 걸 좀 보게. 어허, 쫓겨만 나가? 지금 세월에 대살은 없지만 전중이는 될 걸.'

이렇게도 마음을 먹고,

'아니 그리할 수도 없어, 내가 고자질만 하면 평양집을 법소에서 잡아들여 한 칼 한 매에 죽일 리는 없고 필경 한바탕 문초를 받을 것이니, 문초만 받고 보면 전후 심부름을 다 내가 했는데 내 말이 비두[28]에 오를 걸! 아까도 평양집 비위를 맞추어주느라고 낮잠 자지도 아니한 복단이년을 개와 장 수세미를 끼고 코가 비뚤어지도록 자더라고 거짓말을 했지. 그 말인들 아니 날라고? 에라, 잘했든지 못했든지 가던 길로 냅다 서자. 화개동 아씨 친정아버지 이 승지 영감은 착하지를 않아서 귀양 다리가 되었나? 남의 청 아니 듣고 재물 모르기로 유명한 양반으로 충신을 가까이하여 정사를 바르게 하고 간신을 물리쳐 법강(法綱)을 세우려고 옳

26) 아망위: 외투, 비옷 따위의 깃에 덧붙여 머리에 뒤집어 쓸 수 있게 된 것. 뒤에서 돌봐주는 힘을 믿고 교만하게 행동하는 경우를 비꼴 때 쓰는 말.

27) 변사(變詐): 요변스럽게 요랬다조랬다 함.

28) 비두: 편지나 문서 따위의 첫머리.

고 반듯한 상소를 하다가 그 지경이 되었다는데, 지금 세상에는 다 쓸데없어, 못된 짓 하는 사람이 다 잘된다더라.'

이렇게도 마음을 먹어서 이리 할까 저리 할까 생각을 해보고 또 해보며 안으로 들어가니, 이때 마침 평양집이 서 서방더러 가을살이니 나들잇벌이니 하며 의복을 해달라고 졸라서 발기를 한참 잡는 판이라. 금분이가 가만히 서서 들으니,

(평) "연두 대문관사29), 분홍 숙고사30), 무문관사31) 각 두 통씩만 적구려, 저고리 해 입게."

(서) "저고리는 장안 반만 하게 해 입나? 그 여러 통이 다 들게?"

(평) "한 벌 가지고 입소?"

(서) "또 무엇?"

(평) "갑삼팔32) 스무 필은 해야 하겠소."

(서) "그것은?"

(평) "벌통 모양으로 거죽에만 두르고 사오? 아랫도리로 도는 허드레옷 지어 입지 무엇을 해?"

(서) "또?"

(평) "남수인 두 통, 그 빛으로 숙접영 두 통하고, 백수인 네 통, 무문숙수 두 통만 적우."

(서) "이것은 드팀전33)을 벌이려나? 이렇게 사들이자게."

(평) "달이면 달마다 옷을 해주고 날이면 날마다 옷을 해주오? 평생 내

---

29) 대문관사: 큰 무늬가 있는 중국에서 나는 비단의 하나.

30) 숙고사: 삶아 익힌 명주 실로 짠 고사. 봄과 가을 옷감으로 쓴다.

31) 무문관사: 무늬가 없는 관사. '관사官紗'는 중국에서 나는 비단의 하나.

32) 갑삼팔: 품질이 아주 좋은 삼팔주.

33) 드팀전: 전날에 온갖 피륙을 팔던 가게.

가 무엇 좀 해 입겠다면 덜 곪은 부스럼에 아니 나는 고름 짜듯 하지, 아깝거든 고만두구려! 초마라도 벗고 입을 만하여야 하겠고, 금분이도 옷이라고 집구석에서 입는 것밖에 어디 있어? 기왓장만 치어다보고 있는 것을 모르는 체한단 말이오? 하인도 너무 주제가 사나우면 상전의 모양까지 흉합디다."

(서) "누가 아니 해준다나? 공연히 저러지."

붓을 툭 놓으며 당지 두루마리를 쭉 찢어 들고 염낭에서 도장 꺼내더니, 연월 밑에다 꾹 찍어주며,

"자, 그대로 다 적었어. 내일 놈이란 놈더러 이것을 동의전 뒷방 백의관 갖다주고 상품으로 들여오라고 일러, 응!" 하더니 사랑으로 나간다.

금분이가 마음을 엎치락뒤치락 두 가지로 먹고서 듣다가 제 옷감 끊어준다는 말에 회가 바싹 동하여 평양집 위하는 생각이 불현듯이 나서 혼잣말로,

'그믐달 보자고 초저녁부터 나설까? 동방삭이 밤 깎아먹듯 잘게 떼어먹는 것이 수지.' 하고 서방님 나오는 것을 언뜻 보더니 부엌문 뒤에 가 쥐 죽은 듯이 숨어 섰다가 사랑 문소리 나는 것을 듣고서야 그제야 안방으로 냉큼 들어가며 아무 소리도 못 들은 체하고,

(금) "아씨 혼자 계서요? 차집 마누라는 어데 갔습니까?"

(평) "너 왜 인제 왔느냐, 몇 차례를 불렀는데. 차집은 제 집에 잠깐 다녀오겠다고 갔단다."

(금) "아씨 무엇이 무엇인지 큰일 났습니다. 저 일을 어떻게 하면 좋아요?"

(평) "일이 무슨 일이냐? 아닌 밤중에 무슨 소리를 듣고 또 호들갑을 부리니? 복단이는 찾아오라니까 아니 찾아오고, 어디 가서 세 나절은 있다가 이제 와서 그게 무슨 소리야?"

(금) "복단이 때문에 이때까지 있었지, 다른 때문에 더디 왔습니까?"

(평) "왜, 고년이 제 어미에게 있어 아니 오겠다더냐? 제 상전이라는 것이 붙들고 아니 보내더냐? 고년이 화개동 있기는 있지? 오냐, 걱정 말아라. 내일이면 뜰뜰 굴러오게 할 것이니."

(금) "그년이 화개동만 있으면 무엇이 걱정이야요? 그년이 아까 그길로 우물에 가 빠져 죽었어요. 저 노릇을 어쩌면 좋습니까?"

안차기[34]로 유명하여 좀체 일에 눈도 깜작하지 아니하던 평양집도 사람이 죽었다는 데는 겁이 나던지 얼굴이 빨개지며,

(평) "그년이 죽다니, 죽은 것을 네 눈으로 보았니?"

(금) "쇤네가 화개동을 갔었지요. 그년이 거기 없길래 도로 내려오는데, 무엇이 불러댔던지 큰 길일랑 내어놓고 붉은 고갯길로 들어서 오는데, 댁으로 오려면 고개를 막 내려서며 바로 꼬부라진 길로 나올 터인데, 침침하고 불 하나 없이 편한 데만 바라보고 두어 걸음을 나가니까 그년 죽은 송장이 거기 있어요. 에그 끔찍시러워라."

(평) "등불도 없이 왔다며 그년 죽은 송장인지 어찌 알아? 그년이 무엇이 못마땅해 죽는단 말이냐?"

(금) "에그요, 쇤네가 혼이 떠서 행랑으로 왔다가 그년의 키와 어지간하여 하도 궁금해서 다시 등불을 가지고 가보고 오는 길이야요."

(평) "그러면 어떻게 했으면 좋겠니? 무얼, 제가 저 빠져 죽은 걸 누구에게 지다위할까? 좀 쥐어박혔다고 죽어서야 종 부려먹을 사람이 없게? 내버려두렴."

금분이가 혀를 휘휘 내두르며,

"저런 말씀 보아! 제야 잘했든지 못했든지 인명이 지중한데 그 일이 발

34) 안차기: 겁이 없고 야무지다.

각만 되면 어째 일이 없습니까?” 하더니 평양집 앞으로 바싹 가서 귀에다 입을 대고 무에라 무에라 하고 두어 마디를 하니까, 평양집이 펄썩 주저앉으며 맛있게 빨던 담뱃대를 슬며시 놓고,

(평) “이애 금분아, 네 말이 옳구나! 이 노릇을 어찌하나? 다 된 죽에 코가 처지겠지.”

(금) “아씨 당하신 일이 쇤네가 당한 것이나 일반이지, 상하는 다를지언정 정리야 어데 갑니까? 어찌 애가 더럭 쓰이는지 별생각을 다 해보았어요.”

(평) “그래, 어떻게 하면 무사하겠느냐? 이애 금분아, 별수 없다. 우리 친정도 먹고 살 만치는 지내니 이 밤중으로 도망이나 할까 보구나.”

(금) “에그, 아씨도 망령이셔라. 도망이 다 무엇이야요? 아씨께서 아니 계시면 쇤네는 누구를 바라고 살라구요? 별 말씀 말으시고 제 말대로 하시면 해가 복이 될는지 아십니까?” 하며 말소리를 입에다 넣고 쥐도 못 듣게 한참을 소곤소곤하는데 평양집이 고개를 연해 끄덕끄덕하더니,

(평) “이애, 이다음 일은 잘되든지 못되든지 나는 너 하라는 대로 아무쪼록 다 할 것이니, 너는 내 일 잘 되도록만 하여보렴.”

(금) “그런 말씀은 하시나 마나 쇤네가 아씨 일에 범연하겠습니까? 어디까지든지 눈깔에 흙 들어가기 전에야 아씨 떨어지는 일시도 못 살겠습니다. 서울서 살으시면 쇤네도 서울서 뫼시고 있고, 시골 친정댁으로 내려가시면 쇤네도 시골 가 뫼시고 있을 터인데요.” 하더니 팔짱 질렀던 두 손을 쏙 빼어 방바닥을 콱 짚고 엉거주춤 일어나다가 도로 상큼 앉으며 두 주먹으로 턱을 괴고,

(금) “에그 아씨, 급한 바람에 그대로 나갈 뻔했지. 어서 줍시오, 얼른 치워버리게요. 밤이 들었으니까 그 으슥한 데 누가 지날 리는 없지만, 그래도 알 수 있습니까? 뉘 눈에나 뜨이면 탈이지, 아씨, 어서!”

(평) "오냐, 나는 새도 꿈적거려야 하지." 하며 문갑 위에 얹힌 조그마한 철궤를 열고 한참을 되작되작하더니 무엇 한 뭉치를 휴지에다 대강 싸서 금분이를 주며,

(평) "어따, 세어볼 것 없다. 어서 가지고 나가보아라. 만일 적다거든 내게 와 물어볼 것 없이 저 달라는 대로 얼마든지 더 주마고 하지, 푸성귀 흥정하듯 조르고 있지 말아라."

(금) "네…. 아씨께서는 어서 주무십시오, 걱정말으시고." 하고 발딱 일어서며 중문 밖으로 나오는 체하고 문소리만 삐거걱 내면서 자취 없이 섰다가, 제 방으로 들어가 허리춤에서 평양집 주던 것을 집어내어 절반은 뚝 떼어서 농문을 가만히 열더니 옷 갈피 속에다 쏙 집어넣고, 나머지를 다시 싸서 허리춤 속에다 넣고서야 아랫목에서 자는 제 서방을 깨운다.

"여보 유 서방, 이불 덮고 불 끄고 자오. 나는 아낙에 들어가 자겠소."

한마디를 하더니 제 서방이 알아들었는지 못 알아들었는지 상관도 아니하고 대문을 열고 나간다.

본디 금분이 서방 유거복이는, 제 어미가 거복이 세 살 적부터 서 판서 집 안잠[35]을 자서, 서 판서 아들 정길이와 같이 걸음발 탄 이후로 부자지를 맞주무르며 자라났는데, 제 몸은 비록 천하나 소견은 정길이 열 주어 바꾸지 아니할 만하더라.

서 판서 내외가 작고하기 전에 금분이를 사서 거복이와 혼인을 시켰는데, 정길이가 초립동이 때부터 난봉을 부리면 거복이가 한사하고 만류하는 까닭으로 하인 일가 모르거니와 어려워도 하고, 자랄 때 지내던 인정 없이 미워도 하더니, 평양집을 처음으로 친하여 글 한 자 아니 읽고 부모 모르게 밤을 낮 삼아 미쳐 다니는 것을 거복이가 민망히 여겨,

---

35) 안잠: 여자가 남의 집에서 먹고 자며 그 집의 일을 도와주는 일. 또는 그런 여자.

(거) "서방님, 대감께서 공부하시라고 걱정을 가끔 하시는데 공부는 힘을 아니 쓰시고 왜 이러십니까? 지금 세상은 전과 달라 아무리 양반이 좋으셔도 공부 없으면 속절없습니다. 상놈들도 부지런히 공부를 해서 상등 인물이 모두 되는데, 더구나 서방님께서야 공부만 잘하시면 아무리 개화판이라도 누가 우누를 사람이 있겠습니까? 평양집 부용이가 천하에 가까이 못 할 것이올시다. 소인의 육촌이 평양 대궐 역사 때 패장으로 내려가 있어서 부용이 내력을 역력히 알고 이야기를 하는데, 제 어미 개화적부터 부자 놈 삿갓도 많이 쓰이고, 관찰사 등내36)마다 호려 백성의 피도 적지 아니하게 긁은 계집이라고 하와요. 서방님이 어째 지날 길에 눈정으로 한 번 가까이 하셨지만 장구히 상관하실 것은 없습니다. 오늘부터라도 곧 거절하시고 공부에 힘을 쓰십시오."

정길이가 그 부친에게 눌리어 이런 일이 소문이 날까 조심을 하는 터에 거복이 말은 들으니 비위에 거슬리기는 하나, 말인즉 그르지 아니하여 무어라고 책망할 수가 없으되, 요조숙녀로 여기는 평양집 흉보는 것은 모두 자기 정을 떼려고 주작부언37)이거니 싫고, 또는 제 놈이 감히 나 좋아하는 노릇을 훼방을 짓나 싶어 괘씸한 생각이 나지만, 내색은 못하고 속치부만 단단히 하여 어름어름 대답을 하고 지내더니, 그 부모가 작고한 후로는 서발막대38) 거칠 데 없이 활개질을 마음대로 치는데 일변 평양집 치가를 한다, 이 씨 부인 소박을 한다, 평양집을 안동 큰집으로 데려온다, 이 씨 부인을 화개동 오막살이로 내쫓는다, 북촌 대가로 살던 집안을 뒤죽박죽을 만드는데, 누가 한마디 간해 볼 수도 없고 한 가지

---

36) 등내: 벼슬아치가 벼슬을 살고 있는 동안.
37) 주작부언: 터무니없는 말을 지어냄.
38) 서발막대: 매우 긴 막대를 강조하여 이르는 말.

금해 볼 수도 없더라.

평양집은 간특하고 요악한 꾀가 층생첩출[39]하는 중, 거복이가 제 흉보던 말을 손살피같이 수소문하여 듣고 복보수할 마음을 잔뜩 두었다가, 큰집으로 들어온 후로, 말 타면 경마 들릴 생각이 난다고 집안에 있는 종이란 종은 모조리 제 차지를 하는데, 심지어 이 씨 부인이 데리고 온 교전비 복단이까지 빼앗고, 그중 금분이는 제 서방의 혐의로 뼈가 빠지도록 부려먹고 삼시로 달달 볶을 작정이더니, 약고 눈치 빠른 금분이가 벌써 알아채고 이 씨 부인의 없는 흉도 지어내어 평양집 비위를 어찌 잘 맞추었던지, 평양집이 거복이라면 대수로이 아니 알아도 금분이에게는 깜짝 반해서 아무리 은근한 말이라도 못할 말이 없는 까닭으로 복단이 찾으려도 특히 금분이를 보낸 것이요, 금분이는 제 서방이 정작 상전 몰라본다고 바른 말을 가끔 하는 때문에 평양집의 은근한 심부름을 하려면 제 서방을 감쪽같이 속이고 하던 터이라.

그런고로 그날 밤에도 정성이 뻗쳐 편히 자라 이른 것이 아니라 평양집도 거복이 알라 당부가 적지 않고 제 소견에도 행여나 제 서방이 잠이 살오[40] 들어 눈치를 챌까 염려가 나서 시험조로 두어 마디 문안침[41]을 놓아보고, 그길로 가운데 똥골로 들어가더라.

그날 밤에 평양집은 금분이를 보내고 회보 오기를 고대하느라고 잠을 자지 못하고 연해 미닫이를 열고 내다보는데, 머리맡에 걸린 종이 새로 석 점을 땅땅 치고 사람의 소리는 적적한데, 별안간에 마루 밑에서 자던 삽사리가 컹컹 짖더니 자취 소리가 자박자박 나며 안마당으로 들어온

---

39) 층생첩출: 무슨 일이 겹쳐 자꾸 일어남.

40) 살오: 살짝.

41) 문안침: 병든 데를 찔러 보는 침이라는 뜻으로, 어떤 일을 시험 삼아 미리 검사하여 봄을 이르는 말.

다. 평양집이 반색을 하여 반기며,

(평) "에헴, 이 개, 이 개, 짖지 마라. 거기 누가 왔니?"

(금) "네, 쇤네올시다. 그저 아니 주무십시오?"

(평) "이애, 어서 들어오너라. 이야기 좀 듣자."

(금) "네, 이야기합지요. 에그, 숨차…. 똥골로 가니까 돌이가 제 집에 없어요."

(평) "그래, 어떻게 했니?"

(금) "돌이 어미더러 물어본즉, 재동 민판서 댁 하인청에 가 논다고 그 길로 민판서 댁으로 가서 불러 데리고 갔다 왔지요."

(평) "누가 보지나 아니하였을까?"

(금) "보기는 누가 보아요, 이 밤중에. 그런 걱정은 조금도 마옵시오."

(평) "오냐, 곤한데 나가 자거라. 날만 밝거든 너 하라는 대로 해볼 것이니 일만 잘 되고 보면 네인들 내 종 노릇만 일상 하라겠니? 나도 생각이 다 있지."

금분이가 고갯짓을 쌀랑쌀랑하며 싱긋 웃고,

(금) "쇤네가 저 잘되자고 이 애를 쓰겠습니까? 아씨를 위해서 무서운 줄도 모르고 이 밤중에 돌아다녔지, 언제는 그러지 않기로 아씨 상덕을 적게 입었습니까? 미련하고 곰 같은 제 서방 놈이 죽을죄를 여러 번 지었건만 아씨께서 쇤네를 보셔서 이때껏 살려두신 것도 큰 덕이지, 아닙니까? 이다음이라도 거복이가 또 죄를 짓든지 하게 되면 그때 가서는 쇤네는 그놈하고 같이 살지 아니하겠습니다."

평양집이 사람 같으면 금분이 그 말을 들으면,

"이애, 그게 무슨 소견 없는 소리란 말이냐? 서방이 잘못하면 그러지 말라고 간하는 것은 옳거니와, 오륜에 으뜸 되는 서방을 헌신짝 벗어버리듯 한단 말이냐? 다시 그런 철모르는 말 하지 마라."고 준절히 꾸짖기도 할 터이지만, 거복이를 깨물어 먹고 싶어도 금분이 낯을 보아 참고 지내던 평양집이라, 금분이가 제 서방 나무라는 것을 듣고 얼마쯤 다행히 여겨,

(평) "네가 말을 하니 말이지, 나도 장 마음에 맞지 아니하더라. 네게야 무엇 잘못한 게 있겠느냐마는, 제가 계집을 남과 같이 호강은 못 시키지만 팔자가 사나워 종노릇을 하는 터에 계집의 할 것을 대신도 해주고 계집의 이르는 말도 고분고분 들어 불쌍히 알고 위해주는 일이 없지 아니한데, 가만히 눈여겨보니까 나무공이 등 맞춘 것같이 어근버근42)하는 것이, 젊은 네 전정43)을 생각하니까 딱하기가 가이없더라. 그렇지만 할 수 있니? 참고 더 지내보다가 어떻게 하든지…."

(금) "쇤네도 그놈을 벌써부터 버리고 싶어도 상전이 언어 맡기신 것을 제 마음대로 할 수 없고, 또 아무리 저희 같은 년이기로 청실홍실 늘인 서방을 쉽게 버릴 수가 없어 꿀떡꿀떡 참고 있습니다."

(평) "그 말 말아라. 각 댁 하님44)이 담 안에도 서방이 하나요, 담 밖에도 서방이 하나란다. 내가 너를 시키는 것은 아니지만 버리면 버리지 상전이 알은 체 할 리가 있니?"

이 모양으로 종, 상전이 수작을 하다가 금분이는 제 방으로 나아가고 평양집이 홀로 누워서 밤이 새도록 잠을 아니 자고 이리 뒤척 저리 뒤척 눈을 깜작깜작하니, 복단이 죽은 것이 끔찍스럽고 측은하여 그리하는 것도 아니요, 송장 처치한 것이 남의 눈에 들킬까 봐 의심이 들고 겁이 나서 그리하는 것도 아니라, 칼날같이 독한 마음이 화개동 마루터기로만

---

42) 어근버근: 목재 가구나 문틀 따위의 짝 맞춘 자리가 약간씩 벌어져 있는 모양. 또는 서로 마음이 맞지 아니하여 사이가 꽤 벌어져 있는 모양.

43) 전정: 앞길.

44) 하님: 여자 종을 대접하여 부르거나 여자 종들이 서로 높여 부르던 말.

오락가락하는 것이라.

창 빛이 겨우 사람 알아볼 만한데 누가 문을 바시시 열고 들어오니 평양집이 잠은 아니 자되 눈은 감고 있다가 깜짝 놀라서 눈을 번쩍 뜨며,

"거기 들어오는 게 누구냐? 금분이냐?"

들어오던 사람이 무료해서 서슴는 대답으로,

"한미올씨다."

평양집이 성이 통통히 나서 홱 돌아누우며 혀를 툭툭 차고 한참을 검다 쓰다 아니하고 있더니 새삼스럽게 책망이 나온다.

(평) "여보게, 자네도 나이 지긋한 사람이 지각도 없네. 복단이 년도 달아나고 나 혼자 자는 줄 번연히 알고 잠깐 갔다 온다더니 이게 잠깐인가? 두 번쯤 잠깐이면 과세하고45) 올 뻔하지 않았나?"

(차집) "에그, 황송해라. 왜 혼자 주무셨습니까? 엊저녁에 오기는 곧 왔더랍니다. 온다고 여쭙고 아니 올 리가 있습니까?"

(평) "정말 왔어? 왔으면 무슨 급한 일이 있어 또 도로 갔던가?"

(차) "중문간에서 금분이를 만났지요. 그런데 금분이 말이, 서방님이 들어오셔서 주무신다고 들어가지 말라고 이르기에 아씨께 여쭙지 못하고 도로 가자고 왔습지요. 몹쓸 것, 늙은 사람을 왜 그렇게 속였을까? 금분이더러 물어보고 오겠습니다." 하며 벌떡 일어서 나가려 하니, 평양집이 금분이가 일렀다는 말을 듣더니 장마 하늘에 서풍이 불어 비구름이 경각에 걷듯, 그 째푸렸던 눈살이 살짝 풀리며 임시처변이어서 고렇게 등대를 하였던지,

(평) "옳지, 오기는 왔다 갔군, 나는 자네가 아니 왔던 줄 알고 그리했더니. 그래, 금분이가 서방님께서 안에서 주무신다고 하던가? 우스워라,

---

45) 과세하다: 설을 쇠다.

서방님이 안에만 들어오시면 주무시나? 도감포수 계집 오줌 짐작하듯[46] 한다더니, 그년 말마따나 서방님께서 들어오시기는 하셨다 나가셨지. 노여워하지 말게, 내가 복단이란 년 도망질한데 분이 났던 차에 너무 과히 말을 했네."

　(차) "별 말씀을 하시지요. 노하는 것이 무엇이야요? 허구한 날 살려면 걱정 듣기도 예사지요. 아무러면 탓 있습니까마는, 복단이 일이야말로 이상치 아니합니까? 제 어미게나 보내보시지요. 거기밖에 갈 데가 있습니까?"

　(평) "이때까지 있겠나? 벌써 보내보았지."

　(차) "그래, 거기도 없더랍니까?"

　(평) "누가 아나? 아니 왔다고 생작이를 떼더라니까. 그러면 어데 갔겠나? 거기 있지. 자네 나가서 서방님 좀 여쭙게, 들어오시라구."

　(차) "네, 여쭙지요. 아직 기침을 하셨을라구요?" 하며 사랑 안문 앞에 가서 목소리를 나직이 하여,

　"서방님, 아낙에서 여쭈십니다."

　한마디에 정길이가 잠도 채 아니 깨인 목소리로,

　"어, 할멈인가? 들어가지. 어서 들어가게." 하더니, 저의 어머니 생시에 두 번 세 번씩 불러도 볼일이 있느니 손님이 왔느니 하며 열에 한 번을 선뜻 들어가 본 적이 없던 서방님이 평양집 분부라면 뜰뜰 구는 터이라, 차집 마누라가 미처 안마당에도 못다 와서 서방님은 벌써 안마루 위에 올라섰다. 전 같으면 평양집이 미닫이를 마주 열고 선웃음을 치며 부리나케 와서,

---

46) **도감포수 계집 오줌 짐작하듯**: 도감 포수가 새벽에 영내에 들어갈 때 그 시각을 마누라가 오줌 누는 시간으로 짐작한다는 뜻으로, 분명하지 않은 일을 짐작으로 판단하고 믿으면 낭패하기 쉽다는 말.

"들어갑시다. 무엇이 잡수시고 싶소?" 하여 가며 방으로 맞아 들어갈 터인데, 서방님의 신발 소리를 듣더니 아랫목 벽을 안고 누워 방에를 들어오거니 곁에 와 앉거니 도무지 모르는 체하니, 정길이가 처음에는 속이려고 부러 저러거니 하다가, 그다음에는 잠이 들었나 의심을 하다가, 나중에는 갑갑하고 민망한 생각이 나서 바른손으로 평양집의 이마를 슬며시 짚으며,

(서) "왜, 어디가 편치 않은가? 편치 않을 것 같으면 증세를 바로 말하면 약을 어서 지어 오게, 왜 대답이 없어?"

(평) "…."

정길의 가슴이 죄지은 놈 두근대듯 하여, 평양집 어깨를 흔들흔들하며 썰썰 비는 수작을 한다.

(서) "이건 별안간에 생불이 되려나? 감중련하고[47] 말을 아니 하게. 여보게, 내가 무슨 야속한 일을 하던가?"

(평) "…."

(서) "그러면 누가 자네더러 욕설을 하던가?"

평양집이 그 대답은 아니하고 주먹으로 벽을 땅 치고 한숨을 휘 쉬더니, 눈물만 베개 위에 똑똑 떨어지니 정길의 속이 더구나 타서 백 가지로 위로도 하고 달래기도 하여가며, 평양집 말 한마디만 시원하게 들으면 춤이라도 곧 출 듯이 성화를 하는데, 평양집이 고대로 누운 채 얼굴도 까딱하지 않고 발악을 한다.

(평) "여보, 이 양반아, 들어오신 김에 날 죽이고 나가시오. 하루가 열흘 맞잡이[48] 같소. 서 씨 댁 집안이라면 잇살마다 신물이 나고 송곳니가

---

47) 감중련하다: 감괘의 가운데 획이 이어져 틈이 막혔다는 뜻으로, 입을 다물고 말을 하지 않다.
48) 맞잡이: 서로 힘이나 가치가 대등한 것으로 여겨지는 사람이나 사물.

방석이 되오. 애구, 내 눈깔이 빠졌지, 허구 많은 홀아비 놈들이 그득한데 사부 댁 아씨 시앗 노릇을 무얼 못 만나 하러 왔누? 종년 비부쟁이에게까지 업수임을 보고 이 인생이 살아 쓸 데가 무엇이야?"

정길이란 위인은 전생에 무엇으로 생긴 자인지 집안에 양반이나 하인이나 바른말이라면 비상 국으로 알고, 앞에서 알랑알랑하여 제 비위만 발라 맞춰주면 정신이 없이 엎드러져 하나만 알고 둘도 모르는 까닭으로 평양집 말이라면 팥으로 메주를 쑨대도 곧이듣고, 이 씨 부인 말이라면 한 손에 소금을 들고 덤비는 터이라, 평양집 푸념하는 것을 뜻도 자세히 알지 못하고 덩달아 불호령이 나온다.

"오, 이년들, 한 매에 죽일 년들! 일이 없으니까 화개동으로 싸다니며 된 말 아니 된 말 씩둑꺽둑! 이년들, 당장 죽어보아라. 차집 마누라, 이리 오게. 자네부터 바른대로 말을 하게, 이것이 웬 일인가? 삼월이 불러라, 금분이 불러라, 복단이 년은 그저 아니 들어왔느냐?"

한참 이 모양으로 야단을 치는데 평양집이 벌떡 일어앉으며,

(평) "여보, 천하에 말으시오, 애꿎은 삼월이니 금분이니. 복단이는 제 부모 제 상전 아씨 데려간 복단이가 그림자가 또 있을까? 양반 부인의 말은 서슬이 다칠세라 하며 만만한 저년들은 무슨 죄가 있길래 죽이리 살리리 하시오? 보기 싫소, 어서 화개동으로 나가서 판관사령 노릇이나 합시오….."

꼭두식전에 자리 조반이나 차려놓고 부르란 줄 알고 먹으라는 것만이 여김이 아니라, 평양집의 마음 쓰는 것이 아기자기스럽게 어여삐 부리나케 들어온 정길이가, 조반은커녕 뚫어진 벙거지에 우박 맞듯[49], 좁은 수

---

49) 뚫어진 벙거지에 우박 맞듯: 정신을 못 차릴 정도로 마구 쏟아짐을 비유적으로 이르는 말.

도에 물 퍼붓듯, 한참 이 모양으로 폭백을 당하며 화개동 편으로 눈을 흘겨보고 씩씩거리고 앉았더니, 평양집더러는 감히 다시 말 한마디 물어보지도 못하고 마루로 뛰어나가더니 북벌하러 가는 군정 모으듯 부산을 친다.

"금분아, 거복이 불러라. 놈이란 놈은 어데 갔느냐? 도끼를 가져오너라, 절구공이를 찾아오너라. 이놈들, 나하고 같이 화개동으로 가자. 당장 기둥뿌리를 쓸어버려야지 참기도 많이 참았다."

집안사람이 웬 영문인지 알도 못하고 옹기종기 모여 와서, 마루 앞으로 핀잔 잘 주는 평양집이 무서워서 못 오고, 영송문 밖에 급장이 대강이끼 웃대듯 부엌 모퉁이에 가 몰려서서 듣는데, 서방님이 부르는 통에 같이 섰던 거복이와 놈이가 차례로 들어가 무슨 죄들이나 지은 것같이 뜰아래 가 우뚝우뚝 섰는데, 평양집이 이를 악물고서 서방의 허리띠를 훔켜잡고 아랫목으로 내리 끌었다 윗목으로 치 끌었다 하며 야단을 치다가 지게문을 탁 열어붙이며,

"이놈들, 무엇하려고 거기 섰느냐! 썩 나아가지 못하느냐? 무슨 구경난 줄 아느냐, 저년들이 저기 울립[50]하였게."

방구석을 여기저기 헤매더니, 장 밑에 있는 방망이짝을 집어 들고 푸닥거리하는 무당 년 대감놀이 하듯 휘휘 팔매 치며,

"이년들, 얻어터지려거든 거기 섰거라." 하며 문간을 연해 힐긋힐긋 곁눈으로 내다본다.

이때 집안 식구라고 방구석에는 하나도 못 있고, 모두 뒤뜰, 앞뜰에 구석구석 서서 어쩐 영문인지 모르고 눈들이 휘둥그런데, 무슨 일이든지 남보다 먼저 뛰어나오던 금분이는 그림자도 없더니, 얼마 만에 중문간으로

---

50) 울립: 빽빽이 들어섬.

들어오며 한 손에 조그마한 짚신 한 켤레를 들고 두 눈을 이리 씻고 저리 씻으며 훌쩍훌쩍 울다가 안방 앞 툇마루 아래 가 오도카니 섰는데, 평양집이 내다보더니 서 서방의 허리띠를 놓고 금분에게로 구실을 붙인다.

(평) "이년, 너는 어떻게 생긴 년인데 집안에서 큰소리가 나게 되면 궁금해도 나와 볼 터인데 한나절까지 가랑이를 벌리고 자빠져 자다가 인제야 아실랑 아실랑 나오느냐? 내가 저년부터 한 매에 죽이겠다. 이년, 이리 오너라."

(금) "에그, 쇤네가 무슨 죄가 있습니까? 쇤네는 복단이 찾으러 갔다 온 죄밖에 없어요. 이렇게 걱정이 나실 줄을 알았으면 복단이는 못 찾아보아도 아니 갔다 올 것을 그리했지요."

(평) "이년, 그러면 복단이 년을 불러왔느냐?"

(금) "부르기커녕 복단이는 보지 못하고요, 기가 막히어 말씀할 수 없습니다." 하며 치맛자락으로 눈을 가리고 끌끌 느껴 우니,

(평) "저런 빌어먹을 년 보게. 말은 아니하고 제 어미가 거꾸러졌나, 울기만 하네."

금분이가 우는 목소리로,

(금) "쇤네가 엊저녁에 화개동을 댕겨와서 생각하니까 큰댁 아씨께 꾸지람 듣기야 예사지요마는, 복단 어미, 아비에게 웃청까지 욕을 잡수신 것이 분할뿐더러, 제 딸 좀 찾기로 그다지 야단할 까닭이 없을 터인데, 암만 해도 의심이 나서 오늘 첫 새벽에 또 갔더니 복단이가 거기 있기는 한데, 할 수 없이 그대로 왔습니다."

(평) "또 욕을 먹고 쫓겨 온 것이로구나! 번연히 알며 무엇하리 너더러 또 가라더냐? 복단이 말고 나를 빼 가더라도 상관 말지, 나같이 천한 년이 성명이나 있다더냐? 짚신은 뉘 것을 들고 댕겨?"

금분이가 손에 들었던 짚신을 마루 끝에다 툭 놓으며,

(금) "이것이 복단이 년의 신이 아닙니까? 쉰네와 한꺼번에 사 신은 것인데."

(평) "복단이는 보지도 못했다며 신은 어서 가지고 왔단 말이냐?"

(금) "그리 했습니까, 쉰네가 일찌거니 일어나 가는 길로 화개동 댁을 넘어가서 아낙에는 중문이 걸려 못 들어가고 행랑으로 들어갔다가 살펴보니까 이 신이 방문 앞에 놓였는데 눈에 익길래 자세 본즉 복단이 신이야요. 그래 방문을 잡아당기며 복단이를 부르니까 문고리가 안으로 걸려 열리지를 아니하고, 아무 대답도 없더니, 안문 소리가 툭 나며 그제야 바깥문을 열어요."

(평) "그년의 방문을 들이부수구라도 보지. 복단이 년이 그 방에 있던 것이로구나. 그래, 그년을 무슨 짓을 하든지 붙들어 오지를 못하고 왜 너 혼자 와서 찔끔찔끔 우느냐?"

(금) "보기만 하면 세상없어도 데리고 오겠습지요마는, 그 내숭스러운 것들이 제 자식을 얻다 감추었는지 싹도 없이 볼 수가 없어요. 쉰네가 복단이 신을 보이며 신은 여기 있는데 복단이는 어데 갔느냐고 물어보았더니, 아따 그것의 어미, 아비가 '복단이 온 것 보았느냐, 보았거든 찾아 놓으라'고 대들어 욕설을 하더니, 아낙에서 아씨께서 걱정을 천동같이 하시며, '복단이는 내 종인데 찾는 사람이 또 누가 있느냐, 그년이 어제 저녁부터 내 집에 와서 웬 트집이란 말이냐, 복단이를 얻다 두고서, 빼앗긴 것도 원통하고 분한 마음이 잠시 한때 풀리지 아니한 내게 와서 지다위를 한다더냐?' 하시며 길길이 뛰시는데 바로 쉰네가 죄를 지었으면 불러오래서 앞에 세우시고, 사리대로 꾸중을 하시다가 어디가 시큰하도록 때려주신대도 감히 한가하겠습니까마는, 그리하시지는 않고 건넛산 꾸짖기로 쉰네 죄에 상전의 말씀을 하시니까 쉰네는 그 일이 원통하옵니다."

세상에 거짓말을 잘하는 것들이 백판 터무니없는 일을 지어내는 것이 아니라, 바늘 끝 같은 것을 보면 홍두깨처럼 늘이는 법이라. 어제 복단 아비에게 핀잔을 당하던 일과 복단 어미와 다투던 일을 얼마쯤 보태어 평양집 분을 돋우어놓고 그다음에 복단이 일을 넘겨씌워 제 분풀이도 실컷 하고, 평양집 근심도 없도록 비상한 꾀를 내어, 평양집더러 식전에 이 야단을 내어 서방님 이하 집안사람이 다 모이게 하고, 저는 붉은 고개 우물 두덩에 있던 복단이 짚신을 집어 들고 화개동 집 행랑섬돌에다 살며시 놓고, 생작이로 복단이를 부르다가 좋지 아니한 말이 나도록 들큰 대어 복단 어미와 이렇거니 저렇거니 입에 못 담을 악담을 드러내어놓으니, 아무리 참을성 있고 참한 이 씨 부인이기로 금분의 계교는 모르고 상전이 되어 몇 마디 꾸짖지 아니하리오. 금분이가 좋다꾸나하고 동네 방네를 떠들어 복단이를 숨기고 아니 내어놓는 줄로 여기도록 신짝을 들고 한길로 외며 내려와 집안에 야단이 나는 것을 보고 때맞춰 들어온 것이라.

　(평) "너더러 누가 식전 꼭대기에 또 가라더냐? 엊저녁에 먹은 욕이 시틋하지도[51] 아니하던가 보구나. 번연히 복단이 년을 돌린 줄 알며 무엇 하러 펄떡펄떡 가? 네가 백날이면 찾아올 터이냐? 양반아씨가 겁도 아니 나던 것이로구나. 이년, 보기 싫다, 나가거라. 그리해도 아니 나가고 무엇을 잘 하고 왔노라고 거기 오도카니 섰느냐? 썩 나가지 못 하느냐?"

　소리를 귀청이 뚝 떨어지도록 지르더니 부엌 모퉁이를 내려다보며,

　"너희들도 거기 있지 말고 모두 나아가거라. 이 곳을 배오개나 선혜청으로 아느냐, 장꾼 모이듯 하였게?"

　한바탕 악을 바락바락 지르니 남녀노소 물론하고 하나도 있지 못하고

차례로 행랑으로 물러나가고, 다만 정길이와 평양집과 단둘뿐이라. 평양집이 방으로 들어가더니 방문을 턱턱 닫고 담뱃대를 툭툭 털어 담배 한 대를 담아 성냥을 드윽 그어 피워 물더니,

"서방님, 내 말씀 들으시오. 이 집안이 어떻게 되려고 이 모양이오? 잘 되려고 이렇소, 못 되려고 이렇소? 말 좀 하시오. 분한 대로 하게 되면 당장에 일이 곧 나겠소마는, 아랫것들이 부끄러워 참고 참았더니 인제 조용하니까 말이오."

정길이가 평양집의 잡도리하는[52) 것을 보고 겁이 덜컥 나서 수각이 황망하다가, 목소리를 나직나직이 의논 삼아 묻는 모양을 보더니, 세상 걱정이 다 없어진 듯하여 입이 떡 벌어져 아랫목에 가 앉으며,

(서) "이건 우리 집에를 어저께 처음으로 들어왔나, 번연히 알며 이리 할 것 무엇 있나? 자초지종을 자세히는 모르지만 대강 들어도 짐작은 하겠구먼그려. 그에서 더한 일이기로 내가 할 탓이지 무슨 걱정인고? 이야기나 하라니 갑갑한데."

(평) "에구, 저 양반 불 늘어진 줄은 알았지만 처음 보았소, 처음 보았어! 나 같은 무지막지하고 천한 년은 다시 말할 것 없지만, 어디 아씨 한 분이야 처지가 부인이요, 지체가 당당 사부신데. 나 같은 년도 아니할 일을 한단 말이오? 내가 이런 말을 하면 시앗의 말이니까 강샘[53)으로 하는 말인 줄로 서방님부터 알으시겠으나, 나는 조금이라도 간격을 두고 말을 하면 아청 하늘에 벼락을 맞겠소."

(서) "그래, 복단이 년을 화개동서 감추어두고 아니 내어놓나? 가만히 있게, 염려 말고."

---

52) 잡도리하다: 어떤 잘못에 대해 사람을 엄하게 다루어 단속하다.
53) 강샘: 시기, 질투.

(평) "흰소리 좀 작작하시오. 그러니까 남과 같은 돈을 가지고 군밤도 못 사 자셨구먼. 아니 팔면 코 떼고 그저 나오지, 남의 가게는 왜 부수고 가만히 들어 앉았는 내 밑구멍까지 들썩들썩하게 욕을 먹여?"

(서) "그래, 복단 아비 놈이 무엇이라고 욕을 하더란 말인가?"

(평) "여간 그놈만 욕을 했으면 약과게? 금분이가 엊저녁에 복단이 왔나 물어보러 갔다가, 그 집안 식구대로 무더기 욕을 퍼붓는 서슬에 똥줄이 나서 쫓겨 왔는데. 에그, 양반은 상소리를 아니 한다더니 근래는 양반도 개화를 해서 그러한지, 사복개천⁵⁴⁾은 조촐한 모양이야! 에그, 남부끄러워." 하며 정길이 부화를 있는 대로 끌어올린다.

(평) "마누라님이 불시에 그렇게 보고 싶습더니까? 보고 싶어 갔으면 조용하나 댕겨오거나, 가게 구석으로 무엇하러 어실렁 들어가 군것질을 하려 들었소? 그것 이상치 않은가?"

(서) "이런, 남의 속종도 모르고 나무라기부텀 하네. 그래, 내가 군밤이 먹고 싶으면 안동 바닥에 밤 가게가 없어 화개동 꼭대기에를 일부러 올라갔을까?"

(평) "속종이 무슨 속종이란 말이오? 삼사월에 파종 속종 이야기 좀 들읍시다그려."

(서) "그놈이 밤 장사인지 막걸린지 하면 아가리나 닥치고 하거나 고약하게 말을 내어놓아 내 낯을 적지않이 깎이게 하니까 일부러 가서 훼방을 놓을 터인데, 무에라고 트집을 잡아야 하겠기에 밤을 사자고 시작을 해가지고 죽젓광이질⁵⁵⁾을 해버렸지. 왜 못할 일 했나? 심술 두었다 좀 먹이겠군."

---

54) **사복개천**: 거리낌 없이 상말을 마구 하는 입이 더러운 사람을 낮추어 이르는 말.

55) **죽젓광이질**: 죽을 쑬 때 죽젓광이로 죽을 젓는 일. 남이 하는 일을 휘저어 훼방 놓는 일.

(평) "고약한 말은 무슨 말인고? 쭉 해야 서방님이 내게 빠져서 부인아씨를 소박했다고밖에 더 했을라구? 에구, 밉살껏 해라. 자기가 얼마나 칠칠하면 소박데기가 되었을라구. 남의 탓할 것도 없지. 그런데 그놈이 오뉴월 더부살이 환자 걱정하듯[56] 제가 상관없이 무엇이길래 말을 하더란 말이오?"

(서) "바로 그렇게나 말을 내어놓았으면 오히려 관계치 않게? 제 상전의 양식을 우리가 대어주지 아니하여 굶어 죽을 지경인데, 군밤 장사를 해서 호구한다고 말을 내어놓은 모양이니, 내 귀로 바로 듣지는 못했지만 그런 창피한 일이야 어데 있나?"

(평) "왜 굶어, 왜 굶어? 옆구리에다 독을 차고 먹던가 보구려, 그 양식을 다 먹고도 굶게? 우리 집에서는 자라고 못 자라는 것을 상관 아니하고, 있으면 먹고 없으면 못 먹을 작정으로 셈도 쳐 본 적이 없지만, 화개동은 다달이 식구 수대로 서 홉요를 적은 듯이 보내는데 복단 어미, 아비야 늙은 것들이 무엇을 세차게 먹겠소? 그렇기에 그것들의 요는 대궁[57]도 먹고 물찌기[58]도 걸어 먹으라고 둘에 어울려 한 사람의 요를 주었소. 아무더러 물어보기로 부족하다고 한단 말이오? 나도 다 들었소. 그 쌀이 밥솥에 보다 장사아치 광주리 속으로 더 많이 들어갔답디다."

정길이가 정신이 빠지지 아니한 자 같으면 평양집 맡기어 이 씨 부인 양식을 대어주라고 할 리도 없을뿐더러, 단 세 식구 사는 집안에 식구대로 양식을 주었다 하며, 그 말끝에 복단의 부모는 둘에 어울러 하나 요를

---

56) 오뉴월 더부살이 환자 걱정하듯: 주제넘게 남의 일에 대하여 걱정함을 비유적으로 이르는 말.

57) 대궁: 먹다가 그릇 안에 남긴 밥. 또는 웃어른이 먹고 난 밥을 아랫사람이 먹기 위해 다시 차린 밥. 대궁밥.

58) 물찌기: 술찌끼. 술을 거르고 남은 찌끼.

주었다 하니 세 식구에 둘의 요만 준 것이 분명하거늘, 정길의 흐린 소견에는 식구대로 주었다는 것만 열 되들이 정말로만 알고 이 씨 부인이 세간 살림을 헤피 하는 줄만 여겨,

(서) "진작 저의 친정으로 쫓아버릴 것을 그리해도 차마 못 하고, 두고 두고 보라니까 점점 갈수록 해괴망측하지. 지금은 이 승지인지 누구인지 되지 아니한 상소질을 하다가 제주로 귀양을 가는데 솔가하여 같이 갔다 하니, 제 친정이나 있어야 보내 보지. 약이나 먹여 죽여버리는 수밖에 없지."

(평) "그것이 무슨 말씀이오? 생사람도 죽이오? 남도 아니요 내 가속을? 저런 소리를 하니까 나까지 욕을 먹지. 여보, 죽이지도 말고 쇤네를 개올리지나59) 말으시오. 일이 남부끄럽지 아니하오? 복단이 년으로 말하면 아무리 자기가 데리고 온 교전비기로, 한번 서 씨 댁에 들어온 이후는 서 씨 댁 종인데 잘했든지 못했든지, 남편이 한번 정해놓은 것을 사리대로 남편에게 말을 해서 도로 데려가는 것이 부인의 떳떳한 행세여늘, 그것의 어미, 아비를 부동하여 데려다 감추고, 도적이 매 든다는 일체로 애꿎은 금분이에게다 대고 욕급의 말을 한단 말이오? 그년이 어데 갔겠소? 행랑 문 앞에 놓인 짚신까지 금분이 눈에 들키고 아무리 없다면 되겠소? 찾든지 말든지 내 알 바는 아니오. 이 없으면 잇몸으로 살지, 언제라고 복단이 데리고 살았을라구. 그렇지만 일이 분하지, 종도 빼앗기며 욕만 실컷 먹은 것이, 양반 부인이야 생심 말이나 해보겠소마는 복단 어미, 아비는 돌구멍 안에 붙여두지 못하겠소. 그 연놈이 나고 맞붙이라도 내 종년을 보고서 그렇게 할 수가 있겠소? 에구, 분해라. 삼신도 눈깔이 멀었지, 이왕 나를 점지하거든 허구많은 양반의 밑구멍을 다 버리고 하

---

59) 개올리다: 상대편을 높이어 대하다. 또는 몸을 낮추고 쩔쩔매며 말하다.

필 상놈의 집에다 태어나게 했던가! 상년으로 태어났거든 상놈과 내외가 되어 살게 팔자가 못 되고, 양반아씨의 시앗이 되어 종놈, 종년에게까지 이 망신을 당하였나! 죽어도 마땅하지.”

평양집이 손을 접어 턱을 괴이고 뒷창문을 물끄러미 바라보며 눈물을 뚝뚝 떨어뜨린다.

정길이가 한참을 얼빠진 사람처럼 앉아 보더니, 복단이 일이 분하기도 하고, 평양집 우는 것이 가엾기도 하여 이 씨 부인 미운 생각이 한층 더 나서,

(서) “여보게, 울 것 무엇 있나? 저희들이 아무 짓을 하면 쓸데 있나! 내가 야속하게 구는 일이 있거든 탄하게. 화개동 식구라고는 내 생전에 대면을 아니 할 터이요, 또 시량60)이라고는 나무 한 가지 대어주지 아니할 터일세. 복단이 년은 어디로 돌렸노? 전 같으면 그년의 아비 놈을 형한 양사로 보내어 학의 춤을 취었으면 절로 설설 기어 들어오련마는, 세상이 말세가 되어 양반이 욕을 보아도 설치雪恥할 수가 있어야지. 더구나 개화 장정에는 세전비世傳婢로 부리는 법을 금한다니까 법소로 차릴 수도 없고, 하인 성청법61)도 없어졌으니 사다듬이62)나 할 수가 있나?”

평양집이 아무 대답도 없다가 머리맡 문갑 위에 척척 접어 얹었던 손수건을 집어 서너 방울쯤 나온 눈물을 몇 동이나 쏟은 듯이 한참을 이리저리 씻고 한숨 한 번을 쉰다.

“휘! 에그, 하나님 맙시사.” 하며 돌아앉더니 먹던 담배를 툭툭 털고 새로 한 대를 꾹 담아 털어놓은 담뱃불을 슬며시 눌러 두어 모금쯤 빨더니,

---

60) 시량: 땔나무와 먹을 양식.

61) 성청법: 세도 있는 집의 하인들이 떼를 이루는 법.

62) 사다듬이: 싸다듬이. 매나 몽둥이로 함부로 때리는 것.

손에 들었던 수건으로 물부리[63]를 쓱쓱 씻어 둘러 잡고 정길의 턱 밑으로 내어밀며,

"엇소, 담배나 한 대 잡수시오. 쓸데없는 말 고만 두시고."

자던 입으로 텁텁하건만 양치질도 할 겨를 없이 불려 들어온 정길이가 정히 담배 생각이 나던 차에, 평양집 주는 그 담배는 정도 한이 없이 깊고 맛도 세상에 제일이라, 어떻게 기쁘고 감사하던지 도리어 미안한 생각까지 나서 그 담배가 다 타도록 복단이 사건을 어찌하자 말을 다시하지 못하고, 평양집 분부를 기다리는데, 평양집은 벌써 금분이와 공론한 일인즉, 다시 궁리할 것도 없이 배포가 다 있는 터이라, 나무에서 똑딴듯한 얼굴을 도렷하게 들더니 천착[64]하게 깔깔 웃지도 않고 눈살만 잠깐 펴고 상끗 웃으며,

(평) "하도 어이가 없어 웃음이 나오네. 사람도 약을 먹여 죽이오? 더구나 오륜五倫에 으뜸 되는 육례六禮 갖춘 가속을 죽여? 여보, 끔찍스럽소! 내가 분한 김에 말마다나 함부로 했소마는, 아무리 잘못해도 그 양반은 부인이요, 잘해도 나는 천첩인데, 나는 한 집에 여전히 살며 그 양반은 약을 먹여 죽인다든지 시량을 아니 대어주어 굶는다든지 하게 되면, 서방님 모양은 좋을 것이 무엇이오? 그럴 것 없이 복단이 한 년이 무엇이 그리 대단하오? 고만 내버려두고 찾지도 말고 나는 우리 고향으로 내려가 친정 부모와 같이 살겠으니 화개동 아씨를 모셔다가 화평하게 잘 사으시오. 그리고 보면 복단이를 아니 찾아도 절로 들어올 것이요, 집안에도 아무 시비도 없을 것이니." 하여 얼굴을 폭 수그리고 눈물이나 나오는 듯이 수건 자락으로 연해 씻는다.

---

63) 물부리: 담배를 끼워서 빠는 물건. 빨부리. 연취.
64) 천착: 생김새나 하는 짓이 더럽고 상스러움.

(서) "여보게 평양집, 내 말 듣게. 우리가 육례만 아니 갖추었다 뿐이지 하해같이 깊게 든 정으로 말하게 되면 바로 둘 중에 하나가 죽어 없어 이별을 하기 전에야 가는 사람은 누구요, 보내는 사람은 누구란 말인가? 이가의 딸 제가 아무리 나고 육례를 갖추었다 하더래도 집안이 망할 짓만 해도 그대로 둘까? 내가 글은 많이 못 읽었지만 소학에도 공맹자 말씀이, 투기가 있으면 칠거지악七去之惡에 들었다 하셨는데, 이왕 지낸 일은 말하지 말구라도 이번에 복단의 사건으로 보면 투기하는 버르장이가 아니라 할 수 있나? 어떻든지 잘잘못 간에 이가의 딸은 다시 대면을 아니 할 터이니까."

(평) "아서시오, 그리하시고 보면 못된 바람은 시구문65)으로만 분다고, 자기 잘못한 말은 아니하고 아무 죄 없는 내게로만 악담이 돌아올 터이니. 여보, 악담도 지긋지긋하오." 하며 무슨 말을 조용조용 하니까 정길이는 귀를 평양집 입 근처로 기울이고 눈만 감았다 떴다 한참을 하더니,

(서) "응, 그렇지! 옳아, 그렇고말고. 아무 염려 말게, 어려울 것 없지."

이 모양으로 평양집 말하는 대로 대답을 연해 하다가 평양집이 물러앉으니까 행랑으로 내대고 금분이를 부르더니 세숫물을 어서 떠오라고 재촉을 한다.

전 같으면 세수를 하려면 시집가는 신부의 첫 단장 하듯 거울을 앞뒤에다 놓고 이리저리 보며 찍고도 바르고 화로수66)도 뿜어 한나절 해나 보낼 터인데, 무엇이 그리 급하던지 검둥개 미역 감듯 코만 겨우 훔척훔척 씻고 갈라붙인 머리를 빗질도 아니하고 손으로 두어 번 쓰다듬더니, 양복을 허둥지둥 입고 대문 밖으로 나가며,

---

65) 시구문: 시체를 내가는 문이라는 뜻.
66) 화로수: 꽃의 액을 짜내어 만든 향수.

"놈이 어디 갔느냐? 우산 들고 부지런히 따라오너라."

한마디를 하고서 별궁 모퉁이로 내려가더니, 대안동 네거리로 사동병문을 지나 아래 청석골로 들어가서 남향 평대문 집 앞에 가 주춤 서,

"이리 오너라, 이리 오너라."

두어 마디를 부르니까 안으로서 여인의 소리로 대답을 하는데,

(여) "거기 누가 오셨나 여쭈어보아라."

(서) "소안동 계신 서 판서 댁 서방님 오셨다고 여쭈어라."

정길이 말이 뚝 떨어지자 그 여인이 깔깔 웃으며,

(여) "에그, 나는 누구라고, 사위님이오? 어서 들어오시오. 오늘은 식전에 무슨 바람이 불었나? 어서 들어오시오."

그 말을 듣더니 정길이는 안으로 서슴지 아니하고 들어가고, 놈이는 중문 문지방에 가 우산을 거꾸로 짚고 우두커니 걸어앉았더라. 그 집 주인은 장안에 유명한 화순집이니, 젊어서 인물도 밉지 않고 외입도 많이 하였는데, 늙을 고비가 되니까 뚜쟁이로 나서서 남의 집 젊은 자식을 거덜내기와 유부녀 유인하기로 생애를 삼는데, 정길이가 평양집을 만나기도 화순집이 중매한 것이라. 평양집과 창자를 맞추어 화순집이 평양집 덕도 많이 보고, 평양집이 화순집 꾀도 적지않이 들어 정길의 집안일을 정길이는 다 몰라도 화순집은 역력히 알고 있는 터이라. 화순집의 밤낮 경륜하는 불같은 욕심이 만호장안萬戶長安을 다 내어놓고 한갓 정길의 집에 있으니, 이 욕심은 누거만냥 되는 정길이 재물을 나눠 먹자는 것도 아니요, 고래 등 같은 정길의 집을 빼앗아 들자는 것도 아니라. 정길이 보기에는 천하박색 같고 평양집 알기에는 원수 같은 이 씨 부인을 꿀딱 집어삼키고 싶어서, 화순집이 소안동, 화개동으로 북 나들듯 하며 평양집을 부추기기도 하고 이 씨 부인 눈치도 많이 보기도 하였는데, 그날 정길이가 찾아온 것이 평양집 꾀를 듣고 온 것 같으나 실상은 화순집 지휘

에서 나온 것이라.

화순집이 생시치미를 뚝 떼이고,

(화) "어디를 일찌거니 가셨다 오시는 길이오? 나 같은 버커리[67] 장모를 일부러 찾아올 이치는 없는데…."

(서) "일껀 장모 문안을 오니까 너무 야속하구려. 어서 가라는 축객하는 말이오? 주인이 냉대하는데 손은 있을 것 있소?" 하며 일어나는 체하니까, 화순집이 와락 달려들어 양복자락을 턱 붙잡으며 웃더니,

"이런 변 보아! 늙은 장모가 망령으로 실없는 말마다나 했기로 가는 것이 다 무엇이오?"

정길이가 다시 앉으며,

(서) "무엇인지 우리 집은 큰일 났소. 장모는 대강 아는 터이니까 말이지, 의논 좀 하자고 내가 왔소."

(화) "에그, 도섭시러워라![68] 큰일이 무슨 일이란 말이오? 큰일 나면 품 팔아 먹지."

(서) "남은 진정으로 말을 하는데 농담으로 대답 마오."

(화) "어서 말씀을 하시구려. 누가 진정이 아니라 하오?"

(서) "내 말이 다른 말이 아니오. 소위 내 아낙이라는 자 말이오. 점점 두고 볼수록 집안 결딴날 짓만 하고 꿈에도 보기 싫은데, 본가로 쫓자하니 다 결딴나 아무도 없고, 약이나 먹여 죽이자니 평양집이 한사하고 못하게 하니, 이 노릇을 어쩌면 옳단 말이오. 나는 그 의논 좀 하자고 왔소. 장모는 격난을 많이 한 이니 내 속 좀 시원하게 하여 주시겠소?"

(화) "내가 무엇을 안다고 말씀이오? 에그, 평양집은 얌전도 하고 인정

---

67) 버커리: 늙고 병들거나 또는 고생살이로 쭈그러진 여자를 얕잡아서 이르는 말.

68) 도섭스럽다: 주책없이 능청맞고 수선스럽게 변덕을 부리는 태도가 있다.

도 많지! 어느 시앗 싸움이라니 칼부림을 시아리지[69) 아니하고 죽여 없애도록 상쾌히 알 터인데, 그렇게 고맙게 마음을 쓰지! 세상에 그런 사람은 다시 없을 걸. 그 시앗 되는 부인이 그 공을 아실까? 알고만 보면 참말이지 머리를 베어 신을 삼아도 넉넉하지."

(서) "그 공 아는 것도 고만두고, 망할 짓이나 작작 하였으면 춤이라도 추겠소. 무슨 걱정이오? 글쎄 저것을 어떻게 처치했으면 옳단 말이오? 가르쳐주시오."

(화) "내 소견에는 앞뒷일이 다 좋을 도리 한 가지가 있소마는, 우리가 아무리 정리가 두텁기로 남의 잔치에 감 놓으라 배 놓으라 할 것 있소?"

(서) "그게 무슨 소리요? 내 일을 남의 일 보듯 하시려오? 이 일에 당해서는 잘 조처하든지 못 조처하든지 장모만 믿고 아주 위임을 하는 것이니 별말 말으시오."

(화) "이런 때 보게, 모처럼 오셔서 우거지 같은 때만 쓰시구려. 할 수 없소. 이처럼 하시는데 내가 괴롭다고 아니 보아드릴 수 있소? 그렇지만 잘잘못 간 나를 쓸어맡긴 이후는 다시 이론 아니 한다고 다짐을 하셔야 하겠소. 공연히 죽도록 애를 쓰고도 나중에 이러니저러니 시비 듣게?"

(서) "시비를 누가 한단 말이오, 내가 좋아 하는 일을? 걱정 말으시오. 군말을 하면 변성[70)을 하겠소."

그리하자 대문 밖에서 '이리 오너라' 소리가 나니까 화순집이 여겨듣더니, 정길이 대답은 중동을 무이고 황망히 일어나 나가며,

"사위님 미안하지만 혼자 좀 앉아 계시오. 누가 왔는지 나가보고 들어오겠소." 하며 문간으로 마주 나가며 손짓을 설레설레하니 밖에 와 찾던

---

69) 시아리다: 헤아리다.

70) 변성: 성을 갈다.

사람이 쏜살같이 안으로 들어오려다 무르청하여[71] 서며 화순집을 보고,

"날세. 기운 평안하시오? 안손님이 오셨소? 왜 들어가지 못하게 하고 밖으로 배송을 내려 드오?"

화순집이 그 사람의 손길을 턱 잡더니,

"에그 영감도, 내가 영감을 배송 낼 리가 있습니까? 정말 시스런[72] 안손님이 있으니까 그리했지." 하며 그 사람과 입을 모으고 한참을 소곤소곤하더니,

(화) "태평히 가십시오. 이따 뵙겠소."

(손) "네, 이따 뵙시다." 하더니 그 사람은 큰길로 나서 뒤도 아니 돌아보고 휘죽휘죽 가는데 화순집은 대문간까지 나아가 문틈으로 그 사람이 아니 보이도록 서서보며 혼잣말이라.

'오냐, 걱정 말아라. 네 소원 성취가 인제야 되겠다. 그렇지만 이 애를 쓰고 이 일을 하는 것인데, 내 소청所請대로 하여주어야 할걸.' 하고 큰 공을 이룬 듯이 양양자득[73]하여 안으로 들어간다. 이때 놈이는 문지방에 오래 걸어앉아 편치도 못할뿐더러 본래 궐련 먹기로는 용구뚜리[74]라고 별명을 듣는 아이라, 저의 서방님이 나오면 들킬까 하여 빈 행랑방 속에 들어가 문을 닫고 궐련 한 개를 막 피워 물고 앉았다가 화순집 수작하는 말을 낱낱이 다 듣고 어린 소견에도 분한 생각이 나서, 저의 서방님 나오기는 기다리지도 아니하고 행랑에서 뚝 뛰어나오며 그길로 저의 댁으로 올라가 금분이 방 앞에서 주저주저하다가 방문을 툭툭 두드리며,

---

71) 무르청하다: 무르춤하다. 뜻밖의 사실에 놀라 뒤로 물러나려는 듯이 하여 행동을 갑자기 멈추다.
72) 시스럽다: 스스럽다. 서로 사귀는 정분이 두텁지 않아 조심스럽다.
73) 양양자득: 뜻을 이루어 꺼드럭거림. 또는 그런 태도를 보임.
74) 용구뚜리: 용고뚜리. 지나치게 담배를 많이 피우는 사람을 놀림조로 이르는 말.

(놈) "아저씨, 어디 가셨소?"

(거) "오, 놈이냐? 왜 아니 들어오느냐? 서방님 오셨니?" 하며 거복이가 문을 여니까 놈이가 방 안을 먼저 들여다보더니 얼른 들어가며,

(놈) "아주머니, 어데 가셨소?"

(거) "아주머닌지 두루주머닌지 언제 방구석에 붙어 있는 것 보았니? 세상을 만난 듯이 밤낮 돌아 댕긴단다. 이 식전에 서방님께서는 어데 갔다 오셨니?"

(놈) "언제 오셨소? 내가 먼저 왔지, 나는 별 출입이나 하시는 줄 알았더니 기끈 가신 데가 청석골 뚜쟁이 집이라오. 그런데 그 경칠 년이 우리 댁을 이 지경이 되게 망해놓고 무에 나빠서 화개동 아씨까지 팔아먹으려나 봅디다."

(거) "에끼 미친 놈, 그게 무슨 소리냐? 화개동 아씨를 팔아먹다니, 아무리 법이 없는 세상이기로 사부 댁 부인 아씨를 팔아먹어, 제 년이 어데가 죽자고? 네가 잘못 들었다. 필경 평양집을 군것질이나 시키려나보다."

(놈) "저런 말씀 보아, 나도 처음에는 그리 여겼더니 행랑방 속에서 숨도 크게 못 쉬고 있으니까 찾아온 놈과 화순집이 내가 곁에서 듣는 줄은 모르고 별 이야기를 모두 하는데, 그 아씨가 인물이 일색이니, 세간 살림을 잘하리니, 내가 죽을힘을 들여 네 소원이 되겠느니 하고, 망측망측한 말이 많은데, 그놈더러 오정 때 또 오라고 맞춥디다. 그 아랫집이 아저씨 누이님 집이 아니오? 그 집 뒷담이 바로 화순집 안방 모퉁이니, 아저씨께서 오정 칠 때 그놈 올 만하거든 좀 가서 자세히 들어보시구려. 나는 서방님이 오래지 아니하여 나오시겠으니 횡 하게 가야 하겠소." 하며, 달음질을 하여 내려가 화순집 문간에 가천연하게 기다린다. 이때 화순집이 안방으로 들어가며 정길이를 건너다보고,

(화) "실례했습니다. 용서하시오. 에그, 망측해라. 사위더러 용서가 다 무엇이야? 사위는 반자[75]라는데."

(서) "글쎄지요. 실례가 다 무엇이오? 그런 말씀은 두 번도 말고 아까 부탁하던 일이나 잊지 말으시오."

(화) "별 염려를 다 하시지, 한 번 말하면 고만이지 또 말할 것이 무엇이오? 일언이 중천금인데."

정길이가 화순집에게 지재지삼至再至三[76] 부탁을 한 후, 놈이를 데리고 나가니까 화순집이 고기를 산다, 국수를 산다, 주안을 떡 벌어지게 차려 놓고 오정 되기만 고대한다.

오정 때 올 손님은 별 사람이 아니라 곧 식전에 문간에서 이야기하고 가던 수전동 있는 황은률이라 하는 자이니, 저의 시골집이 황해도 안악인데, 도내의 몇째 아니 가는 부자의 자식으로 서울을 올라와 돈의 조화로 은률 군수 차함[77]을 얻어 한 후 흔한 정삼품에 옥관자까지 붙인 자이라. 의복, 음식을 궁사극치窮奢極侈[78]하여 못 입어본 옷이 없고 못 먹어본 요리가 없으나, 한 가지 소원을 이루지 못하여 주야 경륜하는 것은 인물이 일색 되는 계집을 만나고자 함이라.

화순집이 그 소문을 듣고 황가의 재물에 회가 동하여 외양이 얌전한 계집이라고는 아니 데려다 보인 것이 없으되, 모두 퇴박을 맞고 세궁역진勢窮力盡[79]하여 다시는 구하여 볼 생의도 못하더니, 평양집을 인연하여 정길의 집을 다니다가 이 씨 부인을 본즉 달덩이 같은 얼굴이 눈이 부시

---

75) 반자: 반자지명의 준말로 아들과 같다는 뜻.
76) 지재지삼(至再至三): 두 번 세 번이라는 뜻으로, 여러 차례를 이르는 말.
77) 차함: 실제로 근무하지 않으면서 이름만을 빌리는 벼슬.
78) 궁사극치(窮奢極侈): 사치가 극도에 달함. 또는 아주 심한 사치.
79) 세궁역진(勢窮力盡): 기세가 다 꺾이고 힘이 빠짐.

게 희고 앞뒤 맵도리가 한구석 미운 데가 없어 제가 열인[80]은 많이 하였어도 그런 인물은 처음 보는 터이라. 그날부터 황은률이 생각이 나지마는 재상가 댁 부인이요, 남편이 두렷이 있는 터에 어찌 생의나 하여 볼 수가 있으리오.

황가가 화순집에게 이 씨 부인 성식(聲息)[81]을 듣고 허화[82]가 동하여 밤낮 화순집을 조르되, 하늘의 별은 딸지언정 그 일 되기는 바랄 수 없어 다만 저 혼자 노심초사할 뿐이라. 화순집이 지각이 있는 년 같으면 이 씨 부인을 보았더라도 흉한 뜻을 두어볼 리도 없고, 황가가 비리의 말을 하더라도 쾌쾌히 떼어 무안을 줄 터이지만, 원래 재물에 눈이 뒤집힌 것이 염치를 불고하고 아니 날 생각이 없어 날마다 평양집을 꾀이니, 평양집이라는 것은 화순집보다 차포오졸이나 더 간악한 위인이라. 구학문으로 말하면 오장육부에 정신보가 빠졌다 할 만하고, 신학문으로 말하면 뇌에 피가 말라 신경이 희미하다 할 만한 정길이를 꼬리 아홉 가진 여우같은 평양집이 어떻게 홀리고 꾀었던지, 이 씨 부인을 원수같이 미워하다 못하여 인왕산 호랑이가 하룻밤 내로 대강이째 깨물어가도 시원할 모양이요, 환도총 가진 강도 놈들이 들어와 집 안 세간을 다 가져갈지라도 흔적도 없이 들쳐 업어가게 되면 상쾌할 만치 생각이 들도록 만든 것이라.

황가는 이 씨 부인만 만나게 하여주면 제 재산을 아까울 것 없이 다라도 내어주마 다짐을 하고, 평양집은 이 씨 부인을 그림자도 없게 구처하여주면 서 씨 집 세간을 돌앙이라도 빼어주겠다고 간청을 하니, 어중간 화순집은 이 씨 부인 하나로 해서 생수가 날 편이라, 욕심나는 대로 하면

---

80) 열인: 많은 사람을 겪어보는 것.

81) 성식(聲息): 소문.

82) 허화: 열과 땀이 심하고 식욕이 줄며 기력이 쇠해지는 병.

범강장달[83]이 같은 삯군 몇 놈만 사 데리고 이 씨 부인의 사지를 꼭꼭 동여다가 황가를 주고 싶지마는, 정길이가 모가지 질룩한 사람이 되고서야 밉지 않아 세상없기로 제 장인 이승지를 보든지, 제 친구가 부끄럽든지 외양치레를 하기로 가만히 있을 리가 만무하여 수나는 것은 둘째요, 독 틈에 탕관으로 부대낄 사람은 저밖에 없을 것 같은 조심이 나서, 선뜻 거사를 못하고 평양집과 무한히 공론을 하여, 복단이 일을 되술래잡아[84] 정길이 정이 더구나 뚝 떨어지게 하여 약을 먹여 죽이리, 친정으로 쫓으리 할 그 승시에 평양집이 화순집을 천거하기를, 아무리 잘못한 일이 있기로 사람을 어찌 죽인단 말이오, 친정으로 보내시는 것이 제일 좋은데 지금은 이승지 집이 귀양을 가고 아무도 없으니, 아주 멀찍한 시골 구석에 집 하나를 장만하고 한입 먹고 지낼 만하게 전답 간 조금 끊어주어 서로 앞뒤 동을 뚝 끊어 내버려두었다가, 아무 때든지 이승지가 풀려오거든 그 집으로 보내버렸으면 다시는 이러니저러니 하는 말과 일을 서방님 눈에 보지도 않고 귀에 듣지도 않으실 터이지만, 그 일도 가감지인[85]에게 위탁을 해야지, 복단 어미, 아비 연놈은 같이 가 있겠다든지 종종 왕래를 한다든지 일절 엄금을 해야지, 그렇지 않으면 예 말 제 가고 제 말 예 와서 소경 잠드나마나 서방님 속상하시기는 일반 되실 터이오.

그 일 맡길 만한 사람은 이 세상에 화순집만 한 이가 없으니, 이 길로 화순집을 가서 보고 꿀을 담아 부은 까닭으로 정길이가 그 식전에 청석골을 갔던 것이요, 화순집은 정길이가 그 모양으로 부탁만 하면 서발막대 거칠 게 없이 일을 해볼 작정으로 평양집 글을 가르친 것이라.

---

83) 범강장달: 키가 크고 우락부락하게 생긴 사람을 이르는 말. 범강과 장달은 중국의 「삼국지연의」에 나오는 인물로서, 그들의 대장인 장비를 죽인 사람들이다.
84) 되술래잡다: 잘못을 빌어야 할 사람이 도리어 남을 나무라다.
85) 가감지인: 맡은 일을 넉넉히 감당할 만한 사람.

그날 거복이가 놈이 말을 들은 후 숙마 바닥 메투리에 단단히 들메를 하고, 오포 소리 나기만 기다리다가 남산 한 허리에서 연기가 물씬 올라오며 북악산이 덜꺽 울리게 땅 하는 소리가 굉장히 크게 나는 것을 듣더니,

'옳지, 인제 오포 놓았군! 저 오포는 일본 오정이니까 우리나라 오정은 반시나 더 있어야 되겠지만 그때까지 기다릴 것 무엇 있나?' 하며 청석골로 내려가 누이 집 부엌 뒤로 자취 없이 돌아가 담에다 귀를 대이고 섰는데, 이때 벌써 황가가 와서 술상을 앞에다 놓고, 화순집이 술을 권해 가며 저도 반취나 되어 이 부인의 인물 자랑으로부터, 정길이를 속여 오늘 밤 일이 소원성취가 되겠다고 경신년 글강 외듯 연해 되풀이로 하며 한 턱을 해라, 두 턱을 해라, 명월관으로 가자, 수월루로 가자하며 제 공치사도 하고 황가를 또 조르기도 하는 양을 들고, 거복이가 열이 상투 끝까지 나서 우직한 성품에 장작가지라도 들고 그 담을 뛰어넘어 가 그 연놈의 대강이를 맞매어놓고 뺨따귀에서 누린내가 나도록 늘씬하게 때려주려다가, 무슨 생각을 했던지 맹세 한 번을 떼어 붙이며 나온다.

'에, 경치고 배암 잡을! 고만 내버려두어라. 저 연놈이 무슨 죄 있느냐? 우리 댁 서방님인지 남방님인지 그 화상이 다 자취지. 분 나는 대로 하면 이 장작가지를 가지고 그 화상을 대매에 상향을 부르게 하겠다마는, 선대감 생각을 하든지 상하지분을 보는 터이라 참고 지내려니까 내 종병이 되겠다.' 하며 소안동으로 올라가는데 별궁 모퉁이를 채 못 지나서 누가 뒤에서 부른다.

"여보게 유 서방, 어데 갔다 오나? 거기 좀 섰게."

거복이가 우뚝 서며 획 돌아다보더니,

(거) "에구 복단이네 아저씨요? 어디 가시는 길이오? 아주머니께서도 관계치 않으십니까?"

(복) "허허, 자네 참 만났네."

(거) "왜 그리하시오? 헐 말씀이 게시오? 나도 아저씨를 좀 뵈오려고 했더니. 우리 방으로 가십시다."

(복) "급한 일이 있는데 언제 게를 가고 있나? 아무 데서나 할 말 있거든 잠깐 하게나."

(거) "무슨 일이 그리 급하시단 말이오? 복단이 찾아다니시느라고 그리 하시오?"

(복) "그까짓 년이야 어데 가 뒈졌든지 아무리 내 자식이지만 상전 배반하는 년 찾아 무엇하겠나? 정말 급한 사정이 있어 돌아다니는 판일세.
자네는 다 아는 터이니까 말이지, 우리 댁 지내시는 것이 오죽한가? 아씨에서 굶으시기를 부잣집 밥 먹듯 하시는데, 제주서 영감 자제가 올라오셨으니 당장 저녁 진지는 지어드려야 하겠기에 일숫돈이라도 열대엿 냥 얻어보자고 나선 길일세마는, 그것인들 어디 쉬운가?"

(거) "무엇이오? 이승지 영감 자제가 올라오셨어요? 마침 잘 오셨군. 여보, 밥 굶는 것보다 존장 칠 일이 당장 날 것은 알지도 못하시고 여간 그까짓 것을 걱정을 하고 댕기셔요? 아무려나 그 양반이 고대에 신통하게 올라오셨소. 그 누이님 아씨를 생전 얼굴도 마지막 보시고 돌아가신 후에 몸 감장이라도 잘 해서 드리게, 아저씨 아무 데도 가실 것 없이 이것이나 어서 가지고 가셔서 그 양반 진지나 지어드리시오." 하며 주머니에서 지폐 한 장을 집어내어 복단 아비를 주니, 복단 아비가 반색을 하여 받아들고 생각을 하니, 당장 급한 불을 끄겠으니까 긴간은 하나 거복이 말이 이상스럽고 의심이 나서,

(복) "자네가 졸지에 어쩐 돈이 있던가? 너모난 이것 한 장이 만 원을 맞잡이로 쓰겠네마는, 자네 하던 말이 어두운 밤에 홍두깨 내밀기 같아 무슨 곡절인지 알 수가 없네그려."

(거) "아씨 참 불쌍하시지! 그 고생을 하시다가 좋은 일은 못 보시고 필

경 몹쓸 욕을 당하시게 되었으니.”

(복) “우리 댁 아씨께서 고생하시는 일이야 입 가진 사람 쳐놓고 누가 불쌍타고 아니하겠나? 엎친 데 덮친다고 또 무슨 일이 났나 보구먼. 어서 속이나 시원하게 이야기 좀 듣세.”

(거) “이야기요? 이야기만 듣고 보시면 아저씨 성미는 나도 알지만 사람깨나 착실히 죽여 낼걸. 이야기는 차차 하지요마는, 이승지 댁 서방님이야말로 하늘이 지시하여 올라오셨소. 그 서방님도 뵈올 겸 이야기도 할 겸 나도 넘어갈 터이니 아저씨 먼저 어서 가시오.”

복단 아비는 아무 물색도 모르고 부리나케 집으로 와서 쌀도 팔고 나무도 사다가 저녁을 재촉하여 짓는데, 그 밥이 채 못 되어 거복이가 뒤미처 오더니 복단이 아비와 무엇이라고 한참을 수군대다가 부엌에 있는 복단 어미를 불러낸다.

거복이는 평양집에서 드난을 하고 있은즉 화개동 집과 적국이 될 듯하나, 당초부터 저의 서방님 하는 일을 온당치 아니하다고 간하다가 걱정도 일상 듣고, 평양집 하는 일을 복단 어미에게 통기도 많이 하여주는 까닭으로, 이 씨 부인도 거복이라면 믿고, 복단의 부모도 거복이라면 고맙게 여기는 터이라, 복단 어미가 거복이 말을 듣더니,

“에그, 저 일을 어떻게 하나? 불쌍하신 우리 아씨가 이 욕을 당하실줄 누가 알아! 여보, 우리만 이 걱정하고 있으면 쓸데 있소? 아씨께 들어가 이런 말씀이나 여쭈어드려야 진작 약이라도 잡수시고 돌아가시든지, 어데 몸을 피하여 당장 욕을 면하시든지 하시게.” 하며 안방으로 들어가 윗목에 가 우두커니 섰다가, 남매 겸상하여 먹던 밥상이 난 후에, 천연히 상을 치우고 무슨 말을 할 듯 할 듯하며 아니하니, 이 씨 부인이 복단 어미 하는 양을 보고 안동집에서 무슨 일이 또 났거니 싶어,

“여보게 복단 어미, 할 말 있나? 길러내던 서방님이 저리도 시스런가,

앉도 못하고 주저주저하게?"

복단 어미가 말을 한마디도 하기 전에 울음부터 나와서 목이 턱턱 메는 소리로 대답을 한다.

"아씨, 이 이, 저 일을, 으으으, 어떻게 하나요? 으으으, 아니 여쭙기도 딱한 일이, 으으으, 차마 입으로 여쭐 수가 있나, 아아아!"

산전수전을 다 겪다 못하여 가슴이 숯등걸이 된 이 씨 부인이 복단 어미 하는 양을 보고,

"여보게, 이 사람 미쳤나? 울기는 왜 이리 울어, 말도 채 하지 아니하고, 도대체 무슨 일이란 말인가? 구박을 받으면 이에서 더하고 고생을 한들 이에서 더 할라고? 시들해라, 울지 말게."

복단 어미가 아씨를 부르며 울음 반 말 반으로 두서도 없이 거복이하던 이야기를 전하니, 부인은 아무 말도 못하고 벙벙히 앉아 사지를 사시나무 떨 듯하고, 이승지의 아들 승학이는 저의 매부가 인사불성인줄은 벌써부터 알았지만, 매씨를 보러 오든지 서사왕복간이든지, 그대 저대 말은 도무지 없으므로 매가[86]집 가도가 이 지경된 것은 모르고 지냈더니, 복단 어미 하는 양을 물끄러미 보다가 천연히 일어나 밖으로 나가더라.

시체 젊은 아이들 같으면 당장 소안동으로 내려가 연상약[87]한 매부 헤아릴 것 없이 멱살을 추켜잡고 이 뺨 저 뺨치며 그 매씨 박대한 수죄를 하여 가며 거복이 전하더란 말로 야단벽력을 내어, 정길이가 다시 갓을 못 쓰고 나서게 할 터이지마는, 원래 부형자제父兄子第로 의사도 넉넉하고 용서성도 적지 아니한 승학이라 얼마쯤 속으로 궁리를 하여 본다.

'우리 매부란 자가 언제나 지각이 나노? 분나는 대로 하면 그 자식 알아

---

86) 매가: 시집간 누이의 집.
87) 연상약: 나이가 엇비슷함.

볼 것 있나? 이 길로 야단을 치고 우리 누이님은 모시고 갔으면 고만이 겠지마는, 그리고 보면 우리 누이님 신세는 그나마 여지가 없이 될 터이요, 그대로 있자 하니 당장 화색이 박두할 모양이지. 오, 거복인가 두껍인가 그자를 불러 자세히 물어보고 조처할 도리가 있지.' 하며 거복이를 부르더니 전후 사실을 차례차례 묻더니 픽 웃으며,

"나는 너희들이 하도 야단을 부리기에 참 큰일이나 나는 줄 알았구나! 이 지경에 체면 볼 것 무엇 있니? 아무 일이 나든지 아씨가 이 고생이나 어서 면했으면 내 발길이 잘 돌아서겠다."

의견 차고 사리 아는 거복이는 이 말을 듣더니 선뜻 물러가며,

"네, 지당합니다. 소인은 이 댁을 하직하고 서방님이나 모시고 제주 구경이나 가겠습니다." 하며 안동으로 내려가는데, 천진으로 변통성 없는 복단 아비는 서방님만 치어다보고 무슨 좋은 의논이나 나올 줄 바랐더니, 넋이 풀리고 기가 막혀 야속한 마음이 생긴다.

"여보 복단 어머니, 나갑시다. 믿고 바랄 곳이 어데요? 다 쓸데없소, 어서 나와요. 동기간 되시는 서방님 말씀도 저러하신데, 우리가 애쓰고 걱정할 것이 무엇이란 말이오?"

복단 어미는 들은 체도 아니하고 아씨 앞에 가 그대로 앉아 울기만 한다.

승학이가 복단 아비 나가는 것을 보더니 문을 탁 닫고 방으로 들어와 아랫목에 가 턱 앉으며,

"누이님, 걱정 말으시오. 복단 어미도 염려 말게. 내 말대로만 하고 보면 아무 근심할 것 없지."

이 씨 부인은 거복이와 수작하던 말을 듣고 동생이라고 할 것 없이 분하고 괘씸하여 못 들은 체하고 있는데, 복단 어미는 상전 위하는 마음에 걱정 말라는 말이 귀가 번쩍 띄어,

(복) "아씨, 양반의 일은 하늘과 같답니다. 눈이 올지, 비가 올지 알 수

가 있습니까? 서방님께 어떻게 하면 걱정이 없겠나 여쭈어보시지요."

(부인) "…."

(승) "자네 나가서 대문을 단단히 닫아걸고 아범더러 떠들지 말라 이르고 들어오게. 누이님, 아버지 뵈옵고 싶지 않소? 아버지는 누님을 보고 싶어 하시는데."

효성이 남과 달라 어느 날 어느 때에 부친 생각을 아니할 때 없던 부인이 그 말을 듣더니 고대 야속하던 일은 칼로 물 벤 모양으로 흔적도 없어지고 반가운 마음이 나서,

(부) "내가 아무리 아버지를 뵈옵고 싶으나 어떻게 뵈올 수가 있니? 제주가 우리 조선 끝닿은 곳이라는데 날아가니, 뛰어가니? 누가 나를 보내줄 터이냐? 천은이나 입어 아버지께서 풀려나 올라오셨으면 뵈올는지?"

(승) "어느 때 그렇기를 바라고 있을 수가 있소? 거복이 말은 종할 수 없지만, 아니 땐 굴뚝에 연기 나는 법이 없습니다. 매부라는 양반이 하도 지각이 없으니까 그런 변이 없으리라 할 수도 없고, 그러나 저러나 누이님 고생이 점점 더하실 모양이오. 또 연만하신 아버지 얼굴을 생전에 한번 뵈어야 아니하오? 누이님 옷을 벗어 나를 주시고, 내 옷을 누이님이 입으시고서 이 밤으로 쥐도 괴[88]도 모르게 나 타고 온 인마에 제주로 내려가 아버지나 뵈시고 계시면, 나는 예서 누이님 노릇을 하다 형편을 보아가며 좋을 도리로 조처할 것이니." 하며 옷을 훌훌 벗으니,

(부) "망측스러운 말도 한다. 에라, 가만히 있거라, 듣기 싫다. 내야 열 번 죽어도 소중이 무엇이 있길래 우리 집 십여 대 종손 되는 네가 쓸데없는 나 때문에 위태한 땅에 가 빠진단 말이냐? 또 그나 그뿐이냐? 우리 집 일이 아버지께서 소인의 참소로 절해고도絶海孤島에 가 풍상을 겪으시는

---

88) 괴: 고양이.

데 슬하에 있는 네가 아무쪼록 곁을 떠나지 말고 봉양도 하며, 금 같은 시간을 허송치 말고 공부를 하여야 위로 황상폐하의 총명을 도와 아래로 노예를 못 면한 인민을 구원하고, 그다음에는 우리 집안 설치도 할 터인데, 그런 지각없는 말은 두 번도 말아라. 나야 죽든지 살든지 모두 팔자에 매인 일이니까 구차로이 면하면 무엇하겠니?"

(승) "누이님은 하나만 알고 둘도 모르시는구려. 사람이 세상에 나서 무엇이 그중 무거우냐하면, 첫째는 부모요 그다음은 동기인 고로, 인군 섬겨 충신이 되려면 부모에게 효도함으로 근본을 삼고, 인민을 건져 사업을 이루려면 동기에게 우애함으로 비롯하나니, 더구나 우리 동기로 말하면 다른 남매 없이 단둘이 자라나서 우애가 남다른데, 누이님의 박두한 화색을 모르는 체하면 윤기[89]가 끊어져 금수에 지남이 멀지 아니하니 사람이라 할 것이 무엇이오? 만일 내 계책대로 아니하시면 당장 누이님 앞에서 죽어 내 마음을 보시게 하겠소." 하고 고름에 찼던 장도를 빼어 들고 자기 목을 자기가 찌르려 하니, 이 씨 부인이 와락 달려들어 칼 든 손을 훔켜잡으며,

"이게 웬일이냐! 너 하자는 대로 다 할 것이니 고만두어라. 어서 네 옷을 이리 벗어다오, 내가 입으마. 어따, 내 옷은 네가 입어라."

승학이가 그 매씨의 의복을 입고 머리를 내려 쪽을 찌더니, 그 매씨는 관망을 시키어 자기 데리고 온 하인을 불러 단속을 단단히 하여 시각을 지체하지 못하게 하니, 이 씨 부인이 승학의 손을 잡고 하염없이 눈물을 내며,

(부) "내가 네 고집을 못 이겨 가기는 한다마는, 네 성미를 깊이 아는 바이어니와 너무 과격한 데가 많아 마음이 놓이지 아니한다. 십분 조심

---

89) 윤기: 윤리와 기강.

하여 옹용[90]하도록 처사를 하지, 행여 혈기를 못 이겨 본색을 탄로하면 나의 곤욕을 도면[91]케 하는 일이 아니라 도리어 큰 실체[92]를 얻어주는 것이니라.”

(승) “예, 염려 말으시고 어서 떠나십시오. 노자는 내 행장에 넉넉히 들었으니 기차를 타시든지, 윤선을 타시든지 행여 중등이나 하등은 타지 말으시고 아무쪼록 상등을 타시며, 저놈이 여러 번 왕래를 하여 어서 차 타고, 어서 배 타는 것을 익숙히 아는 터이니, 매사를 저놈더러 물어 하십시오.”

자기 하인을 돌아다보며,

“이애 또복아, 정신 차려 잘 모시고 가거라. 어차간에[93]라도 무심히 아씨라고 부르지 말고 영락없이 서방님이라 여쭈어라. 한밧치 정거장에 가거든 부담에 있는 내 옷 한 벌 내어 네 누이 입혀 데리고 가며 아씨심부름을 하게 하여라.”

또복이는 이승지 집 상노[94] 놈인데, 제 어미는 이승지 내행[95]을 따라 제주로 가 있고 이번 행보에 제 누이를 마저 데리고 가려던 터이라, 또복이가 ‘네, 네.’ 대답을 하고 이 씨 부인을 모시고 나오더라. 복단 어미는 아씨 이별하는 것은 기가 막히지만 급한 욕을 면하려면 그 밖에 다시 도리가 없거니 싶어, 다만 문 옆에 비켜서서 두 눈이 퉁퉁 붓도록 우는데, 복단 아비는 분김에 나와 행랑방에서 꿀떡꿀떡하고 앉았다가, 이승지 댁

---

90) 옹용: 화락하고 조용함.
91) 도면: 책임이나 맡은 일을 벗어나려고 꾀함. 또는 꾀를 써서 벗어남.
92) 실체: 체면이나 면목을 잃음.
93) 어차간에: 말을 하는 김에.
94) 상노: 밥상을 나르거나 잔심부름을 하는 어린아이.
95) 내행: 여행길에 나서거나 오른 부녀자.

서방님이 떠난다는 말을 듣고 대문 밖으로 뛰어나오며, 또복이 붙든 나귀 고삐를 잡아당기며 앞을 턱 막아서서,

"서방님, 소인을 이 자리에서 죽이고 행차하십시오. 이 댁에 불이라도 싸놓고, 아씨를 비상이나 아편이라도 잡수시게 하고 가실지언정 그대로는 못 가셔요."

한참 이 모양으로 힐난하면서도 이 씨 부인인 줄 분간을 못하니, 이는 비단 복단 아비뿐 아니라 곁에서 보던 복단 어미도 얼핏 알아보지 못할 지경이라.

본래 부인과 승학이가 쌍둥이 남매로, 얼굴이 윷짝 갈라놓은 듯하여 복색으로 분간을 하였지 얼굴만 보고는 부모라도 몰라보던 터이라, 부인은 복단 아비 하는 양을 보고 눈에 눈물이 샘솟듯 하여 바로 보지를 못하고 고개를 돌려 외면을 하고 있고, 또복이는 웃음이 나오는 것을 억지로 참고 복단 아비를 떼밀며,

"이것 보시오, 떨어지시겠소. 술이 취하셨소, 서방님 앞에 와 횡설수설하게? 법이 없어졌소?"

복단 아비가 화풀이할 데가 없던 차에 또복이에게 구실을 붙인다.

"이 녀석, 잡아먹자 하여도 장이 아까워 못 잡아먹을 녀석! 법, 법? 법을 매우 잘 아는고나. 네 아비 연갑 되는 사람더러 횡설수설이라는 것도 법이냐? 이놈, 그런 법 어서 보았니? 요런 놈은 정말 법을 좀 알려주어야 하겠다." 하며 나귀 고삐를 드러내놓고 또복이 멱살을 잡으려 하니, 또복이는 열 칠 팔 세 되는 아이로되, 효용96)하기로 유명한 놈이라, 복단 아비를 붙잡도 못하게 뿌리치고 나귀를 채쳐 몰아가니, 복단 아비가 하릴없이 그대로 주저앉아 상전의 잘못하는 일을 모두 몰아다가 또복이

---

96) 효용: 사납고 날쌤.

놈에게 향하여 수죄를 하는데,

"이놈 또복아, 네가 어떻게 죽을 터이냐? 저 모양으로 가면 하늘이 무심하실까! 사람이 오륜이 없으면 금수나 일반이거든, 상놈이 양반들 하는 일은 잘하는지 못하는지 모르겠다마는, 이놈 너까지 그 모양이냐?"
하며, 삼청동 뒷산이 덜꺽덜꺽 울리도록 대성통곡을 하는데, 그러자 금분이가 살랑살랑 오다가 복단 아비 우는 양을 보고, 복단이 죽은 일이 탄로가 되었나 싶어 겁이 나서 가슴에서 두방망이질을 하지만, 도로 가자니 더구나 수상히 알 듯하여 머리악을 쓰고 앞으로 가며,

"에그머니! 나는 누구라고? 복단 아버지가 그렇게 우시네. 약주가 취하셨소?"

복단 아비가 들은 체도 아니하니까 다시 한마디 더 물어보지도 못하고 그길로 안으로 들어가며,

"아씨, 무엇하십시오? 쇤네 금분이올시다. 대답도 아니하시네." 하며 영창을 바시시 여니, 승학이가 이왕 금분이 성식性息과 복단이 사실을 복단 어미에게 익숙히 들은 터이라, 천연스럽게 대답을 한다.

(승) "오냐, 너 왔니? 벌써 저녁 진지를 다 해치웠니?"

(금) "벌써 진지를 다 잡수셨습니다. 인제는 아씨께서든지 쇤네든지 다 시골뜨기가 되겠지요?"

(승) "그게 무슨 소리냐? 닫다 말고 시골뜨기는 어찌하여 된다고 하니?"

(금) "세월도 하도 수선스럽고, 서울 사실 재미가 없다고 두 댁에서 모두 경상도 대구 일가 댁 수풀로 이사를 하시는데, 위선 아씨께서 먼저 떠나시게 한다 하시는데, 첫차를 타시게 하려고 오늘밤 새벽 두 시에 떠나게 하신다고 하셔요."

승학이가 벌써 눈치를 짐작하고 궁통한 속으로 궁리를 하여보고,

(승) "에그, 너무나 잘되었다. 넉넉지 못한 살림에 물까지 사먹고 서울서 사느니, 시골로 내려가서 뒷동산에 나무나 많이 긁어다 쌓고, 방이나 훈훈하게 과동이나 하고서 봄이 되거든 채마밭에 파, 고초 포기를 심어놓고 마음대로 뽑아다 먹었으면 좀 좋겠니?"

(금) "아씨도 망령이시어라. 시골이 무엇이 좋아요? 쇤네는 쌍년이라 제 발로 활활 싸댕기니까 구경도 못할 것 없이 하다가, 산골 구석에 가있으려면 갑갑하지 않겠습니까?"

(승) "갑갑하기는 무엇을 갑갑해? 나는 해롭지 아니하다마는, 그러나 시골 가서야 늙은 하인만 데리고 견딜 수 있겠니? 복단이 년은 내게로 보내주어야 물 방구리라도 길어 먹겠다."

금분이가 전에 이 씨 부인에게 하던 버르장이로 서슴지 아니하고 퐁당 퐁당 대답을 한다.

"저 말씀 보시게. 복단이는 번연히 댁에 왔을 터인데 어디로 보내시고 그리실까? 속이려면 평양 아씨나 속이시지 쇤네까지 속이실 것 무엇 있습니까? 쇤네가 들으면 들었나 보다, 보면 보았나 보다 하지, 두 댁 사이에 말전주[97] 할라구 의심을 하십니까?"

승학이가 금분이 지껄이는 양을 보고 속종으로,

'오 이년, 네가 평양집과 한 바리에 매일 년이다. 당초에 여기는 오지도 않았다는 복단이를 터무니없이 떼를 쓰려 들어? 내 종적이 탄로될까 봐참고 참겠더니. 네 이년, 말 버르장이가 그대로 두지 못할 년이다. 내 손에 걸린 김에 우리 누이님 분풀이를 위선 좀 하겠다.' 하고 금분이 머리채를 휘어잡고 수죄를 하는데, 목소리를 크게 하자니 아니 되겠고 억지

---

97) 말전주: 이 사람에게는 저 사람 말을 저 사람에게는 이 사람 말을 좋지 않게 전하여 이간질하는 것.

로 참아서 나직나직한 말로,

"이년, 내가 벼르고 별렀더니라. 복단이가 번연히 왔어? 이년, 어디로 보내고 속여? 이년, 복단이는 잡아먹었든지 죽여 없앴든지 어떻게 하였든지 하고서, 어제부터 넘나들며 못할 소리 없이 오늘 식전에도 난데없는 짚신짝을 들고 포악을 그만치 부렸으면 고만이지, 무엇이 나빠 이 밤에 또 와서 생판으로 수작이냐?"

복단이 여기 있거든 찾아놓으라고 당조짐[98]을 하며 억센 사나이 손으로 어떻게 휘둘러놓았던지, 좀처럼 쥐어박아서는 눈도 아니 깜짝거리고 할 말 대답은 다 하던 금분이가 꿀꺽 소리도 못하고 한 구석에 쓰러 박혔는데, 복단 어미는 옆에서 구경을 하다가 시원하기는 한량이 없지만 행여나 본색이 노출될까 봐 서방님이 움켜잡은 금분이 머리채

"아씨, 아씨, 참으십시오. 그게 무슨 철을 압니까? 키만 엄부렁하지. 복단이 년이야 이 댁에 없으면 저 댁에 있고, 저 댁에 없으면 어디로 갔겠습니까? 저도 한 반하班下에 있다가 어디로 갔는지 없으니까 애가 쓰여서 찾는다는 것이 그렇게 말이 나왔습니다그려. 아씨, 그만 용서합시오. 저도 그만하면 정다스림[99]이 되었습니다. 다시야 또 그럴 가망이 있겠습니까?"

승학이 작정에는 그년의 뼈다귀 하나를 뚝 분질러 놓으려다가 그 매씨 떠날 때 부탁하던 말을 문득 생각하고 금분이 머리채를 슬며시 놓으며 훨쩍 눅쳐 수작을 한다.

"애 매욱한 것아, 번연히 여기 없는 복단이를 바득바득 왔다고 말하니, 아무나 분이 아니 나겠니? 나도 홧김에 과격히 했나 보다, 그만두어라."

---

98) 당조짐: 정신을 차리도록 단단히 조지는 것.
99) 정다스림: 어떤 일에 크게 혼이 나서 다시는 하지 아니할 만큼 정신을 차리게 되다.

전 같으면 금분이가 말대답도 헤아릴 것 없이 하였을 것이요, 부인을 떼밀고라도 달아났을 터이나, 그러고 보면 행여나 부인의 분돋움이 되어 십 년 공부가 나무아미타불이 될까 염려를 하여, 꿩에 채인 까투리 모양으로 눈깔만 깜작깜작하고 있다가 아니 나오는 웃음을 억지로 웃으며,

"쇤네가 죽을 혼이 들었습니다. 저 잘못하고 죽이시기로 어데 가 한가를 하겠습니까? 바로 말씀이지 복단이가 어제 아침나절에 나간 것이 다시 종적도 없으니까 한 댁에 있으며 쇤네 깐에는 걱정이 되어서 어쭙는 것이 소견 없이 말이 나왔습니다. 그런데 아씨는 쇤네더러 뫼시고 가라세요. 복단 어미·아비는 세간도 영거하여[100] 보내고, 이 집을 팔든지 세를 들리든지 양단간에 하고 차차 내려가게 하라고 하셔요. 여보, 복단 어머니, 자세 들었소?"

복단 어미가 무엇이라고 대답을 하려는데 승학이가 눈을 두어 번 꿈적꿈적하니 나오던 말을 도로 삼키고 잠자코 있더라.

(금) "아씨, 어서 옷이나 갈아입으십시오. 쇤네도 이 모양으로 휘지하고 교군 뒤에 따라갈 수가 있습니까? 제 꼴커녕 타고 가시는 아씨 모양도 보아야지." 하며 분분히 나간 후에, 승학이는 복단 어미 내외를 은근히 단속하여 조금도 눈치 보이지 말고 절에 간 색시 중 하자는 대로, 가라든지 있으라든지 금분이 이르는 말대로 수긋하고 들으라 하고 의장을 열더니, 자기 매씨의 신행 때 장만한 비단 옷가지를 내어 입고, 홍문연 잔치의 번쾌 머리 모양으로 위로만 올라가려는 머리에 왜밀을 처덕처덕 덧발라 분세수를 다시 하였더라. 그러노라니 지체한 줄 모르고 한없이 가는 것은 시간이라, 이웃집 종소리가 두 번을 땅땅 치니, 장안만호에 등불을 툭툭 끄고 서산에 잠긴 달이 반만 남았는데, 문밖에서 사람의 소리

---

100) 영거하다: 함께 데리고 가다.

가 두런두런 나며, 교군 한 채를 안마당에다 바싹 들여다 놓더니 뒤미처 금분이가 조르르 들어오며,

(금) "아씨, 어서 탑시오, 시간이 늦어갑니다."

(승) "오, 벌써 떠나게 되었니?" 하며 긴 치맛자락을 왼손으로 휩싸들고 선뜻 나오며 복단 어미를 부른다.

"어멈, 잘 있게. 자네도 얼마 아니 있다 내려오게 된다니, 조금도 섭섭히 알지 말고, 변변치 않은 세간이나마 하나 빠뜨리지 말고, 상하지 아니하도록 잘 간수하여 가지고 오게."

이처럼 진정에서 우러나오는 듯이 당부를 하니, 그 천진의 복단 어미도 그만 의사는 있어서, 가장 아씨 떨어지기 원통이나 한 듯이 한편에 가 돌아서 훌쩍훌쩍 우는 흉내를 하다가 눈이 여려 눈물이 잘 나오는 마누라가 진정으로 아씨 생각이 나서 느껴 가며 참말 울음을 우니, 제아무리 여우같이 눈치 빠른 금분이기로 부인의 진가眞假를 알아보리오. 동양으로 말하면 삼국 시절 적벽강 싸움에 연환계나 이룬 듯이, 서양으로 말하면 옛적 애급[101] 도성에 금자탑이나 쌓아놓은 듯이, 제 성공을 하였거니 여겨 교군 채를 잡고 얼마쯤을 가는데, 경부철도를 타고 대구로 간다며 동소문으로 나아가려던지 배오개로 내려서더니, 바로 통안 병문으로 들어선다.

승학이가 동인지 남인지 모르는 체하고,

(승) "이애 금분이, 거기 있니? 여기가 어디냐? 장안도 넓기도 넓다. 한동안을 왔는데 그래도 남대문을 못다 왔나 보구나."

(금) "인제 남대문이 멀지 아니합니다. 그래도 빨리 모셨으니까 그렇지, 노량으로 모셨으면 밝기 전에는 못 나갈 걸이오."

---

101) 애급: 이집트.

이 모양으로 양반은 알고도 속는 체하고, 종년은 속이려다가 제가 속으며 박석고개 밑에를 거진 다 왔는데, 그날은 무넘이 다락원 이상에 새벽 나무바리도 아니 들어오던지 캄캄한 칠야에 인적이 뚝 끊어졌는데, 궁장 밑으로 장정 오륙 인이 썩 나서며,

"이놈, 교군 거기 놓아라."

교군꾼이 깜짝 놀라며 주춤주춤하니까 한 놈이 달려들더니 교군꾼 따귀를 보기 좋게 한 번 붙이더니,

"이놈, 교군을 놓으라면 놓을 것이지, 지체가 무슨 지체야?"

교군꾼이 교군을 털썩 내려놓으며,

"저희들은 아무 죄도 없습니다, 삯 받고 교군 모신 일밖에."

금분이가 교군꾼을 막아서며,

"이게 웬일이야, 뉘댁 행차인 줄 알으시고 이리 하십니까? 안동 서 판서 댁 내행이신데, 바쁘신 길에 어서 가야 할 터인데, 여보 교군꾼, 어서 모시오."

그놈이 금분이를 밀어 동댕이를 치고,

"이년, 서 판서 댁? 서 판서 댁은 고만두고 서 의정 댁이라도 쓸데없다." 하며 저희끼리 교군을 한 채씩 들고 풍우같이 몰아가더니, 어떠한 평대문 집으로 쑥 들어가 안마루 귀틀에다 교군 채를 걸쳐놓고 제가끔 헤어져 나가니까, 안방으로서 근 오십 된 여인이 빙글빙글 웃으며 나오더니, 교군 앞장을 번쩍 떠들고 언제 보았던지 정답게 인사를 한다.

"에그, 오시기에 여복 고생을 하셨을라구. 어서 이리로 나오시오. 얼풋 보아도 예쁘기도 하고 얌전도 하지! 어서 저리로 들어가십시다."

승학이는 가장 놀랍고 무서운 체하여 점점 교군 속으로 움츠러지며 그 여인의 대답은 아니하고,

"이게 웬일이야, 길가는 사람을 팔면부지 모르는 집에다 데려다 놓고?

우리 금분이는 어디로 갔나? 금분아, 금분아!"

벌써 못 가도 종묘 앞은 지났을 금분이가 어데 있어 대답을 하리오. 그 여인이 깔깔 웃으며,

"금분이가 뒤떨어져 아직 아니 왔소? 인제 올 터이니 걱정 말고 들어가십시다." 하며 손목을 붙잡고 재촉을 하니 마지못하여 끌려가는 모양으로 여인을 따라 들어가서, 앉혀주는 대로 아무 데나 앉아서 곁눈으로 살펴보니, 분통 같이 도배를 하고 세간집물을 위치를 차려 구석이 비지 않게 늘어놓았는데, 조금 있더니 계집 하인이 소담하게 차린 장국 한 상을 갖다 놓으니까 그 여인이 앞에 와 앉으며,

(여) "여보, 이것 좀 마시시오. 여편네끼리 무엇이 시스럽소?"

(승) "…."

여인이 벌떡 일어서며,

"당치 않은 사람이 권하니까 아니 자시는군! 그러면 권할 만한 양반을 청하지." 하고 나가더니 거미구에 어떠한 자가 들어오는데, 외양이 반듯하고서는 머리 아니 깎은 자가 없는 이 세월에 저 홀로 수구당이 되려던지, 공단 결 같은 망건에 떡국 점 같은 옥관자를 붙이고, 인모 소탕에 금패 풍잠이 불그레하게 비치어 아래위에 주사니 것으로 감았는데, 애급 궐련을 손샅에다 비스듬히 끼고, 말도 채 하기 전에 너털웃음을 내어놓는다.

"허허허, 이 지경에 이럴 것 무엇 있소? 이것이 다 전생 팔자이온다. 허허허, 연분이라는 것이 이상한 것이렷다. 이게 억지로 될 노릇인가, 아무리 마음에 간절하기로? 허허허, 어서 맛없는 것이나마 장국을 조금 마시오. 아니 마시고 보면 비인정非人情이지."

초상상제初喪喪制라도 이 지경을 당하면 웃음이 절로 나올 터이라, 승학이가 참고 참다가 웃음이 복받쳐 나오니, 아무도 보지 아니하는 데 같으

면 손가락이라도 깨물고 진정을 하겠지만, 마주 물끄럼 말끄러미 보는데 그리할 수도 없고 부지중에 주사를 찍은 듯한 입술이 열리며 빙끗 웃었더라.

그자가 승학이 웃는 것을 보더니, 쪼그렸던 무릎을 훨쩍 펴고 곁으로 점점 다가앉으며 평생수단을 다 부려 수작을 하는데,

"우리가 이 모양으로 서로 만나서라도 아들딸 낳고 재미있게 참깨가 기냐 짜르냐 하고 살게 되면 고만이지, 개화 세상에 더 볼 것 무엇 있소? 여보, 무정세월약류파102)로 한세상 지나가면 또다시 못 오는데, 무정한 남편을 만나 일평생을 설움으로 보내는 사람은 천치 중 상천치외다. 자, 그러지 말고 내 청으로 입에 대었다라도 떼시오." 하며 젓가락을 집어 손에다 잡혀주니 경솔히 웃음을 웃어 실수한 이상에 새삼스럽게 빼물다가는 괴이쩍게 알 터이니, 차라리 저놈의 마음이나 푸근하게 하여가며 성화를 바치리라 하고 수삽한 말소리로,

"먹기가 그리 급한가요?"

승학이가 권에 못 이겨 먹는 것처럼 시장한 김에 한 절반 먹고서 한숨 한 번을 길게 쉰다.

"에그, 이 지경에 알아도 쓸데는 없지만 이것이 웬일이오? 속이나 시원하게 알기나 합시다."

그 열없는 놈이 일색미인을 참말로나 얻어다 놓은 듯이 정신이 보째 빠져서 행동거지가 구석이 비고 동이 닿지 아니하건만, 의심은 반점 없고 목이 말라 덤벙이다가 말 몇 마디 하는 양을 듣더니, 어떻게 좋던지 허둥지둥 수작을 하노라고 두서가 도무지 없더라.

"나더러 물어볼 것 없이 이 편 이야기부터 하구려. 내 성은 황가요, 황

---

102) 무정세월약류파: 덧없이 흘러가는 세월이 흐르는 물과 같이 빠르다.

창련이, 황은률이라면 모를 사람 별로 없소. 양반도 시골서는 나보다 나은 놈 별로 없는걸. 우리 마누라는 인물도 볼 것 없고 천치나 일반이오, 이편이 별수 없이 큰마누라나 다름없이 살림을 주장할 터이지. 시골이 싫으면 서울 배치라도 마음대로 하겠소. 돈이 없어서?"

(승) "남이 부끄러워 어떻게 하나?"

(황) "관계치 않소. 남부끄러울 것이 무엇 있소? 흔적도 없이 꼭 들어앉아 살면 누가 알기나 할 터이오?" 하며 승학의 손목을 잡으려드니 몰풍스럽게 획 뿌리고 얼굴빛이 변하여지며,

(승) "나를 노류장화103)로 알고 데려왔습더니까? 아무리 팔자가 기구하여 이 모양이 되었을지언정 강포로는 욕을 아니 보겠소. 이렇게 급조히 굴지 말으시고 내 말을 들으시오. 내가 당신 하자는 대로 다 할 것이니 당신도 나의 소원하는 바를 들어 주어야지, 그렇지 않으면 이 자리에서 모진 목숨이 끊어지기 전에는 허신許身을 못하겠소."

(황) "걱정 마오, 우리가 백년가약을 맺는 이상에 세상없이 어려운 청이기로 못 들겠소? 무슨 일이오? 말이나 들어봅시다."

(승) "나를 이 모양으로 데려왔을 때에는 내가 누구인지 짐작하시겠소 그려. 내가 남편을 못 만나 고초를 겪은 일을 생각할수록 서 씨 집이라면 이가 갈리지만, 시부모 생시에 나를 편벽되어 사랑하시던 일은 어느 때든지 잊힐 날이 없는데, 내일 모레가 우리 시어머니 첫 기일인즉 목욕재계를 하고 같이 참사는 못하나마 그동안을 못 참아서 타문 사람이 되고 보면 천리에 용납지 아니할뿐더러, 인정에도 박절하여 저 잘되자는 길이 자취마다 피가 괴일 것이니, 조급히 구시지 말고 수일 말미만 주어 변변

---

103) 노류장화: 누구든지 꺾을 수 있는 길가의 버들과 담 밑의 꽃이라는 뜻으로, 창녀를 가리키는 말.

치 않은 사람의 원하는 뜻을 빼앗지 아니하시면, 그 후에는 손목을 이끌고 정구지역104)을 할지라도 어디까지든지 사양치 아니하리다.”

황가가 욕심이 불같이 일어나 잠시도 견디기 어렵지만 그 언론과 사색을 듣고 보더니 제 소견에도,

‘계집은 본래 천성이 편협한데, 한번 먹은 마음을 압제하여 내 욕심만 채우려는 순종치 아니하기가 십상팔구가 될 것이라. 이왕 며칠을 참았을라구, 내일 모레가 젯날이라니 그동안이야 못 견뎌보랴.’ 하고 큰 선심이나 쓰는 듯이 부인의 칭찬도 하고 제 공치사도 한다.

“허허, 그렇지! 마음도 외양과 같이 얌전하구려. 시속 못된 것들 같으면 서가의 집에 불이라도 싸놓으러 들 터인데 저렇게 속을 쓸 이가 또 어데 있어? 그만 사정은 알 만한 내가 그 청 못 듣겠소? 염려할 것 없이 마음 턱 놓고 편히 누워 자시오. 그래도 잠동무할 사람은 있어야 할 터인데.” 하더니, 안방으로 건너 대고,

“주인아주머니, 주무시오? 이리 좀 오시오.”

안방에서는 잠도 아니 자고 등대를 하였던지, 그 말이 뚝 떨어지자,

(주인) “두 양주 분이 재미있게 주무시지도 않고 왜 부르시오? 잔치나 한 상 주시려오? 하하.”

(황) “아무렴, 잔칫상을 드리다마다. 그 말씀이야 다시 하시면 군말되지. 미리 허리띠 끈이나 끌러 놓으시구요, 사랑에 불이나 켜놓고 내 자리 좀 내보내주시오.”

(주) “에그, 도섭시러워라. 자리는 왜 내어 가라오? 영감이 나아가 주무시려오?”

---

104) 정구지역: 물을 긷고 절구질하는 일이라는 뜻으로, 살림살이의 수고로움을 가리키는 말.

(황) "오늘 내일은 불가불 내가 안에서 못 잘 일이 있소. 모녀분에 누구시든지 우리 아씨하고 잠동무 좀 잘 하여주시오."

(주) "젊으신네가 나같이 늙은이야 좋아하나? 우리 아기더러나 함께와 자라지. 이애 옥희야, 이 영감 나가시거든 네나 이리 건너와서 저 댁하고 같이 자거라. 본래 사귄 친구 있니?"

황가는 사랑으로 나아가고 열 칠팔 세 된 처녀 하나가 들어온다. 문견 없는 집에서 자라난 처녀건만 비루한 태도는 조금도 없고, 연꽃이 웃는 듯한 얼굴을 도렷하게 들고 검은 구름 같은 머리를 발꿈치에 치렁치렁하게 땋아 늘였는데, 일색 구하던 황가의 눈은 티눈만도 못하던지 이 같은 인물은 몰라보고, 체면이나 도리에 천부당만부당한 이 씨 부인에게 흉한 뜻을 두었더라.

젊은 남자의 호탕한 마음에 아무도 없는 곳에서 일색 미인을 단둘이 만났으니 꽃 본 나비 같이 흥치가 절로 나련마는, 한갓 황가를 속이고 도주할 궁리가 골똘한 승학이라 거들떠보지도 않고 덤덤히 앉았다가 다시 생각을 하니,

'내가 도망하기는 어려울 것이 없으되, 도망 곧 하고 보면 내가 왔던 줄을 알 사람이 없고, 우리 누이님에게 누추한 말이 돌아갈 것이요, 아니 도망하고 그대로 있자 하니 당장에 탄로가 될 것이니 굽도 젖도 못하고 이 일을 어찌할꼬!' 하며 언뜻 건너다보니, 문을 펄쩍 여닫는 바람에 초가 한편이 툭 터지며 촛농이 용틀임으로 내려 흘러 불이 침침한 그 옆에 옥희가 천연스럽게 앉았는데 색심이 동하는 것이 아니라 자기가 왔던 흔적을 알도록 할까 하고, 한 가지 계책이 나서 옥희를 향하여 수작을 붙인다.

(승) "에그, 그 색시 얌전도 하게 났다. 내가 아무리 어른이기로 남의 집 처녀더러 해라 할 수 있나? 올에 몇 살이오? 아마 열다섯은 넘었지?"

(옥) "열아홉이야요."

(승) "나보다 삼 년 아래군. 바깥 어르신네는 어데 가셨소?"

(옥) "우리 고향에 다니러 가셨어요."

(승) "고향이 어데요? 서울도 일가가 여러 댁이오?"

(옥) "고향은 화순인데 우리 이모 되시는 어른이 청석골 계서서 그 연줄로 이사를 서울로 올라왔어요."

승학이가 고개를 끄덕끄덕하며,

"응, 응, 청석골 계신 이 택호가 화순집이 아니시오? 그 마누라님은 나도 두어 번 뵈었지. 어쩐지 색시 어머니 되시는 마누라님 얼굴이 방불하더라, 오래지 아니하여 동이 트겠소. 누워들 잡시다." 하고 자리를 나란히 펴고 누워, 하나는 지남철 모양으로 앞으로 잡아당기는 마음이 나고, 하나는 기관차 모양으로 뒤로 물러가는 생각이 나는데,

'저 처녀의 행동, 언사가 점잖은 집 규수나 다름이 없는걸! 인물도 출중하기도 하다. 내 왔던 표를 내고 가자면 끝끝내 계집인 체하여서는 아니 될 터이요, 내 행세로 말하면 남의 집 처녀를 승야[105] 겁간하는 것이 법률상 죄인을 면치 못하겠으나 권도라는 권자가 이런 때에 쓰자는 것이지.' 하고 옥희 앞으로 조촘조촘 다가오는 것은 승학이요,

'외양은 하 흉치 아니하구먼 하는 양을 본즉 망측도 하지. 사람스러운 터이면 이 지경이 되어 무슨 경황에 웃음이 나오고 말이 나올꼬? 기둥에 대강이라도 부딪혀 죽을 것이요, 죽지를 못하게 되면 혀를 깨물고 남의 남자와 수작을 아니 할 터인데, 천격스럽기도 하지. 양반의 부인이라고 무막지한 계집이나 나을 것 없구나.' 하고 윗목 편으로 점점 돌아눕는 것은 옥희더라.

---

105) 승야: 밤중을 이용하는 것.

사람이 재미있는 일이 있어 잠심을 하게 되면 며칠 밤을 새워가면서도 졸음이 아니 오지만, 이날 밤에 옥희는 묻는 말대꾸도 하기 싫고 가까이 있기도 실쭉하여, 아무 재미없이 누웠다가 어느 결에 잠이 깊이 들었는데 가슴이 답답하여 놀라 깨니, 난데없는 남자 하나가 곁에 누웠는지라, 일신이 벌벌 떨리며 간이 슬듯이 겁이 나서 소리를 지르자 하니 목구멍에서 나오지도 아니하거니와, 제일 남이 부끄럽고 한갓 죽고 싶은 마음뿐이라, 두 눈에서 눈물이 샘솟듯 하며 일어앉았더니, 열이면 아홉은,

　'이게 웬 놈이 남의 집을 밤중에 들어왔어?' 하며 호들갑스럽게 문을 열어젖뜨리고 뛰어나갈 터인데, 옥희는 천생 팔자를 그렇게 타고났던지 사람이 진중하여 그렇던지 나직한 말소리로,

　"보아하니 점잖은 양반이 예 아닌 행실로 남의 집 규중에를 무단히 들어오셨소. 어서 나아가시오."

　승학이가 옥 같은 손목을 덥썩 쥐며 껄껄 웃더니,

　"억지로 데려올 제는 언제요, 또 나가라기는 무슨 곡절이야?"

　새벽 뒤 잘 보는 옥희 어머니가 뒷간에 가노라고 건넌방 앞으로 지나다가 문에다 입을 대고,

　"아가, 벌써 깼고나? 무슨 이야기를 그렇게 하니?"

　옥희가 그 모친의 목소리를 듣더니 흑흑 느껴 울며,

　(옥) "…."

　(옥희 어머니) "고대 지껄이더니 누가 저렇게 울까? 이상시러워라." 하며 문을 와락 열고 들여다보더니,

　(옥희 어머니) "이애, 네가 자다 말고 첫새벽에 일어앉아 우는 곡절이 웬 곡절이냐? 심상하지 않은 곡절이로구나."

　(옥) "…."

　(옥희 어머니) "저것이 벙어리 차첩을 맡았나, 말도 아니하고 속만 태

우게? 여보 손님 아씨, 잠 들으셨소? 우리 딸이 어째 저러오?"

(승) "….."

옥희 어머니가 궁금증이 지나 화가 나서 소리를 버럭 질러 그 딸을 부른다.

"옥희야, 옥희야, 저것이 별안간에 뒈질 혼이 들었나? 어미 말을 대답도 아니하게."

그제야 옥희가 저의 어머니 앞에 가 푹 엎디며,

(옥) "어머니, 나는 죽겠소. 이 지경에 살아 무엇을 하오?"

(옥희 어머니) "이 일이 자다 꿈결인가? 별안간에 알 수 없는 일일세. 이애, 죽어도 말이나 시원하게 하고 죽어라."

승학이가 그제야 부시시 일어나서 옥희 어머니에게 절 한 번을 넙신하며,

"장모, 건너오셨소?"

옥희 어머니가 어이가 없어 덤덤히 있다가,

(옥희 어머니) "에그 망측해라, 저이가 누구길래 나더러 장모라고 할까?"

(승) "장모도 망령이오. 사위가 누구인지도 모르고 데려왔단 말이오?"

옥희 어머니가 말하는 승학이도 건너다보고 엎디어 우는 옥희도 내려다보다가 옥희 등을 어루만지며 마주 울음이 나온다.

"내가 남의 말 잘 듣다가 외성 박 씨 집 가문을 흐려놓았구나. 너의 아버지 유다른 성미에 이 일을 알고만 보면 너하고 나하고는…. 이런 때는 동생이 아니라 큰 업원이로구나. 장안 계집을 깡그리 노구질을 하다 못해서 조카딸까지 팔아먹는 것이로구나. 사랑에서 자는 황가부터 그대로 두지 못하겠다. 경무청[106]에다 정하여 청바지를 입혀야지. 그놈이 억하

_____

106) 경무청: 갑오개혁 이후에 한성부 안의 경찰 업무와 감옥의 일을 맡아보던 관청.

심정으로 사내놈을 여복을 시켜 데리고 와서 계집 얻어온다고 방을 빌려라, 장국을 해달라 하더니, 저는 슬쩍 나가 자고 우리 딸을 이지경이 되게 하여! 그놈이 속았나, 내가 속았나? 까닭을 알 수가 없네."

계집이 악이 나니까 눈에 헤아릴 것 없이 함부로 말이 나온다.

"이놈아, 너는 뉘 집 자식인데 뒈질 줄 모르고 변복을 하고 다니며 남의 집 내정돌입을 하느냐?"

승학이가 자기 매씨 보러 왔던 일로부터, 거복이 말을 듣고 계책을 내어 의복을 바꾸어 입고 오던 일을 낱낱이 말하니, 옥희는 어찌 그렇게 지각이 났던지 격난을 많이 한 저의 어머니도 생각지 못하고, 의사가 넉넉한 승학이도 궁리를 못한 말을 한다.

(옥) "어머니, 요란시럽소. 떠들고 보면 더구나 남만 부끄럽소. 지어둔 아버지의 의복 일습과 관망까지 갖다가 저 양반을 드리시오. 저 양반의 말씀을 들으니 우리 죄도 아니요, 저 양반 죄도 아니오. 첫째는 서 판서 아들의 죄, 둘째는 평양집과 청석골 아주머니 죄지, 황은률은 오히려 몇째 가는 죄올시다. 이 일을 발각하게 되면 다른 사람이야 누가 알 바 있습니까마는, 제일 아주머니께서 어느 지경에 이를지 모르겠소. 그리지 않아도 아주머니가 행세 잘못하여 수치 된다고 어머니까지 미워하시던 아버지 성품에, 집안에 불이라도 싸놓으시고 몇 사람 살육이 날 것이니, 어머니, 내 말대로 저 양반 몸을 이 길로 피하시게 하고, 황은률더러는 나 잠든 동안에 이 부인이 도주하였다고 하십시다."

옥희가 승학이 얼굴을 다시 치어다보고, 두 눈에 눈물이 핑 돌며 저의 어머니를 따라 밖으로 나가더니 모녀가 무엇이라고 공론을 했던지, 옥희 어머니가 다시 들어와서 자기 딸의 전정도 부탁하고 어서 몸을 피하라고 당부도 하더라. 승학이가 그 길로 나서서 이 골목 저 골목 휘휘 돌아가니 느릿 골 병문이 썩 나서는데, 해가 벌써 올라오려는지 낙산 중허리가 홍공단 포장을 두른 듯하게 황홀히 붉어지며, 성 위에 자던 까치는 하나둘씩 날아가며 '깟깟깟' 지저귀고, 전차 기관실 연통에서 시꺼먼 연기가 치밀어 올라오며 핑핑 돌아 흰 구름 덩이가 되어간다. 그 모양으로 창황히 가는 승학이가 무슨 흥치가 그리 나던지 가다 말고 길가에 우두커니 서서 새벽 경치를 구경하는데, 대강이 협수룩한 놈이 소반 한가운데 소금 한 접시를 놓아 들고 나오며 귀청이 뚝 떨어지게,

"모주 잡수, 설설 끓소, 맛 좋고 값이 싼 것이오."

소리를 두어 번 지르다가 승학이를 힐끗 보더니 와락 앞으로 대들며,

"이 양반, 모주 값 내오. 문둥이 자지 떼어먹듯 한 번 뚝 떼어먹고 다시 이렇다 저렇다 말이 없단 말이오?"

승학이가 어이가 없어 대답도 아니하고 있다가, 그놈이 옷자락을 잡아당기며 어서 술값 내라는 통에 분이 잔뜩 나서, 이르거니 대답거니 설왕설래가 되니 구경 좋아하기로 유명하기는 서울 사람이라, 오는 사람 가는 사람이 겹겹이 돌아섰는데, 그중에 모주 먹으러 다니는 자들은 모주 사발이나 두둑하게 얻어먹을까 하고, 울력성당[107]으로 모주 장수 편을 들어 승학이를 발돋움에다 넣으려 든다.

얼굴을 보든지 행동을 보든지 승학이를 모주꾼으로 볼 리는 만무할 터인데, 내려가렸던 머리를 빗질도 할 겨를 없이 대강 끌어올리고, 맞지 않는 관망을 쓰고, 이십 전 소년의 체수에다 굴안만한 늙은이의 의복을 입어놓았으니 아래위가 메가 뚝뚝 들어 하릴없는 모주 타령꾼의 체격이라. 모주 장수가 어떠한 놈에게 술값을 잃고, 어느 때든지 한번 만나면 껍질이라도 벗기리라 벼르고 있던 차에, 승학이를 횡보고 시비를 시작하였는데, 예사로 말을 한 것 같으면 잘못 알고 그리하였노라고 사과나 할

---

107) 울력성당: 떼 지어 으르고 협박함.

터이로되, 무식한 놈이 첫대 우악하게 걸어놓고 어찌할 수가 없어 번연히 그 사람이 아닌 줄 알면서도 내친걸음에 구실을 붙는 것이더라. 여러 놈들이 받고차기로 시비를 하는데 그중 한 자가 두부 주머니 같은 생베 두건을 우구려 쓰고 썩 대들며,

"보아하니 젊은 친구가 행세를 아주 잘못하누! 이 양반, 어데 사는데 무엇하러 댕기시오?"

의사스럽게 임시처변 잘하는 승학이가 얼풋 생각하기를,

'거짓말로 사람 속이는 것이 군자의 할 바 아니나, 내 몸에 침노하는 액회를 면하려면 변통이 없고는 도저히 되지 못하리라.' 하고 서슴지 아니하고,

"예, 나는 충청도 내포 사는 사람인데, 여간 지가서[108] 권이나 보았더니 아는 것은 별로 없으나 동협 사는 친구가 친상을 당하고, 큰 화패나 없을 산지 한 곳을 구해달라고 지재지삼 간청하기에 괄시할 수 없어 한두 군데 보아두었던 곳이 있길래 일러주자고 찾아가는 길이오."

그 자가 지관이라는 말에 귀가 솔깃하여 대지라는 것이 참말 있어 한 자리 얻어 쓰면 생수나 날 줄로 여기고, 승학이에게 고맙게 보여 손 한번 빌어볼 작정으로 별안간에 선심이 나온다.

"여보게 김 서방, 그만두게. 저 양반이 우리 모양으로 술 자시러 댕길 듯하지도 아니한데 아마 자네가 잘못 보았나베. 그렇지만 자네더러 술값 잃으라 할 수 있나? 술값이 얼마나 되나? 많고 적고 내가 물어주지. 저 양반은 갈 길이 총총하다는데 어서 놓아 보내게. 이 양반, 걱정 말고 어서 가시오."

승학이가 뭇놈에게 부대끼다가 가라는 소리에 어찌 시원하던지 뒤도

---

108) 지가서: 지술(地術)에 관한 책.

아니 돌아보고 가는데, 어떤 자가 두 주먹을 쥐고 쫓아오며,

"앞에 가시는 양반, 거기 좀 계시오. 긴히 할 말씀 있소." 하는 소리에 돌아다보니 술값 물어주던 상인이라.

(상) "그렇게 바삐 오십니까? 내 집으로 가 담배나 한 대 피우고 가시지요."

(승) "천만의 말씀이오. 내가 먹은 술값은 아니지만, 그처럼 돈을 내어 물어주시기까지 하여 욕을 면케 하셨는걸, 신세진 인사 한마디 못하고 오며 생각을 하여도 대단히 미안하더니, 또 이처럼 하시니 너무 감사하구려."

(상) "별 말씀을 다 하시지요. 그까짓 것이 감사가 다 무엇이야요. 보아하니 점잖은 양반이 욕보시는 일이 하도 딱해서 돈냥 물어준 것이 그리 끔찍할 것 있나요? 내 집이 과히 멀지 아니하니 잠깐 같이 가십시다."

승학이가 그 자의 가자는 눈치를 대강 짐작하고 속마음으로 홀로 웃으며 권에 못 이겨 따라가는데, 순랏골로 들어서 관상감재로 넘더니 바로 재동 네거리에서 북악산을 바라고 한없이 올라가다 가운데 똥골 오막살이집으로 들어가더니, 선반에 얹힌 왕골기직 한 잎을 부리나케 내려 먼지를 툭툭 털어 아랫목에 깔면서,

"누추하나마 좀 앉으십시오." 하고 부엌으로 내려가더니,

"여보, 무엇하오? 조반 한 상 차리오, 손님 오셨소."

부엌에는 그 자의 어미가 있는지 계집이 있는지 말만 듣고는 알 수 없게 대답이 나온다.

"날마다 술타령만 하고 댕기더니 누구를 끌고 와 호기스럽게 밥을 차려 오라고 할까! 딱도 하다. 초상상제가…."

그 자가 손짓을 홰홰 하며,

"떠들지 말고 가만히 있소, 지랄하지 말고. 저 손님이 용한 지관 양반

인데, 자식 기르고 부자가 될 자리나 한 곳 얻어 어머니 장사를 지내려고 데리고 왔소."

"에그나, 작히 좋겠소! 나는 누구를 데리고 왔다고."

서방 놈은 밥상을 갖다 놓고 곁에 앉아서 제 사정 이야기를 하고, 계집 년은 뒷문 틈으로 들여다보고 서서 엿듣는데,

(상) "이런 말씀 하기는 미안합니다마는, 좋은 포부를 가지셨다니 병신 자식이라도 하나 기를 산지 한 곳 일러주시면 망모의 영장[109]을 지내겠습니다."

(승) "상주가 당고한 지가 얼마나 되었길래 아직 안장을 못하였소?"

(상) "당고한 지도 오래지 않습니다마는, 본래 선산 발치도 없고, 수구 문 밖에다 되지 아니하게 초빙하였더니, 그나마 시비가 있어 오늘 새벽에 나아가 빙소를 옮기고 오던 길에 천만의외에 당신을 뵈왔습니다."

(승) "내가 무엇을 알오? 대지는 적선을 많이 하여 죄 아니 지은 사람이면 지관 아니라도 절로 얻고, 그렇지 못하면 아무리 무학이, 도선이를 데리고 댕겨도 쓸데없습니다. 아까 내게 하시던 것을 보아도 선심이 대단하시던걸."

(상) "제가 적선한 것은 별로 없으나 죄는 아니 지었어도 자식을 낳으면 죽어 길러보지를 못할 제는, 부친 산소를 아주 망지에다 모신 것이야요."

그리하자 문밖에서 계집이 혀를 툭툭 차며,

"무슨 말을 바로 하지, 복단이 송장을 몰래 파묻어준 것은 죄 아니될까? 복단의 원혼이 우리 개똥이도 잡아갔지, 무얼! 금분이 년을 뜯어먹어도 시원치 않아, 우리 못할 노릇하는 것을 생각하면, 그래도 그년에게

---

109) 영장: 편안하게 장사 지내는 것.

미처서 죽을 짓이라도 하라면 하지." 하며 투기 많은 계집이 제 서방이 금분이와 좋아 지내는 것을 일상 미워하던 터에, 좋은 산지나 얻어서 자식을 길러볼까 믿었다가 죄지은 사람은 아니 된다는 말에 강열이 바싹 나서 숨기고 쉬쉬하던 말을 바로 내어 쏜 것이라. 복단이 파묻었다는 소리에 승학이 귀가 번쩍 띄어 혼잣말이라.

'옳지, 금분이년이 제 상전과 같이 복단이를 죽여 없애고 우리 누이님에게 허물을 뒤집어씌우려고 찾는 체하였구나. 백 번 죽어도 죄가 남을 년들도 있지. 우리 누이님을 속여 황가 농에게로 보내려던 분풀이를 하고 싶어도 누이님 수치가 될 터니까 못하겠더니, 원수는 외나무다리에서 만난다고 이놈의 집에를 내가 오기도 희한한 일이지. 저놈이 뫼를 잘 쓰면 자식 기를 줄로 믿는 것을 보니까 무식하고 미련하기는 짝이 없는데, 계집은 셈이 바르고 소견이 없으니 내가 나서지 아니하여도 저놈만 앞세우면 원수를 넉넉히 갚겠다.' 하고 시치미 뚝 떼고 그놈의 비위가 당기도록 수작을 하여 진담 토설을 나꾸어 낸다.

"여간 죄를 좀 지어도 관계치 않소. 번연히 죄를 지은 줄 알고도 회개를 못하여야 앙화를 받지. 기왕 깨달은 이상에 가령 남에게 적악을 했으면 신원을 해준다든지, 내가 범법을 했으면 자현을 한다든지 하게 되면 이왕 죄짓지 않은 것보다 오히려 한층 더 나을 것이오. 그때 가서는 천하 명당도 얻기 어렵지 아니하고 자손도 앞에 그득하리라."

상인이 고개를 수굿하고 있다가,

(상) "참 양반의 말씀이올시다. 보시다 모르겠습니까? 저는 상놈이라 무식한 탓으로 죄를 아니 짓자 하면서도 부지중에 범한 일이 났나보이다."

(승) "모르고 범한 것은 큰 죄 될 것은 없소. 이왕 그런 일이 있거든 은휘[110]하지 말고 말을 바로 하시오. 들어보아 큰 관계나 없을 것 같으면

아무리 정성이 간절하더라도 산지를 못 얻어 쓸 것이니, 나부터 구산하여 볼 생의도 아니 할 터요. 과히 실범이 없고 보면 좋은 방침을 일러줄 것이니 걱정 말고 이야기나 하오."

(상) "기왕 말이 난 터에 조금인들 기망하겠습니까? 자초지종을 들어보십시오." 하고 서 판서 집 내력으로, 정길이 못생긴 행실로, 평양집 요악한 것과, 이 씨 부인 무던한 일을 한바탕 내어놓는데 승학이가 껄껄 웃으며,

(승) "남의 집 가정 일은 장황히 말할 것 없소. 복단인지 흉단인지 어떻게 죽은 송장을 뉘 말을 듣고 무슨 곡절로 묻어주었는지, 댁한테 관계된 일이나 이야기를 하시오. 알 수는 없소만 내 소견에는 송장을 묻어주었으면 적선이라 할 만할걸."

(상) "웬걸이오, 제 생각에도 잘한 일이라고 할 수 없어요. 그 댁 하님에 금분이라고 있지요."

(승) "그래?"

(상) "금분이가 저하고 가까이 지내는데, 하루는 자정이나 칠 때에 와서 지폐 십 원을 주며 송장 하나를 치워달라고 하여요."

(승) "송장은 뉘 송장?"

(상) "그 송장이 아까 말하던 복단이 송장이올시다그려."

(승) "금분이가 복단의 어미요, 형이오?"

(상) "형이나 어미 같으면 자식이나 아우의 신체 묻어주기가 의례히 할 일이지만, 그 사이에 층절이 많이 있지요."

평양집이 복단이 빼앗던 일로, 복단이가 매에 못 견디어 홍현 우물에 빠져 죽던 까닭과, 금분이가 제게로 와서 애걸을 하여 맹현 뒷산골에 파묻어 흔적을 감추어, 복단 어미 · 아비도 이때껏 제 딸 죽은 줄을 모르고

---

110) 은휘: 꺼리어 숨기고 파함.

지낸다는 사실을 한마디도 빼지 아니하고, 사법관이 신문한 것보다 더 자세히 자복을 한다. 승학이가 그자의 욕망을 채워줄 듯이 이치에 근사하도록 말을 하여, 복단이 죽은 전후 정절을 다 들은 후에, 가장 그자를 깊이 아끼는 모양으로 입맛을 두어 번 쩍쩍 다시고,

(승) "허, 그것 아니되었소, 적악 중 큰 적악을 했구려. 옛날이야기 하나 할 것이니 들어보려오? 전에 도적놈 하나가 이웃 과붓집으로 도적질을 하러 들어갔더니, 방에서 인기가 나면서 잠이 아니 든 모양이라, 마루 밑에 가 가만히 엎디었는데 저와 친한 놈 하나가 담을 넘어오더니, 과부의 방으로 들어가 욕을 보이려다 저사[111]하고 순종치 아니하니까, 칼로 과부를 찔러 죽이고 나가는 모양을 보고, 도적질도 못하고 제 집으로 왔더니, 그 살옥이 일어나 사랑에서 자던 시아비에게로 지목이 가서 옥중에 갇혀 발명도 못하고 속절없이 대살을 당할 지경인데, 도적질하러 갔던 사람이 곰곰 생각을 하니 '아무리 죽을 혼이 들어 도적에 마음은 두었을지언정 무죄한 사람이 누명을 쓰고 죽게 됨을 분하고 불쌍한 마음이 나서 차라리 적률은 당할지언정 그 일을 신설하여 주리라. 친구가 비록 정의는 두터우나 범죄를 한 이상에 어찌 사정을 인하여 남의 원한을 머금게 하리오.' 하고 그길로 관문을 두드리고 고발을 하였더니, 원범을 잡아 정죄를 한 후 그 사람은 적률은 고사하고 말 바로 한공으로 중상을 받을 뿐 아니라, 그 후로는 무론 어떤 일이든지 경륜만하면 꿈에 그 과부의 혼이 와서 잘될 길로 인도하여 부귀를 쌍전하였다는 말이 있습니다."

(상) "저는 도적질은 아니 했습니다마는 일 경위인즉 저 당한 것과 어지간한 걸이오. 복단이는 그 과부로 치고, 평양집은 담 넘어오던 놈이나 마찬가지요, 복단 어미·아비는 그 시아비 모양으로 영문 모르고 있다

---

111) 저사: 저사위한(抵死爲限)의 준말. 죽음을 각오하고 군세게 저항함.

부대낍니다그려."

(승) "어, 상주 참, 이야기 들을 줄 아시오. 상주도 그 모양으로 복단이 신설만 하여주면 법사에서도 상을 주면 주었지 논죄할 리는 만무하고, 또 복단이 혼이 있고 보면 결초보은이라도 할 것이니, 정승, 판서가 대대로 날 산지기로 못 얻어 쓰겠소?"

(상) "예, 산지는 얻든지 못 얻든지 이 길로 소송지나 너덧 장 사 가지고 대서소로 가겠습니다."

(승) "흥, 인제 잘 생각하였소. 내 신명에 관계되는 일에 아무리 정답기로 되지 않은 부탁을 신청하여 바른말 한마디 못하고 그른 사람이 될 수 있소? 나도 갈 길이 총총해서 더 지체를 할 수 없으니 같이 일어섭시다. 한번 댁을 알았으니까 종종 들르지요."

(상) "부디 또 오십시오." 하고 주객이 같이 나서서 하나는 재판소로 가고, 하나는 남문 밖으로 가더라.

세상에 시원하고 상쾌한 일이 무엇이냐 하면, 지리하게 앓던 이 빠진 것이라 하겠지만, 그에서 한층 더 시원 상쾌한 일은 밉고 잡아먹고 싶던 시앗 없어진 것이라. 이는 천착하고 요악하고 간특한 계집들의 말이지, 유덕하고 유순하고 정대한 부인의 말이라 하리오. 평양집 부용이를 그때 곁에서 보던 사람은 고사하고 이후 몇백 년이라도 이 소설만 보면 누가 유덕한지 천착한지, 유순한지 요악한지, 정대한지 간특한지 거울 같이 분변할지라. 그러면 평양집 창자에 시원 상쾌한 생각이 그득할 줄은 두 번 말할 것도 없도다. 평양집이 그날 이 씨 부인을 속여 보내고 중간에 다른 층절이나 있을까 궁금증이 나서 볼기짝을 좀이 쑤시는 듯이 자리를 붙이지 못하고 성화를 하던 끝에, 금분이가 황감급제에 방꾼 모양으로 숨이 턱에 닿게 뛰어 들어오더니 손뼉을 탁탁 치고 간간이 웃으며,

(금) "아씨, 아씨!"

(평) “너는 무슨 좋은 일이나 있길래 저 모양으로 좋아하니?”

(금) “좋은 일이오? 쇤네 좋은 일인가요, 아씨 좋으신 일이지? 에그, 상전부모라니, 아씨 좋으신 일이 즉 쇤네 좋은 일이지! 아씨 아니 그러합니까? 하하.”

(평) “왜, 서방님께서 좋은 벼슬이나 하셨다디?”

(금) “양반이 벼슬하시기가 예삿일이지, 이 일은 아씨께 당해서는 서방님이 각부 대신 하신 것보다 더 좋으시지.”

(평) “예이 미친 것, 무슨 일이 그보다 더 좋단 말이냐? 사풍 그만 부리고 이야기나 하여라.”

(금) “아씨, 아씨 생각에는 화개동 아씨가 황은률과 아들딸 낳고 잘살았으면 좋으시겠습니까?”

(평) “내 눈의 가시 아니 된 후에야 잘살든지 급살을 맞든지 뉘 알 배때기더냐? 왜 군말 없이 배합이 되었다디? 아무려나 악착 부리는 것보다 좋지.”

(금) “황은률은 닭 쫓던 개 지붕 치어다보기가 되었답니다.”

(평) “그게 어떻게 된 곡절이냐? 그것이 악이 복받쳐 죽었니?”

(금) “에그, 아씨도 딱해라, 죽었으면 정말 큰일이 났게? 죽지도 아니하고 순종도 아니하고, 우리 일만 절묘하게 되었답니다.”

(평) “어떻게 절묘하단 말이냐? 얼른 말 좀 해라, 갑갑하다.”

(금) “쇤네는 그 아씨가 악착부리고 순종치 아니하여도 걱정이요, 황은률하고 정답게 산대도 걱정이더니, 일이 잘되노라고 그 밤에 황은률을 속이고 도망을 했어요.”

(평) “이애, 그게 무엇이 그리 좋으냐? 정작 탈거리가 났고나. 바로 죽었으면 다시 말 내어놓을 사람도 없겠고, 황은률의 말을 순종하였으면 부끄러워도 말을 내어놓지 못할 터인데, 만일 도망 곧 했으면 서방을 달

고 가기 전에 가만히 있겠니? 필경 저의 친정으로 가서 고생을 했으니 박대를 하더니, 못할 사정없이 다 지껄이면 그러지 아니해도 우리 서방님을 못 먹겠다고 으르렁거리던 저의 아버지 오죽 야단법석을 치겠니?"

(금) "친정이 어디길래 그렇게 가요? 귀양 간 제주로 모두 갔다는데, 아니 갔기로 꼭 들어앉았던 여편네가 어디가 어디인 줄 알고 찾아가요? 밤낮 나댕기던 쇤네도 충청도를 못 찾아가겠습니다."

(평) "네 말이 그럴 듯한데, 그게 어디로 갔단 말이냐?"

(금) "어디로 가기는 어디로 가요? 다 까닭이란 까자가 있지요. 일이 절묘하다는 것이 다른 말이 오니까, 그 말이지. 쇤네가 벌써부터 이상스러운 눈치는 짐작했어요. 낯모르는 하인이 가끔 드나들고, 시골 혼자가라면 아무라도 낙심천만하여 아니 가겠다고 방색112)이라도 하여 볼 터인데, 그 소리를 듣더니 입이 귀밑까지 찢어지며 호기가 만발하여 날뛰는 서슬에 쇤네가 입바른 말마디나 하다가 그 우악한 주먹에 얻어터지기까지 했답니다. 인제 말씀이지, 그 구석에서 수륙을 다 놀았으면 누가 알겠습니까? 정녕 그전부터 볼맞은 놈이 있다가 시골로 가라니까 달고 내려가 발장구 치고 잘 살아볼 작정으로 하였다가, 눈도 코도 서투른 황은률이 차고 들어서니 되겠습니까? 에그, 수단도 좋아! 어쩌면 그렇게 감쪽같이 발라넘기고 도망하였는지. 아마 간부 놈이 뒤를 따라왔던 것이야요. 만일 혼자 나섰을 말이면 몇 걸음 안 나아가서 발길에 툭툭 채는 홀아비에게 붙들려서 내외국 신문에 뒤떠들었을 터인데 괴괴하고 아무 말 없을 때에는 가히 알 일이 아닙니까?"

(평) "이애, 그것 시원하고 상쾌하게 되었다. 도척의 개 범 물어간 것만이나 하구나. 인제는 제가 입이 두리광주리라도 아무 말도 못 하겠지."

---

112) 방색: 남의 청을 받아들이지 않고 막다.

(금) "그 아씨도 염치가 있지, 말을 무슨 말을 해요. 말하는 입에 똥이나 칠하지. 에그, 아씨는 지금도 아씨야? 이 댁을 배반하고 발길 한번 내놓은 후에야 대접할 까닭 있습니까? 그 집네라고 해도 넉넉한데, 그 집네 좀 보았으면! 인제도 아니꼽게 머리채 잡고 때려주겠나 물어보게."

(평) "복단 어미·아비도 제 상전 도망한 줄 아나 보디? 그것들 아갱이를 병긋도 못하게 하여 놓아야 할 터인데."

(금) "알기는 제가 어서 들어 알아요? 물색도 모르고 제 상전 위한답시고 계집년은 심술, 사내놈은 우악 부리는 꼴 보기 싫어 그것들 꿈쩍을 못하게 짓찧어놓았으면 하루를 살아도 가슴이 시원하겠습니다."

(평) "어렵지 않지! 네 이 길로 가서 그것들 내외를 불러오너라. 서방님더러 좌기령을 놓고 복단이 찾아 바치기 전에는 돌구멍안에 있지 못하리라고 천동 같이 을러놓았으면 꼬리를 샅에다 끼고 샀도 없이 갈 터이다."

(금) "그러면 지금 불러와요?" 하고 조로로 나가는데, 어떠한 갓두루마기에 미투리 신은 사람이 문밖에 섰다가 금분이를 보더니 반가이 인사를 한다.

"그동안 잘 있던가? 오래간만에 보네그려."

금분이가 자세자세 훑어보며,

(금) "누구셔요? 얼른 생각이 아니 납니다."

(갓두루마기) "허허, 그렇지! 얼른 알아보기 어렵지. 나는 평양 사네. 자네 댁 아씨 안녕히 계신가?"

금분이 소견에 평양 산다며 아씨 묻는 양을 보고 지레 짐작으로 서슴지 아니하고 대답을 하는데, 알량스러운 가짓말이 입에 등대를 하였던지,

(금) "예, 인제 어렴풋이 생각이 납니다. 아씨 친정에서 오시지 아니하셨습니까? 눈깔이 무디어서 한두 번 뵈옵고는 모른답니다. 아씨 계십니

다. 들어가 여쭙지요. 그런데 저 양반들은 누구십니까?"

(갓두루마기) "응, 그 양반들도 아씨 친정으로 일가 되시는 터이시지. 여쭙고 말고 할 것 없이 안손님이나 오신 이 없거든 들어가세. 우리가 모두 자네 댁 아씨를 길러냈는걸, 무엇이 시스러워서." 하며 앞서거니 뒤서거니 금분이를 따라 안으로 들어가는데, 금분이는 반갑고 큰 손님이나 온 줄 알고 안마당에서부터 아씨를 부른다.

"아씨, 아씨!" 하는 소리를 평양집이 듣고서 또 무슨 반가운 소식이나 들을 줄로 여기고 마루로 마주 나오며,

"오냐, 금분이냐? 복단 어미 부르러 간다더니 왜 도로 왔니?" 하며 마당을 내려다보더니, 획 돌아서며 방으로 들어가며,

(평) "에그, 저게 누구들이야? 웬 사람들을 데리고 오니?"

(금) "아씨도 쉰네 모양이실세. 쉰네는 몰라 뵈옵기가 쉽지만 아씨께서야 길러내시던 친정 일가 양반도 몰라보시나?"

한참 이 모양으로 종과 상전이 수작을 하는데 그 사람들이 평양집 앞으로 썩 들어서며,

"경무청에서 잠깐 물어볼 일 있다고 부르시니 갑시다."

금분이를 돌아다보며,

"자네도 잡혔네. 같이 가세."

죄는 있든 없든 좀체 사람은 이 지경을 당하면 두 눈이 둥그레지고 가슴이 우둔우둔해지며 땅에 가 그대로 털썩 주저앉아 말 한마디 못 하련마는, 벼락을 쳐도 눈도 깜작거리지 아니할 위인들이라, 가장 제 앞이 철장같이 곧은 체하고,

(평) "금분아, 가자. 겁날 것 무엇 있니? 필경 아기씨인지 귀기씨인지 그 인물이 제 행실은 생각지 못하고 요망스럽게 정장을 했나 보다."

(금) "양반의 댁 정실부인으로 발길을 이리저리 함부로 내어놓고, 남이

부끄러운들 정장이 다 무엇이야? 걱정 맙시오, 쉰네가 전후 내력을 자세히 말하겠습니다. 말 탄 관원이기로 아씨나 쉰네 그르다 할라구요? 에그, 서방님께서는 왜 아니 올라 오셔요? 이런 일을 까맣게 모르고 계시겠지."

(평) "글쎄 말이다, 여주가 한 만 리나 되나 보다. 서방님만 계시면 년이든지 놈이든지, 살육 낳이나 착실히 날걸."

그자들이 서서 듣다가 소리를 버럭 질러,

"여보게, 파사113)가 오래지 아니하여 되겠네. 누가 자네 댁 집안 살림 이야기 들으러 왔나? 어서 나서게." 하며 금분이 손목을 잡아 나꿔채는 서슬에 금분이가 공방울 같이 굴러 내려가니,

평양집이 발을 동동 구르며,

"에그, 사람 상하겠네. 차집, 자네 나아가서 교군꾼 얼른 불러오게."

사람마다 말하기를 착한 자는 극락세계로 가고 악한 자는 지옥으로 간다 하니, 극락세계가 하늘 위에 있고 지옥이 땅속에 있는 것이 아니라, 착한 사람은 초년고생을 겪다가 늦게 복을 누려 가없이 즐기는 것을 극락세계라 할 만하고, 악한 사람은 당장에 엄적은 될지언정 종내 감옥서에나 경무청에 들어가 고초 겪는 것을 지옥이라 할 만한지라.

그날 평양집은 교군을 타고 금분이는 앞을 세워 경무청으로 몰아가더니 원고를 불러들이는데, 평양집과 금분의 생각에는 정녕히 이 씨 부인이 들어와 원정을 손에 들고 변변치 않은 말솜씨로 공소를 할 줄로 여기고, 표범 같은 저희들 말 수단으로 조목조목 넘겨씌우려고 잔뜩 준비를 했더니, 급기 들어오는 양을 본즉 꿈에도 뜻 아니하였던 가깝고 친하고 믿고 지내던 자이라, 한편으로 쾌씸하기도 하고 한편으로 마음도 놓이

---

113) 파사: 그날의 일을 끝내는 것.

니, 괘씸하기는 저놈이 더운 것 찬 것을 아니 갖다 먹은 것이 없고 돈관 돈백을 아끼지 않고 주었는데, 어디 갔던지 내 일을 발명은 못 해주나마, 배은망덕을 하고 나를 걸어 정장을 했고나! 똥 누고 간 우물도 다시 먹을 날이 있나니라. 이놈, 이놈, 벼르는 일이요, 마음 놓이는 일은, 오냐 어찌 된 일인지는 모르겠다마는, 설마 저도 사람이지 지내던 정리를 생각하기로 내게 해로울 말이야 얼마쯤 싸고돌겠지. 까닭인즉 아마 복단이 사건인 듯싶은데, 그것의 어미·아비 아닌 바에 피나게 떠들기는 만무하리라 하였더니, 돌이가 들어서는 길로 금분이가 돈 십 원 가지고 오던 말로, 복단이 송장이 우물가에 있던 형상으로, 그 밤에 흔적 없이 묻던 사실을 대통에 물 쏟듯 확확 내어놓으니, 평양집과 금분이 얼굴이 사생 중에 들어 있는데, 피고 말하라고 서리 같은 호령에 초주검이 다 되어 벌벌 떠는 목소리로 다만 살려줍시사 말뿐이더라.

  소위 정길이는 사람이라 할 것 없이 나무로 갈려 만든 제옹[114]이라고 했으면 똑 알맞을 위인으로 이 씨 부인의 거취는 잊어버리다시피 잘 가 있거니 못 가 있거니, 당장 곁에 없는 것만 시원하게 여기고 평양집 입자는 것과 먹자는 것을 여율령시행[115]하느라고 빚을 내어 쓰다 못하여 여주 있는 오려논 십여 석락을 팔다 놓고, 흔전흔전히 써볼 작정으로 헐가 흥정을 하였는데, 돈 치를 한정을 못 견디어 위선 좀 찾아오려고 내려갔다가 자연 여러 날이 되었는데, 사람 같고 보면 밤이 낮같아 한번 팔면 다시 장만하기 어려운 전장을 팔아가지고 집안에 아니 쓰지 못할 일에나 대강 좀 쓰고, 나머지로는 점잖게 말하면 교육의 기본금을 삼아 간접으로 이익을 취하든지, 공업이나 상업을 하여 직접으로 이익을 구할 터

---

114) 제옹: 짚으로 만든 사람 모양의 물건으로, 분수를 모르는 사람을 비유적으로 이르는 말.
115) 여율령시행: 명령이 떨어지기가 무섭게 그대로 시행함.

이요, 그렇지 못하고 천착하게 말하면 은행소에 임치하여 변이라도 늘일 것이요, 전답 마지기를 다시 사서 부모가 물려준 재산을 아주 없애지 아니하자고 생각할 터이거늘, 위선 성중에 들어서며 진고개로 올라가 반지를 산다, 시계를 산다, 유성기, 자명악, 궐련, 과자 등속 눈에 보기 좋고 귀에 들기 좋은 것을 짐이 터지게 사서 앞세우고, 평양집 반기는 양, 좋아 하는 양, 간간히 웃는 양, 차례차례 묻는 양을 보려고 인력거를 재촉하여 저의 집 대문 밖에서부터 가래침을 곤두 올리며 들어가는데, 전 같으면 평양집이 버선 발바닥으로 뛰어나오며, 손목을 들이 끌고 별 재롱이 다 많을 터인데, 온 집안이 떼도망을 하였는지 천귀잠잠 만귀잠잠하여 어리친 개새끼도 내다보지 않으니 정길의 두 눈이 둥그레지며 의심이 더럭 나서 안방 문을 열고 평양집을 찾다가, 행랑으로 내어 대고 금분이를 부르나 대답이 도무지 없더라. 본래 이 집에 남녀 하인이 들썩들썩하더니, 서 판서 돌아간 후로 흘림흘림 나아가고, 여간 몇몇 간 있던 것들도 금분이 세도 바람에 잘잘못 간 상전의 눈 밖에 나서 견디기 어렵던 차에, 복단이 죽은 일을 아무리 쉬쉬하지만 어섯눈치는 다 짐작하고, 이 집안에 있다는 복단이 모양을 면치 못하겠다 싶어 하나둘씩 도망을 하고, 나이 많고 갈 바가 없는 차집 마누라 하나가 핀잔을 당하나 칭찬을 들으나 하릴없이 붙어 있는데, 그때 마침 밥을 가지고 평양집 공궤하노라고 경무청을 간 동안이라, 갈 때에 안방 문을 단단히 잠그고 갔건마는, 그 집일을 역력히 아는 도적놈이 자물쇠를 낱낱이 비틀고 들어가서 사랑 세간 안세간을 분탕하여간 그 끝이라, 정길이가 사면을 둘러보다가 기가 막혀 우두커니 앉아 생각을 한다.

'이것이 웬 까닭인고? 평양집이 나를 배반하고 돌았단 말인가? 세상 년들이 거반 믿을 수 없지만 설마 평양집이 마음이 변하기 전에야 그럴 리는 없을 터인데, 그럴지라도 내가 헐수할수없을 지경이면 제가 가기 전에 내가 파의를 했을 것이나, 이번에 내가 여주 내려가는 일도 알고 떠날 때 부탁하던 말도 있는데, 산천초목이 다 변하기로 우리 평양집 마음이야 변할라구. 갔으면 저 혼자나 갔겠지, 금분이와 차집까지 데리고 갈 리는 만무하지. 대관절 화순집은 이 일을 모를 리가 없으니 좀 청하여 다 물어보겠다.' 하고 상노 놈을 부른다.

"이애 놈아, 저 짐을 이리 받아놓고 한달음에 청석골 가서 화순마마께 아무리 바쁘서도 얼른 오시라고 여쭈어라."

놈이가 대답을 하고 나아간 후에 정길이는 사랑으로 나아갈 마음도 없고 안방으로 들어갈 재미도 없어 마루 끝에 걸어앉았던 채로 그대로 꼼작도 아니하고 화순집 오기만 기다리더라.

화순집은 웬 곡절인지 모르고 있다가 놈이에게 이야기를 듣더니, 평양집 거취는 자세 알아볼 겨를 없이 일선 정길의 남저지[116] 재물을 한 푼 유루 없이 통으로 집어 먹고 싶은 욕심이 치밀어서 두 다리에 비파 소리가 나도록 달려와 중문간을 썩 들어서며 장옷을 훌떡 벗어 한편 어깨에다 둘러메고,

"이것이 웬 변이오니까! 세상에 몹쓸 것도 많지."

이 모양으로 말허두를 내어놓더니 입에 침이 없이 칭찬하던 평양집을 천인갱참에다 쓸어 박아, 정길이 정이 대번에 뚝 떨어지게 수작을 한다.

(화) "여보 서방님, 그동안에 평양집을 박대하신 일이 있습더니까?"

(정) "그런 일은 도무지 없는데, 아무리 생각하여도 알 수가 없소."

(화) "암, 그렇지, 서방님 성미는 내가 번연히 아는 터에 박대하실 리가 만무하지. 또 남편이 여간 박대를 좀 했기로 도망하려서야 세상에 계집 데리고 살 사람이 없게요! 그래, 세간과 의복은 다 두고 갔나요?" 하며

---

116) 남저지: 나머지.

안방 건넌방을 두루두루 들여다보더니, 입을 딱 벌리고 혀만 휘휘 내두르며 섰다가,

(화) "저런 몹쓸 것 보게, 서 씨 댁 돌앙이를 쏙 빼갔네. 아무려나 저 잘못 생각했지. 어데 가서 그런 남편 만나볼라구? 남의 속 쓰는 것을 모르고 함부루 발길 내어놓는 것들은 아무 때라도 논두렁 베느니라. 시장도 하시겠구려, 일껏 집이라고 와보시니 이 모양이 되어 누구더러 숭늉 한 그릇 달라 할 데가 없으니. 에그, 가엾어라. 이애 놈아, 저 짐 지어가지고 따라오너라. 서방님을 내가 뫼시고 가서 진지나 지어드리겠다. 서방님, 너무 낙심하시지 말고 우리 집으로나 가십시다. 빈 집에 혼자 게시면 무엇하시오? 마음만 상하시는데 어서 일어 나시오, 어서."

정길이가 저의 부모 초상을 새로 만난 듯이 한숨을 치 쉬고 내리쉬며 검다 쓰다 말 한마디 아니하고 화순집을 따라가더라. 아니 되는 놈은 자빠져도 코가 깨어진다고, 정길이 일이 점점 억척이 되느라고 차집 마누라가 일껏 밥 가지고 갔다가, 그중에 밥을 늦게 해왔느니 반찬이 없느니 하는 갖은 포달을 평양집에게 당하고, 원통하고 분한 마음이 문득 나서 혼잣말로,

'에그, 밉살껏 해라. 내 육신 놀리고 어데 가면 두 때 밥 못 얻어먹을라구? 못들을 말, 들을 말 다 듣고 오늘까지 참은 것은, 아무 데나 한곳에 엎드려 있다 오늘 죽든지 내일 죽든지 종질을 해도 한집 종질이나 하겠더니 갈수록 못 견디겠다.' 하고 그길로 다른 집으로 가서 발길을 뚝 끊으니 평양집 소식을 누가 있어 정길이에게 전하여주리오.

정길이 제 마음에도 얼마쯤 의심이 나던 차에 화순집이 어떻게 삶아놓았던지 놈이까지 데리고 화순집에 와 눌러 있으니, 그러므로 평양집이 삯군을 몇 차례 보내어도 거취를 통치 못하고 복단 어미·아비가 제 자식 죽었다는 말을 듣고 눈이 뒤집혀서 경무청으로 재판소로 돌아다니며

원수 갚아달라고 발괄[117]을 하며 안동 병문이 닳도록 드나들어, 상전 서방님을 만나보면 넋풀이를 실컷 하려 하나, 된장 항아리에 풋고추 박히듯 한 정길이를 어데 가 만나보리오.

정길이가 만장 같은 저의 집은 을씨년스러워 꿈에도 가기 싫고 화순집 건넌방에 게 발 물어 던진 듯이 누웠으니, 평양집 하던 말과 일이 자초지종으로 역력히 생각이 나서 두 눈이 반반해지며 잠이 오지를 아니하는데, 화순집이 건너오더니 정길이 가슴이 시원해지며 세상 근심이 봄눈 슬 듯 한다.

(화) "왜 밤이 새로 두세 시가 되도록 아니 주무시오? 그까짓 의리부동한 년을 못 잊어 그리하시오? 사내대장부가 마음이 졸직하기도 하시오. 이천만 동포에 계집이 부용이 하나뿐으로 아시구려. 그년을 내가 중매해드린 까닭에 마음에 미안하고 부끄러워 서방님 대할 낯이 없소. 내가 낳은 자식이라도 속을 모르는데 외양이 하 흉치 아니하니까, 겉볼안이라고 속이 그다지 고약할 줄이야 누가 알아? 그러기에 여러 놈의 콧김 쏘인 것은 한 몇 덩으로 제 티를 합니다. 젊으나 젊은 양반이 혼자 사시겠소? 헌 고리도 짝이 있다는데, 에그, 서방님은 처복도 없어! 정실부인은 그렇고 별실아씨는 저러니, 팔자도 드세기도 해라. 초부득삼[118]이라니 세 번 만에야 설마 찰떡근원을 못 만나리까? 참하게 잘 기른 여염집 색시에게 양별실 장가나 들어보시오."

(정) "무던한 처녀가 마침 어데 있으라는 데도 없고, 팔자 사나운 놈이 계집은 또 얻어 무엇을 하겠소?"

(화) "망측스러워라. 아무리 홧김에 하시는 말이지만 인물이 못났소,

---

117) 발괄: 예전에 관아에 억울한 사정을 하소연하던 일.
118) 초부득삼: 처음에는 실패를 하더라도 세 번 돌아보면 이룰 수 있다는 뜻으로, 힘써 행하면 성공할 수 있음을 이르는 말.

재산이 없소? 이팔청춘에 홀아비로 늙을 일이 무엇이오?"

(정) "그는 그렇소마는…."

(화) "내가 중매를 또 하기는 무안스러우나 일이 하도 분해서 기를 쓰고 좋은 데 중매를 해서 금슬이 남 부럽지 아니케 잘 사시는 양을 좀 보겠소. 팔문장안 억만 가구에 설마 처녀 없을라구? 구하지 않아서 없지. 나 알기에 위선 훌륭한 색시가 있는데요, 나이도 알맞고 키도 다 자라고 마음도 무던한걸! 수족은 조그마하여 보기 싫지 않고 눈매라든지 이 모습이라든지, 떡으로 빚기로 그렇게 마음대로 할 수 있나! 평양집 열 주어 아니 바꾸지. 말이 났으니 말이지, 자세자세 뜯어보면 평양집 인물이 한 곳 된 데 있는 줄 아시오? 곱패119) 눈은 살기가 다락다락하고, 매부리코에 눈썹은 마주 붙고, 뾰족한 주둥이에 살빛은 왜 그리 파르족족한지. 그래도 돌구 돌아서 옷 매암돌이와 몸가축을 할 만치 하니까 갖은 흥이 다 묻히고 번지구러했지, 실상 볼 것 있다구?"

정길이가 얼빠진 자 모양으로 화순집 호들갑 부리는 것을 듣더니, 평양집 생각은 천리만리 밖으로 왼발 굴러 쑤엑하게 되고 목구멍에 침이 마르게 화순집을 조르더라.

화순집 계교가 잘되려고 그리했던지 정길이 재산을 채찍질을 하느라고 그리했던지, 나이 늙도 젊도 않아 한참 세간 자미를 알고 살 만한 사람 하나가 졸지에 병이 들어 처자를 다 못 보고 객사를 하였으니, 이 사람은 누구인고 하니, 평양 외성서 살던 박 초시라. 서울로 반이한 지 수년 만에 고향이라고 다니러 갔다가 이 지경이 되었으니, 궂은일에는 일가만 한 이가 없다고 강근지족120)이 있으면 초종을 치르어주련마는, 가

<hr>

119) 곱패: 곱사등이.

120) 강근지족: 도움을 줄 만한 아주 가까운 친척.

까운 친척은 별로 없고 다만 그 마누라가 오백오십 리 밖 서울서 그 기별을 듣고 출가 전 딸에게 집안을 맡기고 주야배도[121]하여 내려갔다는 소식을 화순집이 듣더니, 남은 초상이 나서 울며불며 할 터인데 무엇이 그다지 좋던지 무릎을 탁 치며,

'옳지, 내 일이 인제야 되었다. 에이, 내 평생 노루 꼬리만 한 외성 양반 아니꼬와, 우리 형님같이 고지식하고 변통성 없는 사람이 어데 또 있어? 그 고생을 하면서도 내 말을 아니 듣더니 이번에 영장 지내고 오려면 불가불 여러 날 지체가 될 것이니, 그 안에 우리 조카딸 혼인이나 지내야 하겠다.

제야 어린것이 무엇을 알고 말 아니 들을라구? 정 무엇하면 억지공사는 못 해볼까! 쏟아놓고 말이지, 내 말 곧 듣게 되면 잘되어 가지 우리 형님 주변에 십만 날 쌍지팽이를 짚고 댕기며 골라도 서 서방 같은 양반 좋고 형세 넉넉한 사위는 못 얻어볼걸.' 하고 정길이더러,

(화) "서방님, 내 사위 노릇이나 해보시려오?"

(정) "불 없는 화로는 있다 합디다마는, 딸 없는 사위도 있소? 농담 그만두시고 아까 말하던 그 색시에게 어서 통혼이나 잘해주오. 술 석 잔을 얻어 자시려거든."

(화) "에그, 우스워라. 술 석 잔을 먹을지 뺨 세 번을 맞을지 지내보아야 알지, 미리 장담을 할 수 있소? 샌님은 종만 업수히 여긴다고, 내가 딸이 있는지 없는지 어찌 아시고 그렇게 말씀을 하십니까? 내 속으로 나온 것만 딸인가요? 조카딸도 딸이지." 하더니 박 초시가 무남독녀 외딸을 두고 사위 재목을 고르고 고르던 이야기를 입이 딱 벌어지게 늘어놓은 후에, 무엇이 그다지 비밀하고 은근하던지, 한나절을 수군수군하고서 그

---

121) 주야배도: 밤낮을 가리지 아니하고 보통 사람 갑절의 길의 걷다.

길로 분주하게 동촌으로 내려가더라.

동소문 밖으로 나서 서발막대 거칠 것 없이 넓고 넓은 길은 함경도 원산으로 통한 북관 대로라. 오는 말 가는 소가 빌 틈이 없이 연락부절하여 '이랴워디여' 소리가 귀가 들그러운데[122], 그길로 내려가다 첫째로 크고 즐비한 주막은 무넘이 주막이라.

그 주막에 건달도 많고 장난꾼도 많아 수상한 계집이 지나다가 열이면 아홉은 붙들려 욕을 보는 곳이라. 해가 한나절 가량이나 되어 나무꾼들이 고자 등걸을 한 짐씩 뽑아 지고 들어오며, 저희끼리 입을 모으더니, 동리 젊은 사람이라고는 하나 빠지지 않고 깡그리 달음질하여 화계사 윗모퉁이 산켜드럭에 장사 지내는 사람 모여 서듯 겹겹이 돌아서서, 키 작은 자는 발돋움을 하여가며 들여다보고, 기운찬 자는 잡아 헤치고 들어가며 제가끔 한마디씩 뒤떠들더니, 난데없는 처녀 하나를 데리고 내려오는데, 달덩이 같은 인물에 나이 꽃으로 치면 한참 봉오리 진 모양이나, 그 좋은 인물과 나이에 배안엣 병신인지, 중년 병신인지, 병신도 한 가지 병신이 아니라 이 병신 저 병신 구색을 한 병신인데, 한 눈 멀고 한 다리 절고, 한 팔 못 쓰고, 귀먹고 벙어리까지 겸하였는데 욕을 해도 못 들은 체 묻는 말도 대답이 없으니,

"이애, 불쌍하다! 뉘 집 딸인지 인물은 하 흉치 아니한데 불쌍하게 되었다. 데리고 들어가 밥이나 좀 먹여라." 하여 상스럽지 아니케 말하는 자도 있고,

"병신된 것도 전생 죄악으로 하나님이 벌주시는 것이란다. 그러기에 병신을 사랑하면 그 죄가 그 사람에게 앉히는 법이야. 그까짓 것은 공연히 뒤끌고 동리로 와서 밥이 다 무엇이냐? 진작 내쫓아라." 하여 무지막

---

122) 들그러웁다: 시끄럽다.

지하게 말하는 자도 있어, 이 사람의 말이 옳다거니 저 사람의 말이 옳다거니, 그 여러 사람이 제가끔 한마디씩 한참 떠드는 판에, 홍안백발 풍신 좋은 영감 하나가 지나다 보고 지팡막대를 휘저으며,

"이 사람들, 저리 가게. 불쌍한 병신 아이를 왜 그리 시달리나?" 하며 자기의 딸이나 그 지경이 된 듯이 측은히 여기는 빛이 얼굴에 가득하여 지나가는 인력거를 부르더니, 그 처녀를 태워 데리고 산 밑 마을 정결한 초막집으로 들어가더라.

옥희가 저의 모친 떠나간 후로 설운 중 외로운 마음이 얻다 의지할 데 없어 눈물로 세월을 보내는데, 저의 이모가 예 없이 날마다 와서 귓등에 넘어가지도 아니하는 말을 씩둑꺽둑 하다가 옥희에게 핀잔을 당하고 가더니, 그날 밤 삼경이 채 못 되어 소년 남자가 옥희 홀로 자는 방에를 호기 있게 뛰어 들어와 제잡담하고[123] 욕을 보이려 드는데, 옥희가 불의지변을 만나 사정을 하여도 쓸 곳이 없고 발악을 하여도 효험이 없을지라, 승학이 도망질시키던 신통한 꾀로 정길이를 어떻게 속여 넘겼던지 탐탁히 믿고 눈이 멀거니 앉았는데, 옥희는 살며시 대문 밖에를 나아가 행주치마를 벗어 머리에 쓰고, 발길 나아가는 대로 함부로 허방지방 지향 없이 멀리 가는 것만 상책으로 알고 간다는 것이 동소문으로 나서 훤한 길로 날이 새도록 갔는데, 장정 남자 같으면 그 시간에 사오십 리라도 넉넉히 갔을 터이지마는, 연약한 규중 여자로 문밖 일 마장을 걸어보지 못한 터에 겨우 십 리 남짓이 가서 발이 통통 부릍고 다리가 떨어지는 것 같아 촌보를 더 못 가겠는데, 행인은 점점 많아지고 행색이 탄로되면 또 욕을 면치 못할까 겁이 나서, 산을 찾아 기다시피 더듬어 올라가 바위 밑에 가 숨었다가 나무꾼을 만나 끄들려 주막까지 오며 곤경을 겪는데, 한 눈이

---

123) 제잡담하다: 일절 말을 하지 아니하다.

먼 체 한 팔 한 다리가 병신인 체, 귀까지 먹고 말까지 못하는 모양을 하여 당장 급한 화를 면하다가, 뜻밖에 적선 좋아하는 활불 노인을 만나 같이 간 것이라.

이 노인이 행년 칠십에 무엇으로 종사하였느냐 하면, 배고픈 사람 밥주기, 헐벗은 사람 옷 주기라.

이생 양주가 저생 동생이라는 속담과 같이 그 집 마누라도 영감의 뜻과 일리 흡사도 틀림이 없어, 옥희를 어떻게 불쌍히 여기는지 자기 속으로 낳은 딸이 그 지경이 되었더라도 더할 수 없이 굴더라.

옥희가 당장 화색을 면하노라고 병신 행세를 하였더니 두 늙은이 신세를 생각하여도 끝끝내 속일 수 없고, 짐작건대 그 집에 젊은 남자가 없어 조금도 변화치 아니할뿐더러, 귀먹고 말 못하는 양으로 있으면 자기의 사정을 통할 도리가 없어 모친의 소식을 속절없이 듣지 못하고 한갓 그곳서 죽을 따름이라. 이삼 일을 두고 생각하다 못하여 주인마누라더러 자초지종을 종용히 이야기를 하고 두 줄기 눈물이 샘솟듯 하니, 주인은 본래 남녀 간 자식이 없고 비둘기같이 단둘이 사는데, 옥희의 정경도 참혹하거니와 병신 아이나마 집 안에 데려다 같이 있는 것만 대견하고 든든히 여기더니, 떨어진 꽃이 다시 피고 티 앉은 거울이 도로 맑듯, 그 여러 가지 병신 모양이 별안간에 변하여 완전한 아이가 되었으니, 희한하기도 다시없고 또 제 사정을 들으니 측은하기도 짝이 없는데, 저의 부친은 벌써 세상을 버렸다니 아무리 슬퍼해도 하릴 없거니와, 저의 모친은 혈혈단신이 반 천 리 밖 객지에서 초종범절[124]을 어찌 치렀으며, 또 자기 집이라고 올라왔다가 남의 아들 열보다 더 믿고 귀애하는 딸이 흔적도 없이 어디로 간 것을 보게 되면, 당장 그 자리에서 자수自手를 하여 죽

---

124) **초종범절**: 초상 치르는 데에 관한 모든 절차.

을 형편이 가련하고 민망하여 주인영감이 마누라와 의논을 하고서,

(영) "아가, 울지 마라. 내가 지금 떠나 너의 어머니 계신 곳에를 내려가 위선 너의 부친 장사 잘 지내신 소식도 듣고, 그다음에 너 환란 겪은 것도 말씀하여, 서울서 지체하실 것 없이 우리 집으로 바로 모시고 올 것이니 너무 설워하지 말고 편지나 한 장을 자세 써서 다고. 여보 마누라, 벼룻집 이리 갖다주오."

옥희가 그 말을 듣고 감사한 마음이 뼈에 사무치게 나서 울던 울음을 뚝 그치고 공순한 말소리로,

(옥) "죽을 지경에 이른 목숨을 구하여주신 은혜도 태산 같은데, 또 이처럼 쇠경에 이르신 근력으로 몸소 평양을 가신다 하시니 더욱 감사함이 한이 없습니다."

(영) "오냐, 별말 그만두고 편지나 어서 써라. 우리 집에는 늙은이만 있어 일상 절간같이 종용한 집안이다. 아무 염려하지 말고 그동안 편히 있거라, 철로가 있으니 며칠 지체되겠니?" 하고 죽장망혜로 그길로 떠나가더라.

부귀빈천이 수레바퀴 돌듯 하여 음지도 양지될 때가 있다고, 이 세상에 사람의 일은 십 년이 멀다 하고 번복이 되어 아당[125]한 행실과 간특한 꾀로 유지한 자를 모함하고 부귀가 혼천하던 소인의 권세도 일조에 문전이 냉락하여 거마가 끊어질 날이 있고, 정대한 사업과 공직公直한 언론을 주장하다가 여러 입의 참소를 만나 애매한 죄명을 입고 무한한 형벌과 온갖 고초를 겪다가도, 만인이 추앙하여 꽃다운 이름이 일국에 진동함은 하늘과 땅 생긴 이후에 바뀌지 아니하는 소소히 정한 이치라. 장안 각 사회에 나라 사랑하는 뜻이 있다는 사람이라고는 하나도 집에 들

---

125) 아당: 남의 비위를 맞추거나 환심을 사려고 다랍게 아첨함.

어 있지 아니하고, 마차를 탄다, 인력거를 탄다, 전차에도 오르고, 걷기도 하여, 남대문 골통이 빡빡하게 나아가더니, 선풍도골 같은 당당 명사한 양반을 맞아들여 오는데, 거리거리에 관광자가 기꺼 하례치 아니하는 사람이 없고, 각처 신문마다 환영하는 축사를 대서특서 하였더라.

원래 이승지가 일찍이 문명 각국에 많이 유람하여 세계 형편을 요연히 아는 고로, 부패한 정부를 공박하여 유신維新의 사업을 성취코자 하다가 소인의 시기를 인하여 제주 위리안치로 일곱 해를 있더니, 천은을 다시 입어 생환고토 하였으니 기꺼운 마음이 한량이 없으련만, 치하하러 온 손을 보면 좋은 낯빛을 강작하여 수문수답을 하나, 내당에 들어와 부인을 대하면 슬픈 기색이 서로 있어, 이승지는 한숨뿐이요, 부인은 눈물뿐이라.

(이) "죽지 아니한 우리는 그 고생을 하다가도 이렇게 서울로 왔소마는, 죽은 서집은 다시 살아 오는 수가 없소그려."

(부) "서가라면 진저리나오. 우리 난옥이는 영감께서 짐짓 죽게 하셨다 하여도 과한 말이라 책망하실 말씀 없습니다."

(영) "세상에 자식을 짐짓 죽게 할 사람이 어데 있단 말이오? 인도에 가깝지 아니한 말을 그만두오."

(부) "개화 개화하며, 개화한 나라에서는 색시, 신랑이 서로 보아 마음에 맞아야 혼인을 하므로, 서로 나무랄 것도 없고 다시 박대도 못하니 그 법이 해롭지 아니한데, 우리나라에서는 자식의 백년대계를 정하면서 다만 문벌이니 형세이니 하여 신랑, 신부의 성미는 서로 합하고 아니 합함은 도무지 생각지 않고, 구구한 옛 규모만 지키다가 왕왕 내소박이나 외소박을 하는 악한 풍속이 있다고 뉘 입으로 말씀을 하셨길래? 우리 난옥이는 신랑의 자격이 어떠한지 자세 알지도 못하고, 덮어놓고 서 판서의 아들이라 하니까 두 말씀 아니하시고 혼인을 하여, 그 불쌍한 것이 박대

를 받다 못하여 필경 몹쓸 죽음까지 하였으니 자취가 아니고 무엇이란 말씀이오?"

(영) "그 일은 미상불 부인에게 책망 들어 싸오마는, 또 나는 아무리 외국법대로 혼인을 하고 싶지마는, 지금 우리나라 정도에 나만 미친 놈 되지 누가 응낙을 하겠소?" 하며 내외가 묵묵히 마주 앉아 담배만 풀썩풀썩 빨다가,

(부) "거복이를 불러 자초 사실을 다시 물어나 보십시다."

(영) "그놈더러 물어보아야 별말 있겠소? 그 소리가 그 소리지." 하고 거복이를 불러 안마당에다 세우고,

(영) "네가 너의 댁 안어서의 비부라면서 어찌하여 댁 작은아씨를 뫼시고 제주로 가려 하였어? 말 한마디 빼지 말고 차례차례 자세히 하여라."

(거) "네, 황송합니다마는, 이처럼 하문하시는데 일호나 기망하겠습니까? 소인의 댁은 안어서인지 평양집인지 그 하나로 해서 결딴났습니다. 소인의 댁만 결딴났습니까? 댁 작은아씨께서도 말씀 못할 지경이 되셨지요." 하며 평양집과 제 계집 금분이가 한데 배합이 되어 갖은 모함하던 말과, 정길이가 평양집에게 혹하여 온갖 학대를 하던 말을 무당 년 넋풀이 하듯 하는데, 자애 많은 부인은 흑흑 느껴가며 울고, 이승지도 그 대범하고 정대한 터이건마는 두 눈가에 눈물이 핑 돌며,

(영) "이놈아, 듣기 싫은 그따위 말 고만두고, 댁 작은아씨가 부산서 무슨 배를 타고 어디서 어디까지 가서 어떻게 되었다는 그 사실을 자세 말하라니까."

(거) "네, 여쭙겠습니다. 그때 타시기는 팔조호라는 배를 부산서 타시고 떠나셨는데, 그 전날이 바로 그 배 새로 짓던 기념식이라고 부산항에서 기념식을 굉장히 했습니다. 그런데 그 배 선장 스크랭쓰라 하는 자가 어떻게 술을 먹었던지 밤새도록 세상모르고 늘어졌다가, 그 이튿날 시간

이 되니까 배가 떠나는데 스크랜쓰가 술에 휘져 정신이 혼몽하던지, 일상 다니던 뱃길을 잘못 들어 기관통에서 연기가 펄썩펄썩 나며 배가 살보다 더 빠르게 가다가, 별안간에 천지가 무너지는 것같이 큰 소리가 나며, 배가 물속에 있는 바위 끝에 가 부딪치더니 그 육중히 큰 배가 편편 조각이 났습니다.”

(부) “그래, 그 배에 올랐던 사람은 다 죽었겠고나?”

(거) “무변대해 한없이 깊은 물에서 배가 그 지경이 되었으니 살 사람이 누가 있습니까? 그래도 아씨께서는 또복이 누이를 데리시고 상등에 계셨으니까 어떻게 되셨는지 도무지 알 수 없습니다마는, 하등에 있던 사람은 몰사를 당했는데 소인과 같이 하등에 있던 또복이란 놈도 그만 죽었습니다.”

이승지가 가만히 앉아 듣다가 두 가지로 의심이 나는데, 첫째는 자기 딸이 남복을 하고 도주하다시피 떠났다는데, 저놈이 평양집의 비부로 어찌 알고 따라갔으며, 둘째는 배 파선할 때에 사람이 몰사를 당하여 하등에 같이 있던 또복이까지 죽었다며 저는 어찌 살아왔노? 필경 충절이 있거니 하여 기침 한 번을 대청 들보가 뜨르르 울리게 하더니,

“이놈, 바른대로 말을 하면 모르거니와 일호라도 기망을 하였다가는 당장 죽고 남지 못하렷다! 네가 댁 작은아씨 떠나가는 것을 어찌 알았고, 또 대강 짐작으로 알았기로 무슨 정성에 모시고 갔으며, 화륜선이 깨어져 탔던 사람이 몰사했다 하등에 탄 너는 무슨 수로 죽지 않았어? 다른 사람은 고사하고 위선 너부터 법을 알려야 하겠다.” 하며 천동같이 으르니 충직한 거복이가 겁날 것은 없으나 가슴이 답답하여 아무 대답도 못하고 있다가, 이승지의 목소리 그친 후에 공순하게 다시 이야기를 한다.

(거) “소인이 장하에 죽사와도 바로 말씀 여쭙지 일호나 기망하겠습니까? 당초에 화순집이라고 하는 계집 하나가 댁에 긴하게 댕기는데, 그년

은 뚜쟁이로 생애 하는 괴이한 것이올시다. 그년의 흉계와 평양집 간특으로 소인의 댁 서방님을 어떻게 속여 넘겼던지, 서방님께서 대체 도리를 다 잊어버리시고, 아씨에 대하여 망측한 거조를 행하려 드는 것을 소인이 엿듣고 미련한 소견에도 분하고 절통해서, 그길로 복단 아비더러 이르자, 교대에 영감 자제 서방님께서 오셨다가 아씨를 행차하시게 주선하신 일인데, 소인더러 누가 분부하신 바는 아니오나, 머나먼 길을 그렇게 행차하시는 일이 하정에 민망하와서 아무더러도 온다 간다 말없이 떠나, 아씨 행차를 모시고 가옵다가 그 변이 났습니다. 소인도 또복이와 함께 죽었을 터이나, 본래 뚝섬 생장으로 강가에서 헤엄하기를 배워 여간 나룻물은 무난히 헤어 다니는 고로, 배가 부서지며 바다에서 죽을힘을 다하여 근처에 있는 배로 헤어 올라 잔명이 살아나서 소문을 들은즉, 그 배에 올랐던 사람 수백 명 중에 삼사 명이 겨우 살고, 선장 이하가 다 물귀신이 되었다 하기로, 살아난 사람 중에 아씨께서 계신가 하고 이 사람 저 사람더러 모두 물어보아도 알 길이 도무지 없사온 중, 그날 가고 온 배가 하나 둘 아니 오니 배표 살 돈도 없거니와 돈이 있기로 어디로 간 배를 지목하고 쫓아가 볼 수 있습니까. 오도가도 못 하옵던 차에, 영감 자제 서방님께서 영감 풀리신 문적을 가지시고 내려오시더니, 소인의 말씀을 들으시고 편지를 써서 소인을 주시며, 제주 배소로 건너가 모시고 올라가라 분부하시고, 서방님께서는 그날 지나던 배 이름을 낱낱이 적어 가지시고 각처로 찾아가 보신다고 떠나가셨어요. 소인은 그 외에는 아뢰올 말씀이 다시없습니다.”

이승지가 거복이 중정을 떠보려고 호통을 하다가, 거복이 정성이 기특하여 훨쩍 눙치며,

“너도 고생을 막심히 했다. 나아가 편히 자거라.”

이승지가 부산을 막 당도했을 때에, 벌써 마중 온 사람이 적지 아니 있

었는데, 그중에 다정한 모양을 보이려고 정길의 집일을 소소히 고해바친 자들이 있었는지라, 은근히 심복지인을 시켜 정길이 간 곳도 탐지하고 화순집 행동도 살피되, 정길이와 화순집이 둘이 다 간 곳이 없으니, 정길이는 옥희에게 속아 넘어간 이후로 닭 쫓던 개 모양이 되어 마음 붙일 곳도 없고, 남이 부끄럽기도 하여, 구경이나 실컷 하고 돌아다닐 작정으로 여간 남저지 돈을 톡톡 털어가지고 상해로 건너갔고, 화순집은 정길의 재물을 꿀단지로 두고두고 빨아먹더니, 정길이가 상해 간 일을 알고 낙심천만하던 중, 이승지가 정배를 풀렸다는 말을 듣고 제 죄를 제가 생각하여도 겁이 절로 나서, 제 시골로 철가도주를 하였더라.

악독한 사람이 벌도 악독하게 받음은 천지간의 보복지리라. 평양집과 금분이의 추착된 일은 불과 송장 감춘 죄라 태 몇 십 도면 방석이 되었을 터인데, 복단의 부모가 법정에서 두 년의 자초 행실을 역력히 고해놓으니, 모함 죄, 투기 죄가 설상가상이 되어 졸연히 놓이지 못하게 되었는데, 그중에 밥 한 술 갖다주는 사람은 없고 하릴없이 죽을 지경이라. 그 지경에도 제 행실을 버리지 못하여 압뢰 놈들에게 갖은 아양을 다 부려 식은 밥덩이를 얻어먹고 잔명을 보전하여 가더니, 그렁저렁 여러 달이 되매 연놈들이 정의가 두터워져서 그 일이 타첩이 되어, 옥문 밖에를 나온대도 그놈 떨어져서는 못 살 지경쯤 되었는데, 이승지는 복단이 어미, 아비가 날마다 와서 이야기하는 것을 듣기로, 평양집 사정을 빤히 아나, 점잖은 체통에 매 한 개를 더 치라고 당부는 아니 할지언정, 구태여 어서 나오도록 주선할 뜻은 없어 듣고도 못 들은 체하더라.

속담에 열 손가락을 깨물어 아니 아픈 손가락이 없다고, 슬하에 자녀가 가득하더라도 하나가 병이 들거나 참척이 있으면 애가 쓰이니 슬프니 할 터인데, 다만 남매를 두었다가 하나는 생사존망生死存亡이 아득하고 하나는 향한 처소가 불분명하니, 자나 깨나 무슨 경황이 있으리오.

그중에 세상일이 십상팔구十常八九는 뜻에 맞지 아니하여, 붉은 티끌에 자취를 물들일 마음이 돈연히 없어, 동소문 밖 무넘이 안마을 자기 묘막으로 솔가하여 내려가 있으니 더구나 심회가 적적하여 날마다 앞집 이동지를 불러다 바둑 두기로 소일하는데, 이동지의 본이 이승지와 같이 한산이라, 이승지가 종씨 종씨하며 대접을 극진히 하니, 이동지의 마누라도 자연 이승지 집에를 한집안 같이 다니더라. 여편네가 서로 만나면 사정 이야기는 의례히 하는 것이라. 이승지 부인이 이동지 마누라를 한 번 만나 두 번 만나더니, 생소한 마음이 없어지며 피차 사정을 묻기도 하고 대답도 한다.

(부인) "연기가 우리보다도 여러 해 손위가 되는 듯싶은데 자녀 간 몇이나 두었소?"

(마누라) "팔자가 기구하여 눈먼 자식 하나도 못 두었답니다. 댁에는 남매 분을 두셨다는데 서울 계십니까?"

부인이 한숨을 쉬며 그 딸이 시집을 뉘 집으로 가 어떻게 고생하였다는 사실을 내색도 아니하고, 제주로 근친 오다가 파선당한 말과, 그 아들이 찾아갔다는 소문만 듣고 종적을 아직 듣지 못한 말을 하며 눈물이 비 오듯 하니, 이동지 마누라는 거지가 도승지 불쌍하다 한다고, 부인의 정경이 불쌍하여 마주 눈물을 흘리며 좋은 말로 위로하기를,

"설마 어떠하오리까! 댁 같이 인자하신 터에 하나님이 그 자손을 보호하시지 아니하실 리가 있습니까? 오래지 아니하여 반가운 기별을 들으실 터이니 너무 걱정 말고 계십시오. 제 집에 있는 옥희 일로 두고 보아도 명만 길면 사는 것이야요." 하고 옥희의 소경력126) 이야기를 하니, 부인이 듣다가 묵묵히 앉아 속종으로 생각을 한다.

---

126) 소경력: 겪어 지내온 일.

'남자가 여복하는 일이 또 있기도 한가? 우리 승학이가 제 누이 의복을 바꾸어 입고 어디로 갔던지, 저를 보지 못했으니까 자세히 알 수는 없지마는, 옥희의 집에 갔던 남자나 아닌가.' 싶은 의아증이 나서 이동지 마누라에게 옥희 한번 보기를 청하더라.

이동지 마누라가 집으로 돌아와 그 말을 전하니, 옥희 모녀가 그러지 않아도 이승지가 제주로 귀양 갔던 양반이라니까 승학이 부친인 듯 짐작이 나되, 누구를 향하여 물어볼 수는 없고 궁금하기가 비할 데 없다가, 일변 반가운 중 태산 같은 걱정이 그 말 듣기 전보다 한층 더하니 이는 승학이가 당초에 약조하기를, 부친이 해배[127]하여 회환하는 날이면 즉시 고하고 성례成禮를 하겠다더니, 지금은 이승지의 해배는 되었으나 승학의 돌아올 기약이 망연함이러라.

그 후로 이승지 부인이 옥희의 거조가 단정함을 보고 종종 청하여 들어오기도 하며, 자기가 몸소 나아가기도 하여 정의가 날로 친밀하여 피차에 은휘할 말이 없이 설파하니, 부인이 더욱 옥희를 귀히 여기고 사랑하며 아들의 소식 듣기를 옥희를 위하여 더 간절하더라. 적막한 산중에 길을 잃고 방황하는 것이 무진[128]히 처량하다 할 만하나, 오히려 무변대해에 좁쌀 같은 한낱 몸이 향할 바를 모름만 같지 못할러라. 쪽을 풀어들인 듯한 물이 안력이 모자라는데, 물이 하늘도 같고 하늘이 물도 같아, 이따금 산마루보다 높은 파도가 천병만마가 뒤끓어 들어오듯 할 때마다, 전신은 조리질을 하고 난데없는 채색이 영롱한 삼층 누각이 구름 밖에 솟았다가 경각 동안에 흔적도 없어져 두 눈이 현황난측[129]하니, 장정 남

---

127) 해배: 귀양을 풀어줌. 또는 귀양에서 풀려남.
128) 무진: 다함이 없을 만큼. 매우.
129) 현황난측: 정신이 어지럽고 황홀해 헤아리기 어려움.

자들도 멀미가 나느니 구역이 나느니 하여 이 구석 저 구석 쓰러져 정신을 차리지 못하는데, 생전에 물이라고는 발등에 차는 실개천도 못 건너 보던 부인이, 가없는 만경창파에서 데리고 가던 하인이 셋에서 둘은 죽었는지 살았는지 간 곳이 없고 다만 하나가 남았는데, 그나마 남자 하인 같으면 어디로든지 앞을 세우고 가기가 든든이나 하련마는, 남아 있다는 것이 역시 동서불변東西不辨하는 계집 하인이라. 어디로 가는 배인지도 모르고 황겁결에 올라 종, 상전이 서로 붙잡고 울기만 하다가, 배가 요동하는 바람에 입으로 열물130)을 토하고 정신없이 둘이 엎드렸다가, 누가 발길로 옆구리를 툭툭 차며 어서 내리라 재촉하는 소리에 간신히 눈을 떠 보니, 그 많이 있던 배 안의 사람이 하나도 없이 어디로 갔더라.

이 씨 부인과 또복이 누이가 얼떨결에 일어나 쓰러지며 엎드러지며 육지로 내려오니, 타국 사람, 우리나라 사람이 발을 밀어 디딜 틈이 없이 짐짝을 산더미 같이 쌓아놓은 곳마다 메밀 섬에 참새 떼 덤비듯 하였으니, 아무리 남복을 하였으나 잠시도 지체하기가 중난해서 인가 없는 산모롱이를 찾아가니, 기력이 쇠진하여 한 걸음도 더 갈 수가 없는지라 그대로 땅에 가 주저앉아,

(부) "이애 영매야, 여기가 어디냐? 우리나라인지 타국인지 모르겠구나."

(영) "글쎄올시다. 예가 어느 지방일까요? 저기 우리나라 초가집이 경성드뭇한 것을 보니까 우리나라 같기도 하고, 타국 사람이 들끓는 것을 보니까 타국 같기도 합니다."

(부) "에그, 타국이면 무엇을 하고 우리나라면 무엇을 하니? 생면강산에서 동서를 모르니…" 하며 설움이 복받쳐서 울음이 나오는 것을 남이

---

130) 열물: 쓸개즙.

들을까 겁이 나서 억지로 참고 바닷물을 물끄러미 내려다보고 앉아 신세타령을 한다.

"내 팔자 같은 사람이 이 세상에 또 어데 있을까? 팔자가 이 지경이 되려거든 세상 밖에 생겨나지를 말거나, 오장이 숯등걸이 다 되면서도 모진 목숨이 죽지도 아니하고 살아 있기는, 메뚜기도 한철이 있다고 즐거운 낙은 못 보나마 근심이나 없이 하루라도 살날이 있을 줄 알았더니, 갈수록 태산이라고 살수록 이 고생이 있나? 우리 어머니, 아버지께서는 내가 이 지경에 이른 것은 전연히 모르시고, 이것이 몸이나 편히 있나, 시집에서 무슨 흉잡힐 일이나 아니 했나, 쓸데없는 이 자식을 어느 날 어느 때에 생각을 아니하실라구. 인편 있을 때마다 편지로 경계하신 말씀, '여자 유행이 원부모형제니라. 내가 이렇게 먼 곳에 있다고 보고 싶어 설워 말지어다. 타인이 보면 모르고 시집살이가 고생이 되어 원망을 한다 비방 하느니라. 연소한 남편이 잘못하는 거조가 있더라도 화한 낯과 부드러운 말로 종용히 간할지언정 노한 기색으로 불평히 말하지 말지어다. 남편은 소천이라 하늘과 일반이니, 비를 내리다가도 날을 개게도 하는 능력이 있나니, 자연 선악 간 구별이 되어 후회하는 날이 있나니 범사를 참고 기다릴지어다.' 하신 말씀을 명심불망하고 백 가지 천 가지를 참기로만 종사를 했건마는 내가 내 일을 모르고 잘못한 처사가 있던가? 좋은 날 돌아오기는 고사하고 인제는 막 마침이 되었으니, 더 바라고 기다릴 것도 없고 어서 죽어 모르는 것이 상책이지." 하며 눈물이 비 오듯 하니, 영매도 배에 있을 때에는 당장 제 목숨 살아날 욕심으로 이 절 저 절 생각할 겨를 없이 지내다가, 육지에 나아와 앉으니 그제야 숨이 휘 나가며, 제 오라비 또복이 죽은 것이 원통하고 불쌍하여 땅을 두드리고 대성통곡을 하려다가, 저마저 그러고 보면 저의 아씨의 울음이 더욱 끝이 없을 듯하여 나오는 울음을 억지로 참고 아씨를 위로한다.

"아씨, 우지 말으십시오. 누가 지나다 봅니다. 돌아가시기는 왜 돌아가세요? 그 고생을 다 하시다가 영감마님도 다시 못 뵈옵고 돌아가세요? 초년고생은 만년 복이랍니다. 참고 참아 지내가면 설마 좋은 날이 있지 없을라구요? 울지 말으십시오."

이 씨 부인의 귀에 영매 하는 말은 한마디도 아니 들어오고 다만 죽고 싶은 마음뿐이라.

"영매야, 내 걱정은 조금도 말고, 네나 아무쪼록 구명도생을 하여, 어느 때든지 영감마님과 실내마님을 뵈옵거든 나 죽은 말이나 여쭈어 허구한 날 애쓰시고 기다리시지 아니하시게 하여 다고." 하고 영매를 돌아보고 다시 부탁을 유언 삼아 하더니, 벌떡 일어나며 언덕 밑으로 내려가, 두루마기 앞자락으로 얼굴을 가리고 바닷물을 향하여 뛰어 들어가는데, 영배가 쫓아 내려가 허리를 얼싸안고,

"에구머니, 이것이 웬일이세요? 돌아가서도 쇤네 말씀 한마디만 들으시오. 아씨, 아씨, 쇤네 말씀 좀 들으셔요."

이 씨 부인은 한결같이 물로 들어가려거니, 영매는 죽을힘을 다하여 못 들어가게 하려거니 한참 이 모양으로 힐난을 하는데, 별안간에 바다 한 가운데가 금사를 뿌린 듯, 홍공단을 펴놓은 듯 물결이 수멀수멀 끓는 것 같더니, 도래멍석 같은 보름달이 두렷이 솟아 올라오니, 원천의 삽살개는 산 그림자를 보고 짖고, 고목에 깃들인 새는 꿈을 놀라 우는데, 밤이라 할 것 없이 어찌 명랑히 밝던지 길바닥에 개미가 기어가는 것도 알아볼 만하더라.

영매가 저의 아씨를 붙들고 애를 쓰다가 사람의 자취 소리를 듣고 휙 돌아보더니,

"에그 아씨, 저기 누가 옵니다, 아씨."

부인은 영매가 자기를 죽지 못하게 하느라고 속이는 것으로 여기고 일

향 물로 들어가려 하는데, 그 자취 소리가 점점 가까이 오며 인기가 나니, 부인이 그제야 영매 곁으로 얼풋 가서 가만히 앉았더라. 그 사람이 앞으로 부썩 들어오더니,

(그 사람) "이 밤중에 웬 양반들이 이러시오?"

(부인) "…."

(영) "…."

(그 사람) "여보, 누구신지 모르겠소마는, 친구가 묻는 말을 대답도 아니하는 경계가 어디 있소? 이 양반, 어데 계신 양반들이오?"

(부) "…."

(영) "예, 충청도 공주 사오."

(그 사람) "뉘댁이시오?"

(영) "김 서방이오."

(그 사람) "이 양반은 어데 계신지, 뉘 댁이라 하시오?"

(영) "예, 그 양반도 나하고 한 고향 사는 이 서방이시오."

(그 사람) "댁이 전어통이란 말이오? 이 양반더러 물었는데 댁이 왜 대답을 하시오? 이 양반은 벙어리 차첩을 맡았나?" 하며 부인 앞에 탁 앉으며 시비를 단단히 차리려더니 깜짝 놀라며,

"이게 누구십니까? 밤이 되어서 자세 몰라 뵈옵고 말씨를 함부루 했습니다. 용서하십시오."

부인이 어쩐 영문인지 알지를 못하고, 다만 겁이나서 가슴이 두군두군하고 사지가 사시나무 떨리듯 하건마는 억지로 참고 대답을 하려도 목구멍에서 소리가 나오지 아니하여 묵묵히 있는데, 그 사람은 제가 버릇없이 말한 것을 감정이 나서 그리는 줄 여겼던지 손이 발이 되도록 빌며 이 씨 부인 대답하기만 바란다.

"제가 미거하여 어훈을 잘못했습니다. 몰라 뵈옵기에 그리했지, 이 서

방님인 줄 아고서야 그리할 가망이 있습니까?"

영매가 핀잔을 당하고 멀슥히 곁에서 듣다가, 그 자의 지성으로 하는 말이 의심이 나서,

(영) "여보, 댁에서 언제 저 양반을 뵈었습더니까?"

(그 사람) "뵈옵기만 해요? 저거 번에 우리 집에 까지 오서서 보았는 걸이오."

(영) "댁이 어디길래 저 양반이 가셨더란 말이오? 어두운 밤이니까 횡보셨나 보오."

(그 사람) "당치도 않은 말을 하시오. 친좁은 지는 오래지 못해도 횡 뵈올 터는 아니오." 하며, 이 씨 부인은 대답도 아니하는데, 저 혼자 이야기를 늘어놓는다.

"그때 강원도 어느 친구의 집으로 가시는 길이라 하시더니, 그동안에 다녀오셨습니까? 아마 복단이 송장 찾은 소문을 못 들으셨지요? 지금 평양집과 금분이가 감옥소 구석에서 톡톡히 고생을 합니다. 만일 서방님이 혼수를 아니하셨더면, 이때까지 제가 아무 말도 아니하고 있었을 터이니, 복단이 어미 · 아비가 복단이 죽은 줄을 싹이나 알았겠습니까? 인제는 복단이 혼이 춤추게 되었지요. 제 주인이 예서 얼마 되지 아니하니 잠깐 들어가십시다. 밤이 들어가는데 물가에서 말씀할 것 없이."

이 씨 부인이 그 사람의 말을 듣고 다시 살펴보아도 짐작이 나서지 아니하는데, 평양집이니 금분이니 하는 양을 보면 자기를 짐작하는 듯도하고, 서방님이니 제 집에를 갔더니 하는 말을 들으면 정녕히 모르는 것 같아 의심이 변하여 궁금증이 나는 중, 복단이 죽었다는 말에 가슴이 덜컥 내려앉으며 측은한 마음이 나서 묵묵히 앉아 혼잣말로,

'불쌍해라, 복단이가 간 곳이 없다고 법석을 하더니 필경 죽었구먼! 제 어미, 아비가 오죽 원통해 할라구. 상전의 팔자가 사나운 탓으로 그년까

지 비명에 죽었나 보다…. 그러나 나는 저 사람을 모르겠는데 저 사람은 나를 어찌 아노? 분명히 내가 누구인지 아는 것 같으면 서방님 칭호가 당치 아니하고…. 옳지, 인제야 짐작을 하겠다.' 하고 영매를 슬며시 보고 눈짓을 두어 번 하니, 영매도 어찐 곡절을 모르고 궁금하던 차 아씨의 눈짓을 선뜻 알아채고 그자를 돌아보며,

(영) "나도 평양집 소문은 대강 들었소만, 무슨 죄에 감옥소를 들어갔소?"

(그 사람) "홍, 평양집 일은 저 어른도 이왕 내게 들으서 약간 아시는 터이니까 말이지. 그년의 죄는 감옥소도 아깝지요. 북촌 대가로 유명하던 서 판서 집을 기동뿌리도 아니 남게 망해놓고, 그 정실부인 이승지의 딸님을 갖은 모함을 다하여 그 남편에게 이간을 붙이다 못하여 필경 그 부인도 그 교전비 복단이 죽이듯 죽였는지 싹도 없이 어디로 보내고, 저 혼자 호강하려다가 지금 호강을 썩 잘합니다, 옥구멍에서."

(영) "그래, 복단이를 평양집이 죽였단 말이오? 법관 아닌 바에 사람이 사람도 죽이오? 아마 댁에서 남의 말을 과격히 하시나 보오."

(그 사람) "댁 말씀도 괴이치 않소? 저 어른께 여쭈어보오, 내가 거짓말인가? 복단이 송장을 내 손으로 처치하였다가 내 입으로 고발을 했소. 이것 봅시오, 이 서방님, 평양집이 그 지경 되니까 장안 사람이 듣는 이마다 상쾌하다는데, 제일 이 씨 부인이 있었더면 더 상쾌히 여길걸! 그 부인 아버지 되시는 이승지 영감에서 정배를 풀려 올라오셨는데, 그렇성 하느라니 세상에 낙이 없어 동문 밖 묘하 어느 동리라든가 그 동리로 내려가셨다 합디다."

부인이 그 부친의 해배하여 올라왔다는 소식을 들더니, 물에 빠져 죽으려던 마음은 어디로 가고 아무쪼록 살아 어서 부모의 얼굴을 뵈옵고 싶은 생각이 간절하여, 자기는 본색이 탄로될까 염려하여, 다만 영매를

시켜 그곳 지명도 묻고, 느릿골서 자기 동생 만나던 일도 자세자세 물어 역력히 알고서야 그제서야 그 사람을 따라 주인집으로 가더라.

원래 돌이가 각 집 별배[131]로 월급 푼을 얻어먹고 지내더니, 개화된 이후로 전배·후배를 늘여 세우고 다니던 재상들도 구종 하나 데리기도 하고 아니 데리기도 하여 생애 길이 뚝 끊어지니, 막벌이 하기로 나섰는데, 서울서는 동무가 부끄럽고 차라리 낯모르는 곳에 가 품팔이를 할 작정으로 인천 항구에 와 있던 터이라.

승학이가 여복을 했을 때에 밤낮 보던 금분이도 이 씨 부인으로 속았거든, 하물며 한두 번 본 돌이가 남복한 부인을 승학이로 속지 아니하리오. 부인인 줄은 꿈에도 알지 못하고, 산지 한 자리 얻어 제 어미 영장할 어리석은 정성이 그저 간절하여, 여간 벌이한 돈을 아까운 줄 모르고 이 씨 부인의 치행을 하여 서울로 올라가라고 축현 정거장에서 차 떠나기를 기다리는데, 어떠한 표표한 소년 하나가 분주히 오는 것을 보더니, 돌이는 두 눈이 둥그레지며 우두커니 섰고, 이 씨 부인과 영매는 깜짝 놀라 마주 나간다.

그 소년이 한걸음에 부인 앞에 와 절 한 번을 하더니 서로 붙잡고 목이 메어 우는 양을 물끄러미 보다가 속마음으로,

'내가 꿈을 꾸나, 정신이 흐린가, 눈이 어두운가?

얼굴 같은 사람이 더러 있다기로 저렇게 한데서 쩌귀어낸 듯 할 수 있나? 저 양반이 나의 산지 구하는 정성을 시험하려고 둔갑법을 하여 없던 사람이 있기도 하고 한 사람이 둘도 되어 보이나 서로 붙잡고 울기는 무슨 곡절인고? 아무려나 하는 거동이나 가만히 보겠다.' 하고 곁에서 구경만 하고 섰는데, 그 사람이 울음을 뚝 그치고 풍상 겪던 이야기를 듣던

131) 별배: 벼슬아치 집에서 사사로이 부리는 하인.

사람이 눈물이 절로 나오게 한참 하다가 돌이를 힐끗 건너다보더니 말 끝을 무지르고 정답게 인사를 한다.

"대단히 무신[132]한 사랑으로 여겼을걸."

돌이가 그 말 몇 마디를 듣고서 인사 대답할 겨를 없이 눈이 이리저리 씻으며 질문 먼저 한번 한다.

"불안한 말씀이나 위선 여쭈어볼 말씀이 있습니다." 하고 부인을 가리키며,

"당신도 저 양반 같으시고 저 양반도 당신 같으시니 누가 제 집으로 오셨던 어른인지 알 수가 없습니다."

돌이가 바닷가에서 이 씨 부인을 만나던 말을 낱낱이 하니 승학이 생각에,

'장종비적[133]하여 성명을 감추는 것은 본래 온당치 못하나 급한 사기에 잠시 권도[134]를 쓰지 아니 할 수 없어 마지못하여 행한 일이거니와 끝끝내 바로 말을 아니하면 군자의 행사가 아니요, 또 저 사람의 신세로 우리 누이님이 물에 빠져 돌아가시기를 면하셨고 나 역시 저 사람의 힘으로 욕도 면한 일이 있는데, 어찌 진정을 말하지 아니하리오.' 하고, 돌이더러 자기 남매의 자초 변복하여 피화하던 말로 부산서 파선한 소문을 듣고 찾아오는 날까지 한마디 은휘치 아니하고 모두 이른 후에 차 떠날 시간이 되니까 돌이까지 데리고 서울로 올라오니 이는 힘자라는 대로 돌이 신세를 갚아 천역 아니하고도 먹고 지내도록 하여줄 작정이더라.

승학이가 내행 교군에 그 매씨를 모시고 자기 부친 계신 무넘이로 내

---

132) 무신: 신의가 없음.

133) 장종비적: 종적을 아주 숨기다.

134) 권도: 목적 달성을 위하여 때에 따라 임기응변으로 일을 처리하는 방도.

려가는데 박석고개를 당도하니 감구지회가 절로 난다.

'저기 저 나무 밑이 내가 붙잡혀 가던 곳이었다. 옥희가 그동안 시집을 갔나? 그대로 있나? 일시 지낼 길에 약조한 일을 믿잘 것은 없지마는 제가 내게 향하여 하는 거동이 진정은 진정이던걸. 만일 그때 약조를 굳게 지켜 우리 부친 해배하신 소문을 듣고 나 오기를 눈이 감도록 기다리면, 모르는 체하고 이 앞으로 지나가기가 인정이 아니지.' 하고 교군을 내려 놓고 쉬게 하는 동안에 옥희의 집을 찾아가니, 이는 색계에 침혹하여 연연불망함이 아니라, 대장부 신의를 아녀자에게 잃지 아니하자는 작정이더라.

밤중 창황분주 중에 얼풋 갔던 집이언마는, 매사에 범연히 지내지 않는 승학이라, 서슴지 아니하고 곧은길로 옥희의 집을 찾아가니, 그 집을 헐어내고 삼사 층 양옥을 새로 건축하느라고 청국 석수, 일본 목수들이 들썩들썩할 뿐이니, 말 한마디 물어볼 데도 없고 갈 길도 총총하여 입맛을 두어 번 다시고 도로 오는데, 마당 앞 고목가지에서 깟깟 짖는 까치 소리가 귀한 손 옴을 반기는 것 같아 심회가 자연 불평하더라. 이때 이승지 부인은 아들 남매의 소식을 막연히 듣지 못하여, 날이 밝으나 저무나 슬픈 눈물이 마를 때가 없는 중, 옥희의 정경을 생각하면 더욱 근심이 되어 이승지를 대하여,

(부) "영감, 우리 아이 남매가 일정 모두 불행했나 보오. 살아 있고서야 우체로라도 편지 한 자 아니 부칠 리가 있소? 우리 두 늙은이는 전생 죄든지 차생 죄든지 내 속으로 난 자식의 일이니까 면할 수 없는 근심이어니와, 남의 자식 옥희의 일이 실로 딱하지 아니하오? 일시 언약을 금석같이 믿고 과부 외딸로 타문에 시집을 아니 가니 그런 남의 못할 노릇이 또 어데 있단 말이오."

(이) "설마 조만간 소식이 있지 없으리까. 좀 기다려봅시다. 난옥이는

설혹 파선했을 때에 죽었다 하기로 승학이 조차 죽었을 리가 있소? 필경 제 누이 종적을 탐지하기에 골몰하여 편지 부칠 겨를도 없이 다니는 것이 온다. 그러나 옥희는 참 절등한 규수 자격이던걸. 지금 세상에 소위 사부의 집 규수도 행동 범절이 하나 취할 것 없을뿐더러 주단 왕래한 혼인도 일쑤 배약을 하는데, 옥희야 처지로 말하든지 사세로 보든지, 구차히 지날결의 두어 마디 언약을 지키지 아니하기로 누가 시비하겠소마는, 이팔 당혼한 터에 고초를 달게 여기고 절개를 굳게 지키니, 우리 승학이 혼인은 다른 구할 것 없이 어찌 기특치 아니하오? 또 제 범절이 외모와 같이 단정 온순하여 한 곳 나무랄 데가 없으니, 아이 들어오는 대로 곧 성례를 시키겠소. 이전 풍속 말이지, 지금이야 지체니 문벌이나 다 쓸 데 있소? 규수 하나가 제일이지."

내외 서로 의논을 정하고 옥희를 더욱 애중히 여기며 승학이 소식을 고대하더니, 하루는 복단 어미가 부리나케 들어오며,

"마님 마님, 아씨께서 오십니다!" 하는 소리에 부인이 깜짝 놀라 마주 나오며,

"무엇이야? 누가 와?"

그 말이 채 그치기 전에 교군 한 채가 들어오며 남복한 소년이 교군에게 나오더니,

"어머니!"

소리를 겨우 한마디 부르고 부인 앞에 와 폭 엎드려 대성통곡을 하니, 부인이 처음에는 정신이 현황하여 아무 말도 못하다가 어머니 부르는 말을 듣고서야,

"오냐, 네가 난옥이냐? 어디 좀 보자. 네가 죽어 혼이 왔니? 내가 자다 꿈을 꾸니?" 하며 모녀 서로 붙잡고 초상난 집 모양으로 몸부림을 해가며 우는데, 승학이는 사랑으로 바로 들어가 그 부친을 모시고 들어와서,

일변 그 모친께 위로도 하고 일변 그 매씨를 만류도 하더라. 사람의 눈물은 설워서만 나는 것이 아니라, 너무 반가운 일을 보아도 눈물이 절로 나오는 것이라.

　그날 이승지 집 상하 식구가 너나 할 것 없이 그리던 말 반가운 말을 다만 한마디씩이라도 다하며 우는데, 두렷이 나서지도 못하고 시원하게 묻지도 못하고 골방 구석으로 점점 들어가 나오는 눈물을 억지로 참는 사람은 하루를 삼추같이 승학이 기다리던 옥희더라. 이승지가 그 아들더러 옥희가 이동지 집에 와 있는 사실을 이르고, 불복일¹³⁵⁾로 성례를 시키는데, 원근 동리 남녀노소를 물론하고 신기하니 희한하니 하며 구경꾼이 구름 같이 모여 섰는 틈으로 거복이가 우체로 온 편지 한 장을 들고 들어온다. 이승지가 편지를 받아 피봉을 먼저 보니,

　'대한 황성 북서 송현 이승지 댁 입납, 상해 동아학교 일 년 급 생도 서정길 상'이라 하였거늘 급급히 떼어 두 번 세 번을 보며 희색이 만면하여,

　"마님 여쭈어라, 작은아씨 불리라." 하더니 그 편지를 차례로 돌려 보이니까, 평생에 수심이 첩첩하여 주야장천 한숨으로 세월을 보내며 좋은 일이나 우스운 일이나 눈썹을 펴지 아니하던 서집의 얼굴이 구름에 잠겼던 가을달이 벽공에 솟음같이 반가운 빛을 띠었더라.

『제국신문』, 1907년 10월~1908년 2월

---

135) 불복일: 혼사나 장사 따위를 급히 치르느라고 날을 가리지 아니하는 것을 이르는 말.

자유종

　천지간 만물 중에 동물 되기 희한하고, 천만 가지 동물 중에 사람 되기 극난하다. 그같이 희한하고 그같이 극난한 동물 중 사람이 되어 압제를 받아 자유를 잃게 되면 하늘이 주신 사람의 직분을 지키지 못함이어늘, 하물며 사람 사이에 여자 되어 남자의 압제를 받아 자유를 빼앗기면 어찌 희한코 극난한 동물 중 사람의 권리를 스스로 버림이 아니라 하리오.

　여보, 여러분, 나는 옛날 태평시대에 숙부인[1]까지 바쳤더니 지금은 가련한 민족 중의 한 몸이 된 신설헌이올시다. 오늘 이매경 씨 생신에 청첩을 인하여왔더니 마침 홍국란 씨와 강금운 씨와 그 외 여러 귀중하신 부인들이 만좌하셨으니 두어 말씀 하오리다.

　이전 같으면 오늘 이러한 잔치에 취하고 배부르면 무슨 걱정 있으리까마는, 지금 시대가 어떠한 시대며 우리 인족은 어떠한 인족이오? 내 말이 연설 체격과 흡사하나 우리 규중 여자도 결코 모를 일이 아니올시다.

　일본도 삼십 년 전 형편이 우리나라보다 우심하여 혹 천하대세라 혹 자국전도라 말하는 자는, 미친 자라 괴악한 사람이라 지목하고 인류로 치지 않더니, 점점 연설이 크게 열리매 전도하는 교인같이 거리거리 떠드나니 국가 형편이요, 부르나니 민족사세라, 이삼 인 모꼬지[2]라도 술

---

1) 숙부인: 조선 시대에, 정삼품 당상 문무관의 아내에게 주던 외명부의 품계.
2) 모꼬지: 놀이, 잔치 등의 일로 여러 사람이 모이는 일.

잔을 대하기 전에 소회를 말하고 마시니, 전국 남녀들이 십여 년을 한담도 끊고 잡담도 끊고 언필칭[3] 국가라 민족이라 하더니, 지금 동양에 제일 제이 되는 일대강국이 되었습니다.

오늘 우리나라는 어떠한 비참지경이오? 세월은 물같이 흘러가고 풍조는 날로 닥치는데, 우리 비록 아홉 폭 치마는 둘렀으나 오늘만도 더 못한 지경을 또 당하면 상전벽해가 눈결에 될지라. 하늘을 부르면 대답이 있나, 부모를 부르면 능력이 있나, 가장을 부르면 무슨 방책이 있나, 고대광실 뉘가 들며 금의옥식 내 것인가? 이 지경이 이마에 당도했소. 우리 삼사 인이 모였든지 오륙 인이 모였든지 어찌 심상한 말로 좋은 음식을 먹으리까? 승평무사[4] 할 때에도 유의유식[5]은 금법이어든 이 시대에 두 눈과 두 귀가 남과 같이 총명한 사람이 어찌 국가 의식만 축내리까? 우리 재미있게 학리상으로 토론하여 이날을 보냅시다.

(매경) "절당[6] 절당 하오이다. 오늘이 참 어떠한 시대요? 이 같은 수참하고[7] 통곡할 시대에 나 같은 요마[8]한 여자의 생일잔치가 왜 있겠소마는 변변치 못한 술잔으로 여러분을 청하기는 심히 부끄럽고 죄송하나 본의인즉 첫째는 여러분 만나 뵈옵기를 위하고, 둘째는 좋은 말씀을 듣고자 함이올시다. 남자들은 자주 상종하여 지식을 교환하지마는 우리 여자는 한번 만나기 졸연猝然하오니까, 『예기』에 가로되, 여자는 안에 있어 밖의 일을 말하지 말라 하였고, 『시전』에 가로되 오직 술과 밥을 마

---

3) 언필칭: 말을 할 때마다 이르기를.
4) 승평무사: 나라가 태평하고 아무 탈 없이 편안함.
5) 유의유식: 하는 일 없이 놀면서 입고 먹음.
6) 절당: 사리에 꼭 들어맞음.
7) 수참하다: 매우 부끄럽다.
8) 요마: 작은 상태임 또는 그런 것.

땅히 할 뿐이라 하였기로 층암절벽 같은 네 기둥 안에서 나고 자라고 늙었으니, 비록 사마자장[9])의 재주 있을지라도 보고 듣는 것이 있어야 아는 것이 있지요. 이러므로 신체 연약하고 지각이 몽매하여 쌀이 무슨 나무에 열리는지 도미를 어느 산에서 잡는지 모르고, 다만 가장의 비위만 맞춰, 앉으라면 앉고 서라면 서니, 진소위[10]) 밥 먹는 안석[11])이요, 옷 입은 퇴침[12])이라, 어찌 인류라 칭하리까? 그러나 그는 오히려 현철한 부인이라, 행검行檢있는 부인이라 하겠지마는, 성품이 괴악하고 행실이 불미하여 시앗에 투기하기, 친척에 이간하기, 무당 불러 굿하기, 절에 가서 불공하기, 제반악증[13])은 소위 대갓집 부인이 더합디다. 가도가 무너지고 수욕이 자심하니 이것이 제 한집안 일인 듯하나 그 영향이 실로 전국에 미치니 어찌한 심치 않으리까? 그런 부인이 생산도 잘 못하고 혹 생산하더라도 어찌 쓸 자식을 낳으리오. 태내 교육부터 가정교육까지 없으니 제가 생지生知의 바탕이 아닌 바에 맹모의 삼천하시던 교육이 없이 무슨 사람이 되리오. 그러나 재상도 그 자제요 관찰·군수도 그 자제니 국가의 정치가 무엇인지, 법률이 무엇인지 어찌 알겠소? 우리 비록 여자나 무식을 면치 못함을 항상 한탄하더니, 다행히 오늘 여러분 고명하신 부인께서 왕림하여 좋은 말씀을 들려주시니 대단히 기꺼운 일이올시다."

(설헌) "변변치 못한 구변이나 내 먼저 말씀하오리다. 우리 대한의 정계가 부패함도 학문 없는 연고요, 민족의 부패함도 학문 없는 연고요, 우

---

9) 사마자장: 사마천. 『사기(史記)』를 저술했다.
10) 진소위: 정말 그야말로.
11) 안석: 벽에 세워 놓고 앉을 때 몸을 기대는 방석.
12) 퇴침: 서랍이 있는 목침.
13) 제반악증: 여러 가지 악한 증세.

리 여자도 학문 없는 연고로 기천 년 금수 대우를 받았으니 우리나라에도 제일 급한 것이 학문이요, 우리 여자 사회도 제일 급한 것이 학문인즉 학문 말씀을 먼저 하겠소. 우리 이천만 민족 중에 일천만 남자들은 응당 고명한 학교를 졸업하여 정치 · 법률 · 군제 · 농 · 상 · 공 등 만 가지 사업이 족하겠지마는, 우리 일천만 여자들은 학문이 무엇인지 도무지 모르고 유의유식으로 남자만 의뢰하여 먹고 입으려 하니 국세가 어찌 빈약치 아니하겠소?

옛말에, '백지장도 맞들어야 가볍다' 하였으니 우리 일천만 여자도 일천만 남자의 사업을 백지장과 같이 거들었으면 백 년에 할 일을 오십 년에 할 것이요, 십 년에 할 일을 다섯 해면 할 것이니 그 이익이 어떠하뇨? 나라의 독립도 거기 있고 인민의 자유도 거기 있소.

세계 문명국 사람들은 남녀의 학문과 기예가 차등이 없고, 여자가 남자보다 해산하는 재주 한 가지가 더하다 하며, 혹 전쟁이 있어 남자가 다 죽어도 겨우 반구비半具備라 하니, 그 여자의 창법 검술까지 통투14)함을 가히 알겠도다.

사람마다 대성인 공부자15) 아니거든 어찌 생이지지16)하리요. 법국17) 파리대학교에서 토론회를 열매, 가편은 사람을 가르치지 못하면 금수와 같다 하고, 부편은 사랑이 천생 한 성질이니 비록 가르치지 아니할지라도 어찌 금수와 같으리오 하여 경쟁이 대단하되 귀결치 못하였더니, 학도들이 실지를 시험코자 하여 무부모無父母한 아이들을 사다가 심산궁곡에 집 둘을 짓되 네 벽을 다 막고 문 하나만 뚫어 음식과 대소변을 통하

---

14) **통투**: 사리를 꿰뚫어 환히 앎.

15) **공부자**: 공자.

16) **생이지지**: 배우지 않아도 스스로 깨달아 앎.

17) **법국**: 예전에, 프랑스를 이르던 말.

게 하고 그 아이를 각각 그 속에서 기를 새, 칠팔 년이 된 후 그 아이를 학교로 데려오니 제가 평생에 사람 많은 것을 보지 못하다가 육칠 층 양옥에 인산인해 됨을 보고 크게 놀라 서로 돌아보며 하나는 *꼬꼬댁꼬꼬댁* 하고 하나는 *끼익 끼익* 하니, 이는 다름 아니라 제 집에 아무것도 없고, 다만 닭과 돼지만 있는데, 닭이 놀라면 *꼬꼬댁* 하고 돼지가 놀라면 *끼익 끼익* 하는 고로 그 아이가 지금 놀라운 일을 보고, 그 소리가 각각 본대로 난 것이니 그것도 닭과 돼지의 교육을 받음이라. 학생들이 이것을 본 후에 사람을 가르치지 아니하면 금수와 다름없음을 깨달아 가편이 득승得勝하였다 하니, 이로 보건대 우리 여자가 그와 다름이 무엇이오? 일용범절에 여간 안다는 것이 저 아이의 *꼬꼬댁·끼익*보다 얼마나 낫소이까? 우리 여자가 기천 년을 암매[18]하고 비참한 경우에 빠져 있었으니 이렇고야 자유권이니 자강력이니 세상에 있는 줄이나 알겠소? 일생에 생사고락이 다 남자 압제 아래 있어, 말하는 제웅과 숨 쉬는 송장을 면치 못하니 옛 성인의 법제가 어찌 이러하겠소. 『예기』에도, 여인 스승이 있고 유모를 택한다 하였고 『소학』에도 여자 교육이 첫 편이니 어찌 우리나라 여자 같은 자고송[19]이 있단 말이오?

우리나라 남자들이 아무리 정치가 밝다 하나 여자에게는 대단히 적악하였고, 법률이 밝다 하나 여자에게는 대단히 득죄하였습니다. 우리는 기왕이라 말할 것 없거니와 후생이나 불가불 교육을 잘 하여야 할 터인데 권리 있는 남자들은 꿈도 깨지 못 하니 답답하오. 남자들 마음에는 아들만 귀하고 딸은 귀치 아니한지 일분자라도 귀한 생각이 있으면 사지오관[20]이 구비한 자식을 어찌 차마 금수와 같이 길러 이 같은 고해에 빠

---

18) 암매: 어리석어 생각이 어두움.

19) 자고송: 저절로 말라 죽은 소나무.

지게 하는고? 그 아들 가르치는 법도 별수는 없습디다. 『사략史略』, 『통감』으로 제 일등 교과서를 삼으니 자국정신은 간데없고 중국 혼만 길러서 언필칭 『좌전』이라 『강목』이라 하여 남의 나라 기천 년 흥망성쇠만 의논하고 내 나라 빈부강약은 꿈도 아니 꾸다가 오늘 이 지경을 하였소.

이태리伊太利국 역비다 산에 올차학이라는 구멍이 있어 해수로 통하였더니 홀연 산이 무너져 구멍어구가 막힌지라. 그 속이 칠야같이 캄캄한데 본래 있던 고기들이 나오지 못하고 수백 년을 생장하여 눈이 있으나 쓸 곳이 없더니, 어구의 막혔던 흙이 해마다 바닷물에 패어가며 일조[21]에 굼기[22] 도로 열리매, 밖의 고기가 들어와 수없이 잡아먹되, 그 안에 있던 고기는 눈을 멀뚱멀뚱 뜨고도 저 해하려는 것을 전연 모르고 절로 밀려 어구 밖을 혹 나왔으나 못 보던 눈이 졸지에 태양을 당하매 현기가 나며 정신이 없어 어릿어릿하더라 하니, 그와 같이 대문·중문 꽉꽉 닫고 밖에 눈이 오는지 비가 오는지 도무지 알지 못하고 살던 우리나라 이왕 교육은 올차학 교육이라 할 만하니 그 교육 받은 남자들이 무슨 정신으로 우리 정치를 생각하겠소? 우리 여자의 말이 쓸데없을 듯하나 자국의 정신으로 하는 말이니, 오히려 만국공사의 헛담판보다 낫습니다. 여러분 부인들은 대한 여자 교육계의 별방침을 연구하시오."

(금운) "여보, 설헌 씨는 학문 설명을 자세히 하셨으나 그 성질과 형편이 그래도 미진한 곳이 있습니다. 우리나라 지식을 보통케 하려면 그 소위 무슨 변에 무슨 자, 무슨 아래 무슨 자라는, 옛날 상전으로 알던 중국 글을 폐지할 필요가 있겠소. 대저 글이라 하는 것은 말과 소와 같아서 그

---

20) 사비오관: 두 팔과 두 다리의 사지와 눈, 귀, 코, 혀, 피부의 다섯 가지 감각기관을 아울러 이르는 말.

21) 일조: 하루아침이라는 뜻으로, 갑작스럽도록 짧은 사이를 이르는 말.

22) 굼기: 구멍의 사투리.

나라의 범백[23] 정신을 실어두나니, 우리나라 소위 한문은 곧 지나[24]의 말과 소라. 다만 지나의 정신만 실었으니 우리나라 사람이야 평생을 끌고 당긴들 무슨 이익이 있겠소? 그런 중에 그 말과 소가 대단히 사나워 좀체 사람은 끌지 못하오. 그 글은 졸업 기한이 없고 일평생을 읽을지라도 이태백·한퇴지는 못되며, 혹 상등으로 총명한 자가 물 쥐어 먹고 십 년 이십 년을 읽어서 실재라, 거벽이라 하여 눈앞에 영웅이 없고, 세상이 돈짝만 하여 내가 내놓으라고 돌이질 치더라도 그 사람더러 정치를 물으면 모른다, 법률을 물으면 모른다, 철학·화학·이화학을 물으면 모르노라, 농학·상학·공학을 물으면 모르노라, 그러면 우리 대종교 공부자 도학의 성질은 어떠하냐 묻게 되면, 그 신성하신 진리는 모르고 다만 아노라 하는 것은, '공자님은 꿇어앉으셨지', '공자님은 광수의 입으셨지' 하여 가장 도통을 이은 듯이 여기니, 다만 광수의만 입고 꿇어만 앉았으면 사람마다 천만 년 종교 부자가 되오리까?

공자님은 춤도 추시고, 노래도 하시고, 풍류도 하시고, 선배도 되시고, 문장도 되시고, 장수가 되셔도 가하고, 정승이 되셔도 가하고, 천자도 가히 되실 신성하신 우리 공부자님을, 어찌하여 속은 컴컴하고 외양만 번주그레한 위인들이 광수의만 입고 꿇어만 앉아 공자님 도학이 이뿐이라 하여 고담준론을 하면서 이렇게 하여야 집을 보존하고 인군을 섬긴다 하여 자기 자손뿐 아니라 남의 자제까지 연골에 버려 골생원님이 되게 하니, 그런 자들은 종교에 난적亂賊이요, 교육에 공적公敵이라 공자님께서 대단히 욕보셨소. 설사 공자님이 생존하셨을지라도 오히려 북을 울려 그자들을 벌하셨으리다.

---

23) 범백: 갖가지의 모든 것.
24) 지나: 중국의 다른 이름.

그만도 못한, 승부꾼이라 일차꾼이라 하는 자는 천시도 모르고, 지리도 모르고, 다만 의취 없는 강남 풍월한 다년이라. 뜻도 모르는 것은 원코형코라 하여 국가의 수용하는 인재 노릇을 하였으니 그렇고야 어찌 나라가 이 지경이 아니 되겠소? 대체 글을 무엇에 쓰자고 읽소? 사리를 통하려고 읽는 것인데 내 나라 지지와 역사를 모르고서 제갈량전과 비사맥전을 천만 번이나 읽은들 현금現今 비참한 지경을 면하겠소? 일본 학교 교과서를 보시오. 소학교 교과하는 것은 당초에 대한이라 청국이라는 말도 없이 다만 자국 인물이 어떠하고 자국 지리가 어떠하다 하여 자국 정신이 굳은 후에 비로소 만국 역사와 만국 지지를 가르치니, 그런고로 무론남녀하고 자국의 보통 지식 없는 자가 없어 오늘날 저러한 큰 세력을 얻어 나라의 영광을 내었소.

우리나라 남자들은 거룩하고 고명한 학문이 있는 듯하나 우리 여자 사회에야 그 썩고 냄새나는 천지현황 글자나 아는 사람이 몇이나 되오? 남자들도 응당 귀도 있고 눈도 있으리니, 타국 남자와 같이 학문을 힘쓰려니와 우리 여자도 타국 여자와 같이 지식이 있어야 우리 대한 삼천리강토도 보전하고, 우리 여자 누백 년 금수도 면하리니, 지식을 넓히려면 하필 어렵고 어려운 십 년 이십 년 배워도 천치를 면치 못할 학문이 쓸데 있소? 불가불 자국 교과를 힘써야 되겠다 합니다."

(국란) "아니오, 우리나라가 가뜩 무식한데 그나마 한문도 없어지면 수모25) 세계를 만들려오? 수모란 것은 눈이 없이 새우를 따라다니면서 새우 눈을 제 눈같이 아나니 수모 세계가 되면 새우는 어디 있나? 아니 될 말이오. 졸지에 한문을 없이 하고 국문만 힘쓰면 무슨 별 지식이 나리까? 나도 한문을 좋다 하는 것은 아니나 형편으로 말하면 요순 이래 치

---

25) 수모: 해파리.

국평천하治國平天下하는 법과 수신제가修身齊家하는 천사만사天事萬事 모두 한문에 있으니 졸지에 한문을 없애고 국문만 쓰면, 비유컨대 유리창을 떼어버리고 흙벽 치는 셈이오. 국문은 우리나라 세종대왕께서 만드실 때 적공이 대단하셨소. 사신을 여러 번 중국에 보내어 그 성음 이치를 알아다가 자모음을 만드시니, 반절이 그것이오. 우리 세종대왕 근로하신 성덕은 다 말씀할 수 없거니와 반절 몇 줄에 나랏돈도 많이 들었소. 그렇건마는 백성들은 줏들은 한문자만 숭상하고 국문은 버려두어서 암글이라 지목하여 부인이나 천인이 배우되 반절만 깨치면 다시 읽을 것이 없으니 보는 것은 다만 춘향전·심청전·홍길동전 등물뿐이라, 춘향전을 보면 정치를 알겠소? 심청전을 보고 법률을 알겠소? 홍길동전을 보아 도덕을 알겠소? 말할진대 춘향전은 음탕 교과서요, 심청전은 처량 교과서요, 홍길동전은 허황 교과서라 할 것이니, 국민을 음탕 교과로 가르치면 어찌 풍속이 아름다우며, 처량 교과로 가르치면 어찌 장진지망26)이 있으며, 허황 교과로 가르치면 어찌 정대한 기상이 있으리까? 우리나라 난봉 남자와 음탕한 여자의 제반악증이 다 이에서 나니 그 영향이 어떠하오? 혹 발명27)하려면 춘향전을 누가 가르쳤나, 심청전을 누가 배우라나, 홍길동전을 누가 읽으라나, 비록 읽으라 할지라도 다 제게 달렸지 할 터이나, 이것이 가르친 것보다 더하지. 휘문의숙 같은 수층 양옥과 보성학교 같은 너른 교장에 칠판·괘종·책상·걸상을 벌여놓고 고명한 교사를 월급 주어 가르치는 것보다 더 심하오. 그것은 구역과 시간이나 있거니와 이것은 구역도 없고 시간도 없이 전국 남녀들이 자유권으로 틈틈이 보고 곳곳이 읽으니 그 좋은 몇 백 만 청년을 음탕하고 처량하고 허황

---

26) 장진지망: 앞으로 잘되어 갈 전망이나 희망.

27) 발명: 죄나 잘못이 없음을 말하여 밝힘.

한 구멍에 쓸어 묻는단 말이오. 그나 그뿐이오? 혹 기도하면 아이를 낳는다, 혹 산신이 강림하여 복을 준다, 혹 면례를 잘하여 부귀를 얻는다, 혹 불공하여 재액을 막았다, 혹 돌구멍에서 용마가 났다, 혹 신선이 학을 타고 논다, 혹 최판관[28]이 붓을 들고 앉았다 하는 제반악증의 괴괴망측한 말을 다 국문으로 기록하여 출판한 판책도 많고 등출한 세책도 많아 경향 각처에 불똥 튀어 박히듯 없는 집이 없으니 그것도 오거서五車書라 평생을 보아도 못다 보오. 그 책을 나도 여간 보았거니와 좋은 종이에 주옥 같은 글씨로 세세성문 하여 혹 이삼 권 혹 수십여 권 되는 것이 많고 백 권 내외 되는 것도 있으니, 그 자본은 적으며 그 세월은 얼마나 허비하였겠소? 백해무리百害無理한 그 책을 값을 주고 사며 세를 주고 얻어 보니 그 돈은 헛돈이 아니오? 국문 폐단은 그러하지마는 지금 금운 씨의 말과 같이 한문을 전폐하고 국문만 쓸진대 춘향전·심청전·길동전이 되겠소, 괴악망측한 소설이 제자백가가 되겠소? 그는 다 나의 분격한 말이라, 나도 항상 말하기를 자국 정신을 보존하려면 국문을 써야 되겠다 하지마는 그 방법은 졸지에 계획할 수 없습니다.

가령 남의 큰집에 들었다가 그 집이 본래 남의 집이라 믿음성이 없다 하고 떠나려면, 한편으로 차차 재목을 준비하고 목수·석수를 불러 시역始役할 새, 먼저 배산임유背山臨流 좋은 곳에 터를 닦아 모월 모일 모시에 입주하고, 일대 문장에게 상량문을 받아 아랑위 아랑위 하는 소리에 수십 척 들보를 높이 얹고 정당 몇 칸, 침실 몇 칸, 행랑 몇 칸을 예산대로 세워놓으니, 차방 다락 조밀하고 도배장판 정쇄한데, 우리나라 효자 열녀의 좋은 말씀을 문장 명필의 고명한 솜씨로 기록하여 부벽주련[29]으로

28) 최판관: 저승의 벼슬아치. 죽은 사람에 대하여 살았을 때의 선악을 판단한다고 한다.
29) 부벽주련: 기둥이나 벽에 정식이나 그림이나 글씨를 써넣어 걸치는 물건.

여기저기 붙이고 나도 내 집 사랑한다는 대자현판을 정당에 높이 단 연후에 그제야 세간 집물을 옮겨다가 쌓을 데 쌓고 놓을 데 놓아 질자배기·부지깽이 한 개라도 서실이 없어야 이사한 해가 없으니, 만일 옛집을 남의 집이라 하여 졸지에 몸만 나오든지 세간 집물을 한데 내어 놓든지 하고 그 집을 비워 주인을 맡기면 어디로 가자는 말이오?

우리나라 국문은 미상불 좋은 글이나 닦달 아니 한 재목과 같으니, 만일 한문을 버리고 국문만 쓰려면 한문에 있는 천만사와 천만 법을 국문으로 번역하여 유루한 것이 없은 연후에 서서히 한문을 폐하여 지나 사람을 되주든지 우리가 휴지로 쓰든지 하고, 그제야 국문을 가위 글이라 할 것이니, 이 일을 예산한즉 오십 년가량이라야 성공하겠소.

만일 졸지에 한문을 없이하려면 남의 집이라고 몸만 나오는 것과 무엇이 다르오? 남의 집은 주인이 있어 혹 내어놓으라고 독촉도 하려니와 한문이야 누가 내어놓으라 하는 말이 있소? 서서히 형편을 보아 폐지함이 가할 것이오. 국문만 쓸지라도 옛날 보던 춘향전이니 길동전이니 심청전이니 그 외에 여러 가지 음담패설을 다 엄금하여야 국문에 영향이 정대正大하고 광명하지, 그렇지 못하면 수천 년 숭상하던 한문만 잃어버리리니 정대한 국문만 쓸진대 누가 편리치 않다 하오리까?

가령 한문의 부자군신이 국문의 부자군신과 경중이 있소? 국문의 백 냥 천 냥이 한문의 백 냥 천 냥과 다소가 있소? 국문으로 패독산[30] 방문을 내어도 발산되기는 일반이요, 국문으로 삼해주 방법을 빙거하여도 취하기는 한 모양이오. 국문으로 욕설하면 탄하지 않겠소? 한문으로 칭찬하면 더 좋아하겠소? 국문의 호랑이도 무섭고, 국문의 원앙새도 어여쁘리라.

---

30) 패독산: 강활, 독활, 시호 따위를 넣어서 달여 만드는 탕약. 감기와 몸살에 쓴다.

국문과 한문이 다름없으나 어찌 우리 여자 권리로 연혁을 확정하리오. 문부文部관리들 참 딱한 것이, 국문은 쓰든지 아니 쓰든지 그 잡담 소설이나 금하였으면 좋겠소. 그것 발매하는 자들이 투전 장사나 다름없나니 투전은 재물이나 상하려니와 음담소설은 정신조차 버리오. 문부 관리들 그 아니 답답하오? 청년 남녀의 정신 잃는 것을 어찌 차마 앉아 보기만 하오?

학무국은 무슨 일들 하며, 편집국은 무슨 일들 하는지 저러한 관리를 믿다가는 배꼽에 노송나무가 나겠소. 우리 여자 사회가 단체하여 문부 관리에게 질문 한번 하여보옵시다.

여보 사회단체가 그리 용이하오? 우리나라 백 년 이하 각항 단체를 내 대강 말하오리다. 관인 사회는 말할 것이 없거니와 종교 사회로 말할지라도 무론 어느 나라하고 종교 없이 어찌 사오? 야만부락의 코끼리에게 절하는 것과, 태양에 비는 것과, 불과 물을 위하는 것을 웃기는 웃거니와 그 진리를 연구하면 용혹무괴요. 만일 다수한 국민이 겁내는 것도 없고 의귀할 곳도 없고 존칭할 것도 없으면 어찌 국민의 질서가 있겠소? 약육강식하는 금수 세계만도 못하리다. 그런고로 태서31) 정치가에서 남의 나라의 강약허실을 살피려면 먼저 그 나라 종교 성질을 본다 하니 그 말이 유리하오. 만일 종교에 의귀할 바가 없으면 비록 인물이 번성하고 토지가 강대한 나라로 군부에 대포가 가득하고 탁지에 금전이 가득하고 공부에 기계가 가득할지라도 수백 년 전 남미 인종과 다름없으리다.

동서양 종교 수효와 범위를 말씀하건대 회회교回回敎 · 희랍교希臘敎 · 토숙탄교 · 천주교 · 기독교 · 석가교와 그 외에 여러 교가 각각 범위를 넓혀 세계에 세력을 확장하되 저 교는 그르다, 이 교는 옳다 하여 경쟁하

---

31) 태서: 서양을 예스럽게 이르는 말.

는 세력이 대포·장창長槍보다 맹렬하니, 그중에 망하는 나라도 많고 흥하는 사람 많소.

우리 동양 제일 종교는 세계의 독일무이하신 대성지성하신 공부자 아니시오? 그 말씀에 정대한 부자·군신·부부·형제·붕우에 일용상행하는 일을 의논하사 사람으로 하여금 사람 되는 도리를 가르치시니, 그 성덕이 거룩하시고 융성하시며 향념向念하시는 마음이 일광과 같으사 귀천남녀 없이 다 비추이건마는 우리나라는 범위를 좁혀서 남자만 종교를 알지 여자는 모를 게라, 귀인만 종교를 알지 천인은 모를 게라 하여 대성전에 제관 싸움이나 하고 시골 향교에 재임齋任이나 팔아먹고 소민들은 향교 추렴이나 물리니 공자님의 도라는 것이 무엇이오?

도포나 입고 쌍상투32)나 틀고 혁대와 죽영이나 달고 끓어앉아서 마음이 어떠한 것이라, 성품이 어떠한 것이라 하며 진리는 모르고 주위들은 풍월 같이 지껄이면서 이만하면 수신제가도 자족하지, 치국평천하도 자족하지, 세상도 한심하지 나 같은 도학군자를 아니 쓰기로 이렇다 하여 백 가지로 괴탄하다가 혹 세도 재상에게 소개하여 제주 찬선으로 초선이나 되면 공자님이 당시의 자기로만 알고 도태를 뽑아내며 괴팍한 위인에 야매 한언론으로 천하대세도 모르고 척양斥洋합시다, 척왜斥倭합시다, 상소나 요명要名차로 눈치 보아가며 한두 번 하여 시골 선배의 칭찬이나 듣는 것이 대욕소관大慾所關이지.

옛적 정자산鄭子産의 외교 수단을 공자님도 칭찬하셨으니 공자님은 척화를 모르시오? 척화도 형편대로 하는 것이지 붓끝으로만 척화, 척화 하면 척화가 되오? 또 고상하다 자칭하는 자는 당초 사직으로 장기를 삼아 나라가 내게 무슨 상관있나? 백성이 내게 무슨 이해 있나? 독선기신33)

---

32) 쌍상투: 옛날 관례 때에 머리를 갈라 두 개로 틀어 올린 상투.

이 제일이지, 자질子姪도 이렇게 가르치고 문인門人도 이렇게 어거하여 혹 총명재자가 있어 각국 문명을 흠선欽羨하여, 정치가 어떠하다, 법률이 어떠하다, 교육이 어떠하다, 언론을 하게 되면 자세히 듣지는 아니하고 돌려세우고 고담준론高談峻論으로 아무 집 자식도 버렸다, 그 조상도 불쌍하다 하여 문인 자제를 엄하게 신칙申飭하되, 아무개와 상종을 말라, 그 말을 듣다가는 너희가 내 눈앞에 보이지 말라 하니, 우리 이천만 인이 다 그 사람의 제자 되면 나라 꼴은 잘되겠지요.

그만도 못한 시골고라리[34] 사회는 더구나 장관이지. 공자님 성씨가 누구신지요, 휘 자가 무엇인지 알지도 못하는 인류들이 향교와 서원은 자기들의 밥자리로 알고, 사돈 여보게, 출표하러 가세. 생질 너도 술 먹으러 오너라. 돼지나 잡았는지. 개장국도 꽤 먹겠네. 수복아, 추렴 통문 놓아라. 고직아, 별하기 닭아라. 아무가 문필은 똑똑하지마는 지체가 나빠 봉향감 못 되어, 아무는 무식하지마는 세력을 생각하면 대축이야 갈 데 있나. 명륜당이 견고하여 술주정 좀 하여도 무너질 바 없지. 교궁은 이렇게 위하여야 종교를 밝히지. 아무 골 향교에는 학교를 설시設施하였다 하고, 아무 골 향교 전답을 학교에 붙였다 하니, 그 골에는 사람의 새끼 같은 것이 하나 없어 그러한 변이 어디 또 있나? 아무 골 향족이 명륜당에 앉았다니 그 마룻장은 대패질을 하여라. 아무 집 일명이 색장을 붙었다니 그 재판을 수세미질이나 하여라 하여, 종교라는 종 자는 무슨 종 자며, 교 자는 무슨 교 자인지 착착 접어 먼지 속에 파묻고, 싸우나니 양반이요, 다투나니 재물이라. 이것이 우리 신성하신 대종교라 하오.

한심하고 통곡할 만도 하오. 종교가 이렇듯 부패하니 국세가 어찌 강

---

33) 독선기신: 남을 돌보지 아니하고 자기 한 몸의 처신만을 온전하게 함.
34) 시골고라리: 어리석고 고집 센 시골 사람을 놀림조로 이르는 말.

성하겠소?

 학교와 서원 성질을 말하리다. 서원은 소학교 자격이요, 향교는 중학교 자격이요, 태학은 대학교 자격이라. 서원은 선현 화상을 봉안하여 소학 동자로 하여금 자국 인물을 기념케 함이요, 향교에는 대성인 위패를 봉안하여 중학 학생으로 하여금 종교를 경앙케 함이요, 태학에는 예악 문물을 더 융성히 하여 태학 학생으로 하여금 종교사상이 더욱 견고케 함이니, 어찌 다만 제사만 소중이라 하여 사당집과 일반으로 돌려보내리오. 교육을 주장하는 고로 향교와 서원을 당초에 설시하였고, 종교를 귀중하는 고로 대성인과 명현을 뫼셨고, 성현을 뫼신 고로 제례를 행하나니 교육과 종교는 주체가 되고 제사는 객체가 되거늘, 근래는 주체는 없어지고 객체만 숭상하니 어찌 열성조의 설시하신 본의라 하리오?

 제사만 위한다 할진대 태묘도 한 곳뿐이어늘 아무리 성인을 존봉할지라도 어찌 삼백 육십여 군의 골골마다 향화를 받들리까? 저 무식한 자들이 교육과 종교는 버리고 제사만 위중한다 한들 성현의 마음이 어찌 편안하시리까?

 종교에야 어찌 귀천과 남녀가 다르겠소? 지금이라도 종교를 위하려면 성경현전을 알아보기 쉽도록 국문으로 번역하여 거리거리 연설하고, 성묘와 서원에 무애히 농용하며, 가령 제사로 말할지라도 귀인은 귀인 예복으로 참사하고, 천인은 천인 의관으로 참사하고, 여자는 여자 의복으로 참사하여, 너도 공자님 제자, 나도 공자님 제자 되기 일반이라 하면 종교 범위도 넓고, 사회단체도 굳으리다.

 또 사회의 폐습을 말할진대 확실한 단체는 못 보겠습디다. 상업 사회는 에누리 사회요, 공장 사회는 날림 사회요, 농업 사회는 야매 사회라, 하나도 진실하고 기묘하여 외국 문명을 당할 것은 없으니 무슨 단체가 되겠소? 근래 신교육 사회는 구 교육 사회보다는 낫다 하나 불심상원[35]

이오. 관공립은 화욕 학교라 실상은 없고 문구뿐이요, 각처 사립은 단명 학교라 기본이 없어 번차례番次例로 폐지할 뿐 아니라, 무론 아무 학교든 지 그중에 열심히 한다는 교장이니 찬성장이니 하는 임원더러 묻되, 이 학교에 제갈량과 이순신과 비사맥36)과 격란사돈37) 같은 인재를 교육하 여 일후日後의 국가대사를 경륜하려고 하면 열에 한둘도 없고, 또 묻되 이 학교에 인재 성취는 이다음 일이요, 교육사회에 명예나 취하려고 하 면 열에 칠팔이 더 되니 그 성의가 그러하고야 어찌 장구히 유지하겠소? 교원 · 강사도 한만한 출입을 아니하고 시간을 지키어 왕래한다니 그 열 심은 거룩하오. 공익을 위함인지, 명예를 위함인지, 월급을 위함인지, 명 예도 아니요, 월급도 아니요, 실로 공익만 위한다 하는 자가 몇이나 되겠 소? 무론 공사관립하고 여러 학생들에게 묻되, 학문을 힘써 일후에 사환 을 하든지 일신쾌락을 희망하느냐, 국가에 몸을 바치는 정신 얻기를 주 의하느냐 하게 되면, 대 · 중 · 소학교 몇 만 명 학도 중에 국가 정신이라 고 대답하는 자 몇몇이나 되겠소? 또 여자교육회니 여학교니 하는 것도 권리 없고 자본 없는 부인에게만 맡겨두니 어찌 흥왕하리오. 무론 아무 사회하고 이익만 위하고 좀 낫다는 자는 명예만 위하고, 진실한 성심으 로 나라를 위하여 이것을 한다든가, 백성을 위하여 이것을 한다는 자 역 시 몇이나 되겠소?

이렇게 교육 교육할지라도 십 년 이십 년에 영향을 알리니 그중에도 몇 사람이야 열심 있고 성의 있어 시사를 통곡할 자가 있겠지요마는 단 체 효력을 오히려 못 보거든 하물며 우리 여자에 무슨 단체가 조직되겠

---

35) 불심상원: 크게 다르지 아니하고 거의 같음.
36) 비사맥: 비스마르크의 음역.
37) 격란사돈: 윌리엄 글래드스턴의 음역.

소? 아직 가정 여러 자녀를 잘 가르치고 정분 있는 여자들에게 서로 권고하여 십 인이 모이고 이십 인이 모여 차차 단정히 서립하여야 사회든지 교육이든지 하여보지, 졸지에 몇 백 명 몇 천 명을 모아도 실효가 없어 일상 남자 사회만 못하리다.”

(설헌) “그러하오마는 세상일이 어찌 아무것도 아니하고 앉아서 기다리기만 하리까? 여보, 우리 여자 몇몇이 지껄이는 것이 풀벌레 같을지라도 몇 사람이 주창하고 몇 사람이 권고하면 아니 될 일이 어디 있소? 석 달 장마에 한 점 볕이 갤 장본이요, 몇 달 가물에 한 조각구름이 비 올 장본이니, 우리 몇 사람의 말로 천만 인 사회가 되지 아니할지 뉘 알겠소?

청국 명사 양계초38) 씨 말씀에 하였으되, 대저 사람이 일을 하려면 이기려다가 패함도 있거니와 패할까 염려하여 당초에 하지 아니하면 이는 당초에 패한 사람이라 하니, 오늘 시작하여 내일 성공할 일이 우리 팔자에 왜 있겠소? 그러나 우리가 우쭐거려야 우리 자식 손자들이나 행복을 누리지. 일향 우리나라 사람을 부패하다, 무식하다 조롱만 하면 똑똑하고 요요39)한 남의 나라 사람이 우리에게 소용 있소?

우리나라 삼백 년 이전이야 어떠한 정치며 어떠한 문물이오? 일본이 지금 아무리 문명하다 하여도 범백 제도를 우리나라에서 많이 배워 갔소. 그 나라 국문도 우리나라 왕인 씨가 지은 것이니, 근일 우리나라가 부패치 아니한 것은 아니나 단군 · 기자 이후로 수천 년 이래에 어떠한 민족이오?

철학가 말에, 편안한 것이 위태한 근본이라 하니, 우리나라 사람이기 백 년 편안하였은즉 한 번 위태한 일이 어찌 없겠소? 또 말하였으되, 무

_____

38) 양계초: 량치차오. 중국 청나라 말에서 중화민국 초의 정치가 · 사상가(1873~1929). 입헌 군주제를 주장하여 무술변법을 시도하였으나 실패하자 일본으로 망명하였다.
39) 요요: 눈치가 빠르고 똑똑함.

식은 유식의 근원이라 하였으니 우리나라 사람이 오래 무식하였으니 한 번 유식하지 아니할 이유가 있겠소?

가령 남의 집에 가서 보고, 그 집 사람들은 음식도 잘하더라, 의복도 잘하더라, 내 집에서는 의복·음식 솜씨가 저러하지 못하니 무엇에 쓸꼬 하고 가속을 박대하면 남의 좋은 의복·음식이 내게 무슨 상관있소? 차라리 저 음식은 어떠하니 좋지 아니하다, 이 의복은 어떠하니 좋지 아니하다 하여 제도를 자세히 가르쳐서 남의 것과 같이 하는 것만 못하니, 부질없이 내 집안사람만 불만히 여기면 가도가 바로잡힐 리가 있으리까?

소학에 가로되, 좋은 사람이 없다함은 덕 있는 말이 아니라하였으니, 내 나라 사람을 무식하다고 능멸하여 권고 한마디 없으면 유식하신 매경 씨만 홀로 살으시려오? 여보, 여보 열심을 잃지 말고 어서어서 잡지도 발간, 교과서도 지어서 우리 일천만 여자 동포에게 돌립시다.

우리 여자의 마음이 이러하면 남자도 응당 귀가 있겠지. 십 년 이십 년을 멀다 마오. 산림[40] 어른이 연설꾼 아니 될지 뉘 알며, 향교 재임이 체조 교사 아니 될지 뉘 알겠소? 속담에 이른 말에 '뜬쇠가 달면 더 뜨겁다' 하였소. 지금은 범백 권리가 다 남자에게 있다 하나 영원한 권리는 우리 여자가 차지하옵시다. 매경 씨 말씀에, 자녀를 교육하자 함이 진리를 아는 일이오. 우리 여자만 합심하고 자녀를 잘 교육하면 제 이세의 문명은 우리 사업이라 할 수 있소.

자식 기르는 방법을 대강 말하오리다. 자식을 낳은 후에 가르칠 뿐 아니라 탯속에서부터 가르친다 하였으니, 그런고로 『예기』에 태육법을 자세히 말하였으되, 부인이 잉태하매 돗자리가 바르지 아니하거든 앉지 아니하며, 벤 것이 바르지 아니하거든 먹지 말라 하였으니, 그 앉는 돗, 먹

---

40) 산림: 학식과 덕이 높으나 벼슬을 하지 아니하고 숨어 지내는 선비를 이르는 말.

는 음식이 탯덩이에 무슨 상관이 있겠소마는 바른 도리로만 행하여 마음에 잊지 말라 함이오. 의원의 말에도 자식 밴 부인이 잡것을 먹지 말라 하고, 음식의 차고 더운 것을 평균케 하고, 배를 항상 더웁게 하고, 당삭하거든[41] 약간 노동하여야 순산한다 하였소.

뱃속에서도 이렇게 조심하거든 나온 후에 어찌 범연히 양육하오리까? 제가 비록 지각이 없을 때라도 어찌 그 앞에서 터럭만치 그른 일을 행하겠소? 밥 먹는 법, 잠자는 법, 말하는 법, 걸음 걷는 법 일동일정을 가르치되, 속이지 아니함을 주장하여 정대한 성품을 양육한즉 대인군자가 어찌 하여 되지 못하리까?

맹자님 모친께서 맹자님 기르실 때에 마침 동편 이웃집에서 돼지를 잡거늘 맹자께서 물으시되, '저 돼지는 어찌하야 잡나니이까?' 맹모 희롱으로, '너를 먹이려고 잡는다' 하셨더니 즉시 후회하시되, '어린아이를 속이는 법을 가르쳤다' 하고 그 고기를 사다가 먹이신 일이 있고, 맹자가 점점 자라실 새 장난이 심하여 산 밑에서 살 때에 상두꾼 흉내를 내시거늘 맹모가 가라사대, '이곳이 아이 기를 곳이 못 된다' 하시고 저자 근처로 이사하였더니, 맹자께서 또 물건 매매하는 형용을 지으시니 맹모가 또 집을 떠나 학궁學宮 곁에 거하시매 그제야 맹자 예절 있는 희롱을 하시는지라 맹모 말씀이, '이는 참자식 기를 곳이라' 하시고, 가르쳐 만세 아성[42]이 되셨소. 한 아들을 가르쳐 억조창생에게 무궁한 도학이 있게 하시니 교육이란 것이 어떠하오? 만일 맹자께서 상두나 메시고 물건이나 팔러 다니셨다면 오늘날 맹자님을 누가 알겠소?

『비유요지』라 하는 책에 말하였으되, 서양에 한 부인이 그 아들을 잘

---

41) 당삭하다: 임부가 해산달을 맞이하다.
42) 아성: 유학에서 공자 다음가는 성인聖人이라고 하여 '맹자'를 이르는 말.

교육할 새 그 아들이 장성하여 장사치로 나가거늘 그 부인이 부탁하되, '너는 어디 가든지 남 속이지 아니하기로 공부하라.' 그 아들이 대답하고 지화 몇 백 원을 옷깃 속에 넣고 행하다가 중로에서 도적을 만나니 그 도적이 묻되, 너는 무슨 업을 하며 무슨 물건을 몸에 지녔느냐? 하되, 그 아이는 대답하되, '나는 장사하는 사람이니 지화 몇 백 원이 옷깃 속에 있노라' 하니, 도적이 그 정직함을 괴히 여겨 뒤져본즉 과연 있는 지라, 당초에 깊이 감추고 당장에 은휘치 아니하는 이유를 물은즉 그 사람이 대답하되, '내 모친이 남을 속이지 말라 경계하셨으니 어찌 재물을 위하여 친교[43]를 어기리오.' 도적이 각각 탄복하여 말하되, '너는 효성 있는 사람이라. 우리 같은 자는 어찌 인류라 하리오.' 그 지화를 다시 옷깃에 넣어주고 그 후로는 다시 도적질도 아니하였다 하였소.

그 부인이 자기 아들을 잘 교육하여 남의 자식까지 도적의 행위를 끊게 하니 교육이라는 것이 어떠하오? 송나라 구양수[44] 씨도 과부의 아들로 자라매, 집이 심히 가난하여 서책과 필묵이 없거늘, 그 모친이 갈대로 땅을 그어 글을 가르쳐 만고문장이 되었고, 우리나라 퇴계 이 선생도 어릴 때 그 모친이 말씀하되, '내 일찍 과부 되어 너희 형제만 있으니 공부를 잘하라, 세상 사람이 과부의 자식은 사귀지 아니한다니 너희는 그 근심을 면하게 하라' 하고, 평상시에 무슨 물건을 보면 이치를 가르치며 아무 일이고 당하면 사리를 분석하여 순순히 교훈하사 동방공자가 되셨으니 교육이라는 것이 어떠하오?

---

43) 친교: 부모의 가르침.

44) 구양수: 중국 송나라의 정치가. 당나라 때의 화려한 시풍을 반대하여 새로운 시풍을 열고, 시ㆍ문 양 방면에 걸쳐 송대 문학의 기초를 확립하였으며, 당송 팔대가 가운데 한 사람으로 꼽힌다.

예로부터 교육은 어머니께 받는 일이 많으니 우리도 자식을 그런 성력誠力과 그런 방법으로 교육하였으면 그 영향이 어떠하겠소? 우리 여자 사회에 큰 사업이 이에서 더한 일이 있겠소? 여러분 여자들, 지금 남자와 지금 여자를 조롱 말고 이다음 남자와 이다음 여자나 교육 좀 잘하여봅시다."

(국란) "그 말씀 대단히 좋소. 자식 기르는 법과 가르치는 공효[45]를 많이 말씀하셨으나 자식 사랑하는 이유가 미진한 고로 여러분 들으시기 위하여 그 진리를 말씀하오리다.

세상 사람들이 자식을 사랑한다 하나 실상은 자기 일신을 사랑함이니, 자식이 나매 좋아하고 기꺼하는 마음을 궁구하면, 필경은 '저 자식이 있으니 내 몸이 의탁할 곳이 있으며, 내 자식이 자라니 내 몸 봉양할 자가 있도다' 하고, 혹 자식이 병이 들면 근심하고, 혹 자식이 불행하면 설워하니, 근심하고 설워하는 마음을 궁구하면 필경은 내 자식이 병들었으니 누가 나를 봉양하며, 내 자식이 없었으니 내가 누구를 의탁하리꼬 하나, 그 마음이 하나도 자식을 위한다는 자도 없고 국가를 위한다는 자도 없으니 사람마다 자식, 자식 하여도 진리는 실상 모릅디다.

자식의 효도를 받는 것이 어찌 내 몸만 잘 봉양하면 효도라 하리오? 증자 말씀에 인군을 잘못 섬겨도 효가 아니요, 전장에 용맹이 없어도 효가 아니라 하셨으니, 이 말씀을 생각하면 자식이라는 것이 내 몸만 위하여 난 것이 아니요, 실로 나라를 위하여 생긴 것이니 자식을 공물이라 하여도 합당하오.

혹 모르는 사람은 이 말을 들으면 필경 대경소괴[46]하여 말하되, 실로

---

45) 공효: 공을 들인 보람이나 효과.
46) 대경소괴: 몹시 놀라서 좀 괴이쩍게 생각하다.

그러할진대 누가 자식 있다고 좋아하며 자식 없다고 설워하리오? 청국 강남해[47] 말에, 대동 세계에는 자식 못 낳은 여자는 벌이 있다 하더니, 과연 벌하기 전에야 생산하려는 자가 있겠소? 혹 생산하더라도 내 몸은 봉양하여 주지 아니하고 국가만 위하여 교육을 받으라 하겠소? 이러한 말이 널리 들리면 윤리상에 대단 불행하겠다 하여 중언부언할 터이지마는, 지금 내 말이 윤리상의 불행함이 아니라 매우 다행하오리다.

자식을 공물로 인정하더라도 그렇지 아니한 소이연[48]이 있으니, 가령 우마를 공물이라 하면 농업가와 상업가에서 우마를 부리지 아니하리까? 저 집에 우마가 있으면 내 집에 없어도 관계가 없다 하여 사람마다 마음이 그러하면 우마가 이미 절종되었을 터이나, 비록 공물이라도 우마가 있어야 농업과 상업에 낭패가 없은즉, 자식은 공물이라고, 있는 것을 귀히 여기지 아니하리오. 기왕 자식이 있는 이상에는 공물이라고 교육 아니하다가는 참말 윤리에 불행한 일이오.

가령 어부가 동무를 연합하여 고기를 잡되, 남의 그물에 걸린 것이 내 그물에 걸린 것만 못하다 하니, 국가 대사업을 바라는 마음은 같으나 어찌 남의 자식 성취한 것이 내 자식 성취한 것만 하오리까? 그러한 즉 불가불 자식을 교육할 것이요, 자식이 나서 나라의 사업을 성취하고 국민에 이익을 끼치면 그 부모는 어찌 영광이 없으리까?

옛날 사파달[49]이라 하는 땅에 한 노파가 여덟 아들을 낳아서 교육을 잘하여 여덟이 다 전장에 갔다가 죽은지라, 그 살아 돌아오는 사람더러 묻되, '이번 전장에 승부가 어떠한고?' 그 사람이 대답하되, '전쟁은 이기

---

47) 강남해: 중국 청나라 말기에서 중화민국 초기의 정치가 · 학자(1858~1927).

48) 소이연: 그리된 까닭.

49) 사파달: 스파르타. 고대 그리스의 도리아 인이 펠로폰네소스 반도 중부의 라코니아 지방에 세운 도시 국가.

었으나 노인의 여러 아들은 다 불행하였나이다' 하거늘 노구 즉시 일어나 춤을 추며 노래를 불러 가로되, '사파달아, 사파달아, 내 너를 위하여 아들 여덟을 낳았도다' 하고 슬퍼하는 빛이 없으니, 그 노구가 참 자식을 공물로 인정하는 사람이니, 그는 생산도 잘하고 교육도 잘하고 영광도 대단하오이다.

우리나라 사람들이 자식의 진리를 몇이나 알겠소? 제일 가관의 일이, 정처에게 자식이 없으면 첩의 소생은 비록 여룡여호 하여 문장은 이태백이요, 풍채는 두목지50)요, 사업은 비사맥이라도 서자라, 얼자라 하여 버려두고, 정도 없고 눈에도 서투른 남의 자식을 솔양하여 아들이라 하는 것이 무슨 일이오?

성인의 법제가 어찌 그같이 효박51)할 이유가 있으리까? 적서라는 말씀은 있으나 근래 적서와는 대단히 다르오. 정처의 소생이라도 장자 다음에는 다 서자라 하거늘, 우리나라는 남의 정처 소생을 서자라 하면 대단히 뛰겠소. 양자법으로 말할지라도 적서에 자녀가 하나도 없어야 양자를 하거늘 서자라 버리고 남의 자식을 솔양하니 하나도 성인의 법제는 아니오. 자식을 부모가 이같이 대우하니 어찌 세상에서 대우를 받겠소? 그 서자이니 얼자이니 하는 총중52)에 영웅이 몇몇이며, 문장이 몇몇이며, 도덕군자가 몇몇인지 누가 알겠소? 그 사람도 원통하거니와 나랏일이야 더구나 말할 것이 있소? 남의 나라 사람도 고문이니 보좌이니 쓰는 법도 있거든 우리나라 사람에 무엇을 그리 많이 고르는지 이성호53)는 적서등분54)을 혁파하자, 서북 사람을 통용하자 하여 열심으로 의논

50) 두목지: 두목(杜牧). 중국 당나라 말기의 시인(803~852).
51) 효박: 인정이나 풍속이 경박함.
52) 총중: 떼를 지은 뭇사람 가운데.
53) 이성호: 이익(李瀷). 조선 영조 때의 학자(1681~1763).

하였고, 조은당의 부인 김 씨는 자제를 경계하되, 너희가 서모를 경대하지 아니하니 어찌 인사라 하리오. 아비의 계집은 다 어미라 하셨나니 이 두 말씀이 몇백 년 전에 주창하였으니 그 아니 고명하오?

또 남의 후취로 들어가서 전취소생에게 험히 구는 자 있으니 그것은 무슨 지각이오? 아무리 나의 소생은 아니나 남편의 자식은 분명하니 양자보담은 매우 간절하오. 사람의 전조모와 후조모라 하여 자손의 마음에 후박[55]이 있으리까? 그렇건마는 몰지각한 후취 부인들은 내 속으로 낳지 아니하였으니 내 자식이 아니라 하여 동네 아이만도 못하고 종의 자식만도 못하게 대우하니 어찌 그리 박정하고 무식하오? 아무리 원수 같은 자식이라도 내 몸이 늙어지면 소생 자식 열보다 나며, 그 손자로 말할지라도 큰자식의 손자가 소생 손자 열보다 낫지 아니하오?

원수같이 알고 도척같이 알던 그 자식 그 손자가 일후에 만반진수[56]를 차려놓고, 유세차 효자모·효손모는 감소고우 현비·현조비 모봉 모씨라 하면 아마 혼령이라도 무안하겠지. 또 자식을 기왕 공물로 인정할진대 내 소생만 공물이요, 전취소생은 공물이 아니겠소? 아무리 전취 자식이라도 잘 교육하여 국가의 대사업을 성취하면 그 영광이 아마 못생긴 소생 자식보다 얼마쯤이 유조하리니, 이 말씀을 우리 여자 사회에 공포하여 그 소위 서자이니, 전취 자식이니 하는 악습을 다 개량하여 윤리상 영원한 행복을 누리게 합시다."

(매경) "자식의 진리를 자세히 말씀하셨으나 그 범위는 대단히 넓다고는 못 하겠소. 기왕 자식을 공물이라 말씀하셨으면 공물이 많아야 좋겠

---

54) 적서등분: 적자와 서자의 등분을 구분하는 것.

55) 후박: 후하게 구는 일과 박하게 구는 일.

56) 만반진수: 상 위에 가득히 차린 귀하고 맛있는 음식.

소, 공물이 적어야 좋겠소? 공물이 많아야 좋다 할진대 어찌 서자이니 전취소생이니 그것만 공물이라 하여도 역시 사정이올시다.

비록 종의 자식이나 거지의 자식이라도 우리나라 공물은 일반이어늘, 소위 양반이니 중인이니 상한이니 서울이니 시골이니 하여 서로 보기를 타국 사람같이 하니 단체가 성립할 날이 어찌 있겠소? 또 서북으로 말할지라도 몇백 년을 나라 땅에 생장하기는 일반이어늘, 그 사람 중에 재상이 있겠소, 도학군자가 있겠소? 천향57)이라 하여도 가하니 그 사람 중에 진개58) 재상 재목과 도학군자 자격이 없는 것이 아니라, 재상의 교육과 군자의 학문이 없음인지 몇백 년 좋은 공물을 다 버리고 쓰지 아니하였으니 어찌 나라가 왕성하오리까?

이성호 말씀에, 반상을 타파하자, 서북을 통용하자 하여 수천 마디 말을 반복 의논하였으나 인하여 무효하였으니 어찌 한심치 아니하겠소? 평안도의 심의 도사 오세양 씨는 그 학문이 우리 동방에 드문 군자라. 그 학설과 이설이 대단히 발표하였건마는 서원도 없고 문집도 없이 초목과 같이 썩어진 일이 그 아니 원통한가? 그 정책은 다름 아니라 서북은 인재가 배출하니 기호와 같이 교육하면 사환 권리를 다 빼앗긴다 하니 그러한 좁은 말이 어디 있겠소? 사환이라는 것은 백성을 대표한 자인즉 백성의 지식이 고등한 자라야 참여하나니 아무쪼록 내 지식을 넓혀서 할 것이지, 남의 지식을 막고 나만 못하도록 하면 어찌 천도가 무심하오리까?

철학 박사의 말에, '차라리 제 나라 민족에 노예가 세세로 될지언정 타국 정부의 보호는 아니 받는다' 하였으니, 그 말을 생각하면 이왕 일이 대단히 잘못되었소.

---

57) 천향: 풍속이 지저분한 시골.
58) 진개: 과연 참으로.

또 반상으로 말할지라도 그렇게 심한 일이 어디 있겠소? 어찌하다가 한번 상놈이라 패호하면59) 비록 영웅·열사가 있을지라도 자자손손이 상놈이라 하대하니 그 같은 악한 풍속이 어디 있으리까? 그러나 한 번 상사람 된 자는 도저히 인재 나기가 어려우니, 가령 서울 사람이라 해도 그 실상은 태반이나 시골 생장인즉 시골 풍속으로 잠깐 말하리다. 그 부모 된 자들이 자식의 나이 칠팔 세만 되면 나무를 하여라, 꼴을 베어라 하여, 초등 교과가 꼬부랑 호미와 낫이요, 중등 교과가 가래와 쇠스랑이요, 대학 교과가 밭 갈기·논 갈기요, 외교 수단이 소 장사 등 짐꾼이니, 그 총중에 비록 금옥 같은 바탕이 있을지라도 어찌 저절로 영웅이 되겠소? 결단코 그중에 주정꾼과 노름꾼의 무수한 협잡배들이 당초에 교육을 받았으면 영웅도 되고 호걸도 되었으리라 하오. 혹 그 부모가 소견이 바늘구멍만치 뚫려 자식을 동네 생원님 학구방60)에 보내면 그 선생이 처지를 따라 가르치되,

"너는 큰 글 하여 무엇하느냐, 계통문이나 보고 취대하기나 보면 족하지. 너는 시부표책詩賦表策하여 무엇하느냐, 『전등신화』나 읽어서 아전질이나 하여라" 하니, 그런 참혹한 일이 어디 있겠소? 입학하던 날부터 장래 목적이 이뿐이요, 선생의 교수가 이러하니 제갈량·비사맥 같은 바탕이 몇 백 만 명이라도 속절없이 전진할 여망이 없겠으니 이는 소위 양반의 죄뿐 아니라 자기가 공부를 우습게 보아서 그 지경에 빠진 것이오. 옛날 유명한 송귀봉61)과 서고청62)은 남의 집 종의 아들로 일대 도학가가 되었고, 정금남은 광주 관비의 아들로 크게 사업을 이루었은즉, 남의 집

---

59) 패호하다: 좋지 못한 별명이 붙다.
60) 학구방: 서당.
61) 송귀봉: 송익필(宋翼弼). 조선 선조 때의 학자(1534~1599).
62) 서고청: 서기(徐起). 조선 선조 때의 학자(1523~1591).

종과 외읍 관비보다 더 천한 상놈이 어디 있겠소마는 이 어른들을 누가 감히 존숭尊崇치 아니하겠소?

그러나 무식한 자들이야 어찌 그러한 사적을 알겠소? 도무지 선지라 선각이라 하는 양반이 교육 아니 한 죄가 대단하오. 무론 아무 나라하고 상 · 중 · 하등 사회가 없는 것은 아니나, 그러나 국가 질서를 유지하려면 불가불 등급이 있어야 문란한 일이 없거늘, 우리나라 경장대신들이 양반의 폐만 생각하고 양반의 공효는 생각지 못하여 졸지에 반상 등급을 벽파63)하라 하니 누가 상쾌치 아니하겠소마는, 국가 질서의 문란은 양반보다 더 심한 자 많으니 어찌 정치가의 수단이라고 인정하겠소?

지금 형편으로 보면 양반들은 명분 없는 세상에 무슨 일을 조심하리오. 그 행세가 전일 양반만도 못하고 상인들은 요사이 양반이 어디 있어 비록 문장이 된들 무엇하며, 도학이 있은들 무엇하나 하여, 혹 목불식정하고 준준무식64)한 금수 같은 유들이 제 집에서 제 형을 욕하며, 제 부모에게 불효한대도 동네 양반들이 말하면 팔뚝을 뽐내며 하는 말이, '시방 무슨 양반이 따로 있나? 내 자유권을 왜 상관이 있나? 내 자유권을 무슨 걱정이야? 그러다가는 뺨을 칠라, 복장을 지를라' 하면서 무수 질욕65)하나 누가 감히 옳다 그르다 말하겠소? 속담에 상두꾼에도 수번이 있고, 초라니 탈에도 차례가 있다 하니, 하물며 전국 사회가 이렇게 문란하고야 무슨 질서가 있겠소?

갑오년 경장대신의 정책이 웬 까닭이오? 양반은 양반대로 두고, 학교하는 임원도 양반이며, 학도의 부형도 양반이며, 학도도 양반이고 울긋

---

63) 벽파: 쪼개서 깨뜨림.

64) 준준무식: 굼뜨고 어리석어 아무것도 아는 것이 없음.

65) 질욕: 꾸짖으며 욕함.

불긋한 고추장 빛으로 학도의 자모도 학부인이라, 내부인이라 반포하면 전국이 다 양반이 될 일을 어찌하여 양반 없이 한다 하니, 사천년 전래하던 습관이 졸지에 잘 변하겠소? 지금 형편은 어떠하냐 하면 어기여차 슬슬 당기어라, 네가 못 당기면 내가 당기겠다. 어기여차 슬슬 당기어라. 하는 이 지경에 한번 큰 승부가 달렸은즉, 노인도 당기고, 소년도 당기고. 새아기씨도 당기어도 이길는지 말는지 할 일이오. 나도 양반으로 말하면 친정이나 시집이나 삼한갑족[66]이로되, 그것이 다 쓸데 있소? 우리도 자식을 공물이라 하면 그 소위 서북이니 반상이니 썩고 썩은 말을 다 그만두고 내 나라 청년이면 아무쪼록 교육하여 우리 어렵고 설운 일을 그 어깨에 맡깁시다.”

(금운) “작일은 융희[67] 이 년 제일상원[68]이니, 달도 그전과 같이 밝고, 오곡밥도 그전과 같이 달고, 각색 채소도 그전과 같이 맛나건마는 우리 심사는 왜 이리 불평하오?

어젯밤이 참 유명한 밤이오. 우리나라 풍속에 상원일 밤에 꿈을 잘 꾸면 그해 일 년에, 벼슬하는 이는 벼슬을 잘하고, 농사하는 이는 농사를 잘하고, 장사하는 이는 장사를 잘한다 하니, 꿈이라는 것은 제 욕심대로 꾸어서 혹 일 년, 혹 십 년, 혹 수십 년이라도 필경은 아니 맞는 이유가 없소. 우리 한 노래로 긴 밤 새우지 말고, 대한 융희 이년 상원일에 크나 작으나 꿈꾼 것을 하나 유루 없이 이야기합시다.”

(설헌) “그 말씀이 매우 좋소. 나는 어젯밤에 대한제국 자주독립할 꿈을 꾸었소. 활멸사라 하는 사회가 있는데 그 사회 중에 두 당파가 있으

---

66) 삼한갑족: 예로부터 대대로 문벌이 높은 집안.

67) 융희(隆熙): 조선 마지막 임금인 순종 때의 연호(1907~1910).

68) 제일상원(第一上元): 정월 대보름.

니, 하나는 자활당이라 하여 그 주의인즉, 교육을 확장하고 상공을 연구하여 신공기를 흡수하며 부패 사상을 타파하여 대포도 무섭지 아니하고 장창도 두렵지 아니하여 국가에 몸을 바치는 사업을 이루고자 할 새, 그 말에 외국 의뢰도 쓸데없고, 한두 개 영웅이 혹 국권을 만회하여도 쓸데없고, 오직 전국 남녀 청년이 보통 지식이 있어서 자주권을 회복하여야 확실히 완전하다 하여 학교도 설시하며 신서적도 발간하여, 남이 미쳤다 하든지 못생겼다 하든지 자주권 회복하기에 골몰무가[69]하나, 그 당파의 수효는 전 사회의 십분지 삼이오. 하나는 자멸당이라 하니 그 주의인즉, 우리나라가 이왕 이 지경에 빠졌으니 제갈공명이 있으면 어찌하며, 격란사돈이 있으면 무엇하나? 십승지지[70] 어디 있노, 피란이나 갈까보다, 필경은 세상이 바로잡히면 그때에야 한림[71] 직각[72]을 나 내놓고 누가 하나? 학교는 무엇이야, 우리 마음에는 십대 생원님으로 죽는대도 자식을 학교에야 보내고 싶지 않다. 소위 신학문이라는 것은 모두 천주학인데 우리네 자식이야 설마 그것이야 배우겠나? 또 물리학이니 화학이니 정치학이니 법률학이니, 다 무엇에 쓰는 것인가? 그것을 모를 때에는 세상이 태평하였네. 요사이 같은 세상일수록 어디 좋은 명당자리나 얻어서 부모의 백골을 잘 면례하였으면 자손이 발음[73]이나 내릴는지, 우선 기도나 잘하여야 망하기 전에 집안이나 평안하지, 전곡이 썩어지더라도 학교에 보조는 아니 할 터이야. 바로 도적놈을 주면 매나 아니 맞지, 아무

---

69) 골몰무가(汨沒無暇): 어떤 일에 오로지 파묻혀 조금도 틈이 없다.

70) 십승지지(十勝之地): 풍수지리에서, 전쟁이나 천재天災가 일어나도 안심하고 살 수 있다는 열 군데의 땅.

71) 한림(翰林): '예문관 검열'을 예스럽게 이르는 말.

72) 직각(直閣): 조선 시대에, 규장각에 속한 정삼품에서 종육품까지의 벼슬.

73) 발음(發蔭): 조상의 묏자리를 잘 써서 그 음덕으로 운수가 열리고 복을 받는 일.

개는 제 집이 어렵다 하면서 학교에 명예 교사를 다닌다지.

　남의 자식 가르치기에 어찌 그리 미쳤을까? 글을 읽어라, 수를 놓아라 하는 소리 참 가소롭데. 유식하면 검정 콩알이 아니 들어가나? 운수를 어찌하여 아무것도 할 일 없지. 요대로 앉았다가 죽으면 죽고 살면 사는 것이 제일이라 하니, 그 당파의 수효는 십분지 칠이요, 그 회장은 국참정[74]이라는 사람이니, 아무 학회 회장과 흡사하여 얼굴이 풍후[75]하고 수염이 많고 성품이 순실하여 이 당파도 좋아 저당파도 좋아 하여 반박이 없이 가부취결[76]만 물어서 흥하자 하면 흥하고, 망하자 하면 망하여 회원의 다수만 점검하는데, 그 소수한 자 활당이 자멸당을 이기지 못하여 혹 권고도 하며, 혹 욕질도 하며, 혹 통곡도 하면서 분주 왕래하되, 몇 번 통상 회의니 특별 회의니 번번이 동의하다가 부결을 당한지라, 또 국회장에게 무수 애걸하여 마지막 가부회를 독립관에 개설하고 수만 명이 몰려가더니 소위 자멸당도 목석과 금수는 아니라, 자활당의 정대한 언론과 비창[77]한 형용을 보고 서로 뉘우치며 자활주의로 전수가결[78] 되매, 그 여러 회원들이 독립가를 부르고 춤을 추며 돌아오는 거동을 보았소."

　(매경) (깔깔 웃으며) "나는 어젯밤에 대한제국의 개명할 꿈을 꾸었소. 전국 사람들이 모두 병이 들었다는데, 혹 반신불수도 있고 혹 수종다리[79]도 있고 혹 내종병[80]도 들고 혹 정충증[81]도 있고 혹 체증 · 횟배와

---

74) 국참정(國參政): 구한국 때의 의정부의 벼슬. 내부대신을 겸임함.

75) 풍후(豊厚): 얼굴에 살이 쪄서 너그러워 보이는 데가 있음.

76) 가부취결(可否取決): 회의에서, 회칙에 따라 의안議案의 가부를 결정함.

77) 비창: 마음이 몹시 상하고 슬픔.

78) 전수가결(全數可決): 회의에 모인 모든 사람이 찬성하여 결정함.

79) 수종다리: 병으로 퉁퉁 부은 다리.

80) 내종병: 내장에 종기가 나는 병.

81) 정충증: 심한 정신적 자극을 받거나 심장이 허할 때 가슴이 울렁거리고 불안한 증상.

귀먹고 눈멀고 벙어리까지 되어 여러 가지 병으로 집집이 앓는 소리요, 곳곳이 넘어지는 빛이라, 남녀노소를 물론하고 성한 사람은 하나도 없더니 마침 한 명의가 하는 말이, 이 병들을 급히 고치지 아니하면 우리 삼천리강산이 빈 터만 남으리니 그 아니 통곡할 일이오? 내가 화제 한 장을 낼 것이니 제발 믿으시오 하더니 방문을 써서 돌리니, 그 방문 이름은 청심환 골산이니 성경으로 위군하고, 정치·법률·경제·산술·물리·화학·농학·공학·상학·지지·역사 각 등분하여 극히 정묘하게 국문으로 법제하여 병세 쾌차하도록 무시복하되, 병자의 증세를 보아 임시 가감도 하며 대기[82]하기는 주색잡기·경박·퇴보·태타[83] 등이라.

이 방문을 사람마다 베껴다가 시험할 새 그 약을 방문대로 잘 먹고 나면 병 낫기는 더 할 말이 없고 또 마음이 청상해지며 환골탈태가 되는데 매미와 뱀과 같이 묵은 허물을 일제히 벗어버립디다.

오륙 세 전 아이들은 당초에 벗을 것이 없으나 팔 세 이상 아이들은 가뭇가뭇한 종잇장 두께만 하고, 십오 세 이상 사람들은 검고 푸르러서 장판 두께만 하고, 삼십 사십씩 된 사람들은 각색 빛이 얼룩얼룩하여 멍석 두께만 하고, 오십 육십 된 사람들은 어룩어룩 두틀두틀하며 또 각색 악취가 촉비[84]하여 보료 두께만 하여, 노소남녀가 각각 벗을 때 참 대단히 장관입디다. 아이들과 젊은이와, 당초에 무식한 사람들은 벗기가 오히려 쉽고, 조금 유식하다는 사람들과 늙은이들은 벗기가 극히 어려워서, 혹 남이 붙잡아도 주고 혹 가르쳐도 주되, 반쯤 벗다가 기진한 사람도 있고 인하여 아니 벗으려고 앙탈하다가 그대로 죽는 사람도 왕왕 있습디

---

82) 대기(大忌): 몹시 꺼리거나 싫어함.

83) 태타(怠惰): 몹시 게으름.

84) 촉비(觸鼻): 냄새가 코를 찌르다.

다.

　필경은 그 허물을 다 벗어 옥골선풍[85]이 된 후에 그 허물을 주체할 데가 없어 공론이 불일한데, 혹은 이것을 집에 두면 그 냄새에 병이 복발하기 쉽다 하며, 혹은 그 냄새는 고사하고 그것을 집에 두면 철모르는 아이들이 장난으로 다시 입어보면 이것이 큰 탈이라 하며, 혹은 이것을 모두 한곳에 몰아 쌓고 그 근처에 사람 다니는 것을 금하면 다시 물들 염려도 없을 터이나 그것을 한곳에 모아 쌓은즉 백두산보다도 클 것이니, 이러한 조그마한 나라에 백두산이 둘이면 집은 어디 짓고 농사는 어디서 하나? 그것도 못 될 말이지 하며, 혹은 매미 허물은 선퇴라는 것이니 혹 간기증痟氣症에도 쓰고, 뱀의 허물은 사퇴라는 것이니, 혹 인후증咽喉症에도 쓰거니와 이 허물은 말하려면 인퇴라 하겠으나 백 가지에 한 군데 쓸데가 없으며 그 성질이 육기가 많고 와사[86] 냄새가 많아서 동해 바다의 멸치 썩은 것과 방불한즉, 우리나라 척박한 천지에 거름으로 썼으면 각각 주체하기도 경편輕便하고 또 농사에도 심히 유익하겠다 하니, 그제야 여러 사람들이 그 말을 시행하여 혹 지게에도 져내고 혹 구루마에 실어내어 낙역부절[87]하는 것을 보았소….

　(금운) "나는 어젯밤에 대한제국의 독립할 꿈을 꾸었소. 오뚝이라는 것은 조그마하게 아이를 만들어 집어 던지면 드러눕지 아니하고 오뚝오뚝 일어서는 고로 이름을 오뚝이라 지었으니, 한문으로 쓰려면 나 오 자, 홀로 독 자, 설 립 자 세 글자를 모아 부르면 오독립吾獨立이니, 내가 독립하겠다는 의미가 있고 또 오뚝이의 사적을 들으니 옛날 조그마한 동자

---

85) 옥골선풍(玉骨仙風): 살빛이 희고 고결하여 신선과 같은 풍채.
86) 와사(瓦斯): 가스의 한자명.
87) 낙역부절(絡繹不絕): 왕래가 잦아 소식이 끊기지 아니함. 연락부절.

로 정신이 돌올[88]하여 일찍 일어선 아이라. 그런고로 후세 사람들이 아이를 낳아서 혹 더디 일어설까 염려하여 오뚝이 모양을 만들어 희롱감으로 아이들을 주니 그 정신이 오뚝이와 같이 오뚝오뚝 일어서라는 의사라. 우리나라 사람들이 오뚝이 정신이 있는 이는 하나도 없은즉, 아이들 뿐 아니라 장정 어른들도 오뚝이 정신을 길러서 오뚝이와 같이 오뚝오뚝 일어서기를 배워야 하겠다 하여, 우리 영감 평양 서윤으로 있을 때에 장만한 수백 석지기 좋은 땅을 방매하여 오뚝이 상점을 설치하고 각 신문에 영업 광고를 발표하였더니 과연 오뚝이를 몇 달이 못 되어 다 팔고 큰 이익을 얻어 보았소….

(국란) "나는 어젯밤에 대한제국이 천만 년 영구히 안녕할 꿈을 꾸었소. 석가여래라 하는 양반이 전신이 황금과 같이 윤택하고 양미간에 큰 점이 박히고 한 손은 감중련[89]하고 한 손에는 석장을 들고 높고 빛나는 옥탁자 위에 앉았거늘, 내가 합장배례하고 황공복지惶恐伏地하여 내두[90]의 발원을 묻는데, 어떠한 신수 좋은 부인 한 분이 곁에 섰다가 책망하기를, 적선한 집에는 경사가 있고, 불선한 집에는 앙화가 있음은 소소한 이치어늘, 어찌 구구히 부처에게 비나뇨? 그대는 적악한 일 없고 이생에도 부모에 효도하며 형제에 우애하며 투기를 아니하며 무당과 소경을 멀리하여 음사[91] 기도를 아니하며 전곡을 인색히 아니하여 어려운 사람을 잘 구제하고 학교에나 사회에나 공익상으로 보조를 많이 하였으니 너는 가위 선녀라 할지니, 그 행복을 누리려면 너의 일생뿐 아니라 천만 년이

---

88) 돌올(突兀): 높이 솟아 우뚝함.

89) 감중련: 감괘의 가운데 획이 이어져 틈이 막혔다는 뜻으로, 입을 다물고 말을 하지 않음을 이르는 말.

90) 내두(來頭): 지금부터 다가오게 될 앞날.

91) 음사(淫祠): 내력이 올바르지 않은 귀신을 모셔 놓은 집.

라도 자손은 끊기지 아니하고 부귀공명과 충신 효자를 많이 점지하리라 하시니, 이 말씀을 미루어본즉 내 자손이 천만 년 부귀를 누릴 지경이면 대한제국도 천만 년을 안녕하심을 짐작할 일이 아니겠소?"

여러 부인 중에 한 부인이 일어나서 말하되,

"나는 지식이 없어 연하여 담화는 잘 못하거니와 사상이야 어찌 다르며 꿈이야 못 꾸었겠소? 나도 어젯밤에 좋은 몽사가 있으나 벌써 닭이 울어 밤이 들었으니 이다음에 이야기하오리다."

『광학서포』, 1910

구마검驅魔劍

　열재悅齋저著대안동 네거리에서 남산을 바라보고 한참 내려가면 베전 병문 큰길이라. 좌우에 저자 하는 사람들이 조석朝夕으로 물을 뿌리고 비질을 하여 인절미를 굴려도 검불 하나 아니 묻을 것 같으나, 그 많은 사람, 그 많은 마소가 밟고 오고 밟고 가면 몇 시 아니 되어 길바닥이 도로 지저분하여져서 바람이 기척만 있어도 행인이 눈을 뜰 수가 없는데, 바람도 여러 가지라. 삼사월 길고 긴 날 꽃 재촉하는 동풍도 있고, 오뉴월 삼복중에 비 장만하는 남풍도 있고, 팔월 생량[1]할 때 서리 오려는 동북풍과 시월 동짓달에 눈 몰아오는 북새도 있으니, 이 여러 가지 바람은 절기를 따라 의례히 불고, 의례히 그치는 고로, 사람들이 부는 것을 보아도 놀라지 아니하고 그치는 것을 보아도 희한히 여길 것이 없지마는, 이날 베전 병문에서 불던 바람은 동풍도 아니요, 남풍도 아니요, 서풍, 북풍이 모두 아니요, 어디로조차 오는 방면이 없이 길바닥 한가운데에서 먼지가 솔솔솔 일어나더니, 뱅뱅뱅 돌아가며 점점 언저리가 커져 도래멍석[2]만 하여 정신 차려 볼 수가 없이 팽팽 돌며, 자리를 뚝 떨어지며 어떠한 사람 하나를 겹겹이 싸고 돌아가니, 갓 귀영자[3]가 쑥 빠지며 머리에 썼던

---

1) 생량(生凉): 가을이 되어 서늘한 기운이 생기다.
2) 도래멍석: '짚방석'의 방언.
3) 귀영자: 벼슬아치의 갓에 갓끈을 다는 데다 쓰는 고리.

저모립[4]이 정월 대보름날 귀머리장군 연 떠나가듯 삼 마장은 가서 떨어진다.

그 사람이 두 손으로 눈을 썩썩 비비고 입속에 들어간 먼지를 테테 배앝으며,

"에, 바람도 몹시 분다. 정신을 차릴 수가 없지. 내 갓은 어디로 날려갔을까? 어, 저기 가 있네." 하더니, 한 손으로 탕건을 상투째 아울러 꺼붙들고 분주히 쫓아가 갓을 집어들더니, 조끼에서 저사 수건을 내어 툭툭 털어 쓰고 가는데, 그때 마침 장옷 쓴 계집 하나가 그 광경을 목도하고 그 사람의 얼굴을 넌짓 보더니 장옷 앞자락으로 제 얼굴을 얼풋 가리고 장행랑[5] 뒷골로 들어가더라.

중부 다방골은 장안 한복판에 있어 자래로 부자 많이 살기로 유명한곳이라. 집집마다 바깥 대문은 개구멍만 하여 남산골 딸깍샌님[6]의 집 같아도 중대문 안을 썩 들어서면 고루거각에 분벽사창[7]이 조요하니, 이는 북촌 세력 있는 토호 재상에게 재물을 빼앗길까 엄살 겸 흉 부리는 계교러라.

그중에 함진해라 하는 집은 형세가 남의 밑에 아니 들어, 남노비에 기구있게 지내는 터인데, 한갓 자손 복이 없어 낳기는 펄쩍해도 기르기는 하나도 못 하다가, 그 부인 최 씨가 삼취三娶로 들어와 아들 하나를 낳아놓고 몸이 큰 체하여 집안에 죽젓갱이질[8]을 할대로 하며, 그 남편까지

---

4) 저모립: 돼지의 털로 싸개를 한 갓. 죽사립 다음가는 것이며 당상관이 썼다.
5) 장행랑(長行廊): 조선 시대에, 서울의 큰 거리 양쪽에 줄지어 세운 상점. 특히 종로鍾路의 육주비전이 유명하였다.
6) 딸깍샌님: '딸깍발이'의 방언. 신이 없어 맑은 날에도 나막신을 신는다는 뜻으로, 가난한 선비를 이르는 말.
7) 분벽사창(粉壁紗窓): 하얗게 꾸민 벽과 깁으로 바른 창이라는 뜻으로, 여자가 거처하는 아름답게 꾸민 방.

도 손톱 반 머리만치 두려워하지 아니하고, 마음에 있는 일이면 옳고 그르고 눈을 기이면서라도, 직성이 해토머리에 얼음 풀어지듯 하게 하여보고야 말더라.

최 씨의 친정은 노돌이라. 그 동리 풍속이 재래로 제일 숭상하는 것은, 존대하여 말하자면 만신이요, 마구 말하자면 무당이라 하는, 남의 집 망해주며, 날불한당질 하는 것들을 남자들은 누이님, 아주머니, 여인들은 형님, 어머니 하여가며 개화전 시대에 칙사 대접하듯 하여 봄, 가을이면 의례히 찰떡 치고 메떡 치고 쇠머리, 북어쾌를 월수, 일수 얻어서라도 기어이 장만하여 철무리 큰굿을 하여야 세상일이 다 잘될 줄 아는 동리니, 최 씨가 어려서부터 보고 듣고 자란 것이 그뿐이러니, 시집을 와서도 그 버릇을 버리지 못하고 어디가 뜨끔만 하면 무꾸리 질9)이요, 남편이 이틀만 아니 들어와 자도 살풀이하기라. 어디 새로 난 무당이 있다든지, 신통한 점쟁이가 있다면 남편 모르게 가도보고 청해도 보아, 노구메10)를 올리라든가 기도를 하라든가, 무당의 입이나 점쟁이 입에서 뚝 떨어지기가 무섭게 거행을 하니, 이는 최 씨 부인이 무당이나 점쟁이를 위하여 그리하는 바가 아니라, 자기 생각에는 사람의 일동일정으로 죽고 사는 일까지라도 귀신의 농락으로만, 물 부어 샐 틈 없이 꼭 믿고 정신을 못 차려 그러는 것이러라.

장사壯士나자 용마龍馬가 난다고, 함진해 집에 능청스럽게 거짓말 잘하고 염치없이 도둑질 잘하는 안잠자는11) 노파 하나가 있어, 저의 마님의

---

8) 죽젓갱이질: 죽을 쑬 때 죽젓광이로 죽을 젓는 일. 남이 하는 일을 휘저어 훼방놓는 일.
9) 무꾸리질: 무당이나 판수에게 가서 길흉을 알아보거나 무당이나 판수가 길흉을 점침. 또는 그 무당이나 판수.
10) 노구메: 산천의 신령에게 제사 지내기 위하여 놋쇠나 구리로 만든 작은솥에 지은 메밥.
11) 안잠자다: 남의 집에서 먹고 자며 그 집안일을 도와주다.

눈치를 보아 비위를 슬슬 맞춰가며 전후 심부름은 도맡아 하는데, 천행으로 최 씨 부인이 태기가 있어 아들 하나를 낳으니 노파가 신이 열 길이나 나서,

　(노) "마님, 마님의 정성이 지극하시더니 칠성님이 돌보셔 삼신 행차가 계시게 하셨습니다. 에그, 아기가 범연한가? 떡두꺼비 같은 귀동자니, 오냐, 무쇠 목숨에 돌끈 달아 수명 장수하여라."

　그 아이가 거적자리에 떨어진 이후로 무슨 귀신이 그리 많이 덤비던지 삼 일 안부터 빌고 위하는 것이 모두 귀신이라. 겨우 돌 지나 걸음발 타는 아이가 돈은 제 몸뚱이보다 몇 십 갑절이 더 들었더라. 그런데 그 아이에게 펄쩍 잘 덤비는 여귀 둘이 있으니, 최 씨 마음에 죽지 아니하였고 살아 있어, 그 지경이면 다갱이에서부터 발목까지 아드등 깨물어 먹고라도 싶지마는, 죽어 귀신이 된 까닭으로 미운 마음은 어디로 가고 무서운 생각이 더럭 나며, 무서운 생각이 너무 나서 위하고 달래는 일이 생겨 행담[12]과 고리짝에다 치마저고리를 담아서 둔 방축[13] 머리에 줄남생이 같이 위해 앉혔으니, 그 귀신은 도깨비도 아니요 두억시니[14]도 아니요, 못다 먹고 못다 쓰고 함 씨 집에 인연이 미진하여 원통히 세상 버린 초취부인 이 씨와 재취부인 박 씨라. 사람이 죽어 귀신이 되어 산 사람에게 침노한다는 말이 본래 요사스러운 무녀의 입에서 지어낸 말이라. 적이나 현철한 부인이야 침혹할 리가 있으리오마는, 최 씨는 지각이 어떻게 없던지 노파와 무녀의 꾸며내는 말을 열 되들이 정말로만 알고 그 아들이

---

12) 행담(行擔): 길 가는 데에 가지고 다니는 작은 상자. 흔히 싸리나 버들따위를 걸어 만든다.

13) 방축: '방죽'의 원말. 농사짓는 데 물을 이용하기 위해 논밭 근처에 물이 고여 있도록 둑으로 둘러막은 곳.

14) 두억시니: 모질고 사나운 귀신의 하나. 야차野次.

돌림감기만 들어도 이 씨 여귀, 설사 한 번만 해도 박 씨 여귀, 피륙과 전곡을 아까운 줄 모르고 무당, 점쟁이 집으로 물 퍼붓듯 보내다가 고삐가 길면 디딘다더니 함진해가 대강 짐작을 하고 최 씨더러 훈계를 하는데, 본래 함진해의 위인은 무능하지마는 선부형 문견으로 그같이 요사한 일이 별로 없던 가정이라.

(함) "여보, 무당, 판수라 하는 것은 다 쓸데없는 것이외다. 저희들이 무엇을 알며, 귀신이라 하는 것이 더구나 허무치 아니하오? 누가 눈으로 보았소? 설혹 귀신이 있기로 나의 전 마누라가 둘이다 생시에 심덕이 극히 착하던 사람인데 죽어졌기로 무슨 침탈을 하겠소? 다시는 이 씨니 박 씨니 하는 부당한 말을 곧이듣지 마오."

(최) "죽은 마누라를 저렇게 위하시려면 똥구멍이라도 불어서 아무쪼록 살려 데리고 해로하시지, 남을 왜 데려다 성가시게 하시오? 누가 이 씨, 박 씨의 귀신이 무던하지 아니하다오? 무던한 것이 탈이지. 귀신은 귀하답시고 한번 만져만 보아도 산 사람의 병이 된다오. 인저는 아무가 앓든지 죽든지 나는 도무지 상관치 말리다. 걱정 마시오."

이 모양으로 몰지각하게 폭백하니 함진해가 어이없어 좋은 말로 타이르고 사랑으로 나간 후에, 최 씨가 전취 부인들이 살아 곁에 있는 듯이 강짜가 나서,

(최) "할멈, 영감 말씀 좀 들어보게. 아무리 사내 양반이기로 생각이 어쩌면 그렇게 들어가나?"

(노) "영감께서 신귀가 그렇게 어두우시답니다. 딱도 하시지, 돌아가신 마님 역성을 그렇게 하실 것 무엇 있나? 마님, 영감께서 돌아가신 두 마님과 금실이 아주 찰떡근원이시더랍니다. 아무리 그러셨기로 누가 그 마님들을 …옥추경…이나 읽어 무쇠 두멍[15)]에 가두었나? 떠받들어 위하시기밖에 더 어떻게 하시라고?"

(최) "여보게, 염려 말게. 저년들 무서워 천금같이 귀한 자식을 기르며 두고두고 그 성화를 받을까? 내일 모레 영감께서 송산 산소에 다니러 가시면 산역을 시키느라고 여러 날 되신다네. 세차게 경 잘하는 장님 대여섯 불러오게. 자네 말마따나 …옥추경…을 지독하게 읽어 움도 싹도 없게 가두어 버리겠네."

(노) "에그, 너무나 잘 생각하셨습니다. 조금 박절하지만, 두고두고 성가시럽게 구는데, 시원하게 처치하여버리시지. 아무리 귀신이기로 심사를 바로 가지지 아니하고 살아 계신 양반에게 말만 이르니 박절할 것도 없습니다."

(최) "장안에 어데 있는 장님이 그중 용한구? 이 근처 돌팔이장님들은 쓸데없어."

(노) "아무럼, 그렇고말고요. 돌팔이장님은 무엇에 쓰게요? 제까짓 것들이 그 귀신을 가두기커녕 범접이나 해보겠습니까, 덧들이기나 하지. 장님은 복차다리 사는 정 장님이 아주 제일이라고들 하여요."

(최) "그러면 그 장님을 불러다 일을 하여보세."

약속을 단단히 하고 손가락을 꼽아 기다리다가, 그 남편이 길을 떠난 후 경을 며칠을 읽었던지, 이 씨 여귀, 박 씨 여귀 잡아 가두는 양을 눈으로 현연히 보는 듯이 최 씨 마음에 시원 상쾌하여, 누워 자는 그 아들의 등을 뚝뚝 두드리며, 말도 못 하는 아이더러 알아들을 듯이 이야기를 한다.

"만득아, 시원하지? 만득아, 상쾌하지? 너의 전 어머니 귀신들을 다 가두어버려서 다시 못 오게 하였다. 응응, 어머니는 그까짓 것들이 네게 무슨 어머니, 죽은 고혼이라도 어머니 소리를 들어보려면 그까지로 행세를

---

15) 두멍: 물을 많이 담아두고 쓰는 큰 가마나 독.

했을까? 만득아, 그렇지, 응응. 인제는 앓지 말고 잘 자라서 어미의 애쓴 본의 있게 하여라, 응응. 에그, 그것이야 엄전하게 잘도 자지." 하며 입을 뺨에다 대고 쭉쭉거리는데, 안잠 마누라는 곁에 앉아 최 씨의 말하는 대로 어릿광대같이,

"그렇고말고, 마님 말씀이 꼭 옳으시지. 어머니
노릇을 하려면 그까지로 행실을 했겠습니까?"

만득이 볼기짝을 저도 뚜덕뚜덕하며,

"아가, 어머니 말씀을 다 들었니? 이다음에 어머니께 효성시러운 자손 되고 할멈도 늙게 호강시켜다고."

가장 만득의 나이 장성하여 말을 아니 듣는 듯이 최 씨가 꾸지람을 옳게 한다.

"오, 이놈. 어미의 애쓴 본의 없이 뜻을 거스르든지 할멈의 길러준 공을 모르고 잘살게 아니하여 주어보아라. 내 솜씨에 못 배길라."

이 모양으로 주거니 받거니 지각 반점 없이 지껄여가며, 대원수가 되어 십만 대병을 거느리고 적국을 한 북소리에 쳐 없앤 후 개선가나 부른 듯이, 날마다 둘이 모여 앉으면 그 노래 부르기로 세월을 보내더라. 연때가 맞노라고, 하루 빠른 날 없이 잔병치레로 유명한 만득이가 경 읽은 이후로는 안질 한 번 안 앓고 잘 자라니, 최 씨 마음에 정 장님은 천신만 싶어 만득이의 먹고 입는 일동일정을 모두 그 지휘하는 대로, 남의 집 음식도 아니 먹이고, 색다른 천 끝도 아니 입혀, 본래 구기가 한 바리에 실을 짝이 없던 터에 얼마쯤 가입을 하였는데 그 명목이 썩 많으니,

세간 놓는 데 손보기

음식 보면 고시레 하기

새 그릇 사면 쑥으로 뜨기

쥐구멍을 막아도 토왕16) 보기

닭을 잡아도 터주[17]에 빌기

까마귀만 울어도 살풀이하기

족제비만 나와도 고사 지내기

　이와 같이 제반악증을 다 부리는데, 정안수 그릇은 장독대에 떠날 때가 없고, 공양미 쌀박은 어느 산에 아니 가는 곳이 없으며, 심지어 대소가[18] 사이에 상변이 있으면 백 일씩 통치 아니하기는 예사로 하더라. 우리나라에 의학이 발달 못 되어 비명에 죽는 병이 여러 가지로되, 제일 무서운 병은 천연두라. 사람마다 의례히 면하지 못하고 한 번씩은 겪어, 고운 얼굴이 찍어매기도 하며 눈이나 귀에 병신도 되고 종신지질 해소도 얻을뿐더러 열에 다섯은 살지를 못하는 고로, 속담에 '역질 아니한 자식은 자식으로 믿지 말라'는 말까지 있으니 위험함이 다시 비할 데 없더니, 서양 의학사가 발명한 우두법을 배워온 후로 천연두를 예방하여 인력으로 능히 위태함을 모면하게 되었건마는, 누가 만득이도 우두를 넣어주라 권하는 자 있으면 최 씨는 열, 스무 길 뛰며 손을 홰홰 내어젓고,

　"우리 집에 와서 그대 말 하지도 마오. 우두라 하는 것이 다 무엇인가? 그까짓 것으로 호구별성[19]을 못 오시게 하겠군. 우두 한 아이들이 역질을 하면 별성 박대한 벌역罰役으로 더구나 중하게 한답디다. 나는 아무 때든지 마마께서 우리 만득에게 전좌하시면 손발 정히 씻고 정성을 지극하게 들이어서, 열사흘이 되거든 장안에 한골 나가는 만신을 청하고, 입담 좋은 마부나 불러 삼현육각[20]에 배송 한 번을 쩍지게 내어볼 터이

---

16) 토왕: 토왕지절. 오행五行에서, 땅의 기운이 왕성하다는 절기.

17) 터주: 집터를 지키는 지신地神. 또는 그 자리.

18) 대소가: 본처의 집과 첩의 집, 또는 본처와 첩을 아울러 이르는 말.

19) 호구별성(戶口別星): 집집마다 찾아다니며 천연두를 앓게 한다는 여신. 강남에서 특별한 사명을 띠고 주기적으로 찾아온다고 한다.

오. 우리가 형세가 없소? 기구가 모자라오?" 하며 사람마다 올까 봐 겁이 나고 피해 가는 역질을 어서 오기를 눈이 감도록 고대하더니, 함 씨의 집 안이 결딴이 나려는지 최 씨의 소원이 성취가 되려는지 별안간에 만득의 전신이 부집[21] 달듯하며 정신을 모르고 앓는데, 뽀얀 물 한 술 아니 먹고 늘어졌으니 외눈의 부처같이 그 아들을 애지중지하는 함진해가 오죽하리오. 김 주부를 청하여라, 오 별제를 불러라 하여 맥도 보이고 화제도 내어, 연방 약을 지어다 어서 달여 먹이라 당부를 하니, 함진해 듣고 보는 데는 상하노소 물론하고 분주히 약을 쉴 새 없이 달이는 체하다가, 함진해만 사랑으로 나가면 그 약은 간다 보아라 하고 귀신 노래만 부르는데, 그렁저렁 삼 일이 지나더니, 녹두 같은 천연두가 자두지족에 빈틈없이 발반이 되었는데, 붉은 반은 조금도 없고 배꽃 이겨 붙인 듯하더니, 팔구 일이 되면서 먹장 갈아 끼얹은 듯이 흑함이 되며 숨결이 턱에 닿았더라.

역질이라는 병은 다른 병과 달라 중세를 보아가며 약 한 첩에 죽을 것이 사는 수도 있고 중한 것이 경해도 질 터이거늘, 최 씨는 약은 비상 국만치 여기고 밤낮 들고 돌아다니는 것이 동의 정안수뿐이니, 이는 자식을 아편이나 양잿물을 타 먹이지 아니하였다 뿐이지, 그 죽도록 한 일은 조금도 다를 것이 없어, 불쌍한 만득이가 지각없는 어미를 만나 필경 세상을 버렸더라. 아무라도 자식 죽어 설워 아니 할 이는 없으려니와 최 씨는 설움이 나도 썩 수선스럽게 배포를 차리는데,

"그것이 그 모양으로 덧없이 죽을 줄이야 어찌 알아…. 인간은 몰라도 무슨 부정이 들었던 것이지…. 허구한 날 눈에 밟혀 어찌 사나…. 한이

---

20) 삼현육각(三絃六角): 피리가 둘, 대금, 해금, 장구, 북이 각각 하나씩 편성되는 풍류. 감상의 성격을 띨 때는 '대풍류'라 한다.

21) 부집: 부지깽이.

나 없게 큰 굿을 해보았더면 좋을걸. 영감이 하도 고집을 하니까 마음에 있는 노릇을 해볼 수나 있어야지…. 제가 좋은 곳으로나 가게 용산 나아가서 지노귀 새남[22]이나 하여주어야…."

그다음에는 목을 놓아 울어내는데 노파는 덩달아 울며,

(노) "마님, 그만 그치십시오. 암만 우시면 한번 길이 달라졌는데 다시 살아옵니까? 마님 말과 같이 새남이나 하여 저승길이나 열어주시지. 그렇지만 마마에 간 아이는 진배송[23]을 내어야 이다음에 낳는 자손도 길하답니다."

(최) "자네 말이 옳은 말일세. 나도 번연히 알면서 미처 생각지 못했네그려. 여보게, 우리 단골더러 진배송을 한 번 좀 잘 내달라고 불러주게. 영감도 생각이 계시겠지. 고집 세우다 일을 저질러놓고 또 무엇이라 하시겠나? 내가 죽더라도 하고 말 터이니 그 염려는 말고 어서 가보게."

노파가 살판이나 만난 듯이 겅둥겅둥 뛰어 대묘골 모퉁이로 감돌아들더니 조그마한 평대문 집으로 서슴지 아니하고 들어가며,

"만신 계십니까? 만신 계셔요?"

안방 문이 펄덕 열리며 얼굴에 아양이 다락다락하는 여인이 끼웃이 내어다보며,

"이게 누구시오? 어서 오시오." 하며 손목을 다정히 끌고 방으로 들어가더니,

(만신) "그 댁 아기가 구태나 멀리 갔다구려. 나는 벌써부터 그럴 줄 알면서도 박절히 바로 말을 못했소. 그래, 어찌해 오셨소? 자리걷이[24]를

---

22) 새남: 죽은 사람의 넋을 극락으로 인도하는 굿. 지노귀굿보다 규모가 큰 것으로 죽은 지 49일 안에 하는데, 흔히 사십구일재와 같이 하기도 한다.

23) 진배송: 토속 신앙에서, 천연두로 아이가 죽은 경우 그 다음 아이에게는 천연두가 옮지 아니하도록 하기 위하여서 벌이는 푸닥거리.

하신다고 나를 불러오라 십더니까?"

(노) "자리걷이가 아니라 진배송을 내신다고 제구를 다 차려 가지고 내일로 오시라고 하십디다." 하며 앞뒤를 끼웃끼웃 둘러보며,

(노) "누구 들을 사람이나 없소?"

(만) "아무도 없소. 걱정 말고 세상없는 말이라도 다 하시오."

(노) "만신…. 지금 세상에 상전의 빨래를 해도 발뒤꿈치가 희다 하는데, 이런 판에 좀 먹지 못하고 어느 때 먹소? 나 하라는 대로만 다 하고 보면 전천이나 잘 떼어먹을 터이오."

(만) "아무렴, 먹는 것은 어디로 갔든지 마누라님 지휘를 내가 아니 들으며, 또 돈이 생기기로 내가 마누라님을 모르는 체하겠소? 그대 말은 하나마나, 무슨 일이오, 이야기나 하시구려."

노파가 앞으로 다가앉으며, 만득이 병중에 하던 말과 찾던 것을 낱낱이 형용하여 이르고 무어라 무어라 한동안 지껄이더니,

"꼭 되지 아니했소? 그렇게만 하고 보면 세상없는 사람도 깜짝 반하지."

(만) "아니 될 말이오. 그 모양으로 어설프게 해서 큰돈을 먹어보겠소? 별말 말고 내 말대로 합시다."

(노) "아무렇게 하든지 일만 잘하구려."

(만) "내야 사흘이 멀다 하고 그 댁에를 북 드나들듯 하였으니 세상없이 영절스러운 말을 하기로 누가 믿겠소? 마누라님도 아마 아실걸. 저 국수당 아래 있는 김씨 만신이 배송 잘 내기로 소문나지 아니했소? 지금으로 내가 그 만신을 가보고 전후 부탁을 단단히 할 것이니 마누라님은

---

24) 자리걷이: 관棺이 나가기 전에 행하는 의식의 하나. 관 위에 명정과 죽은 사람이 입던 옷 한 벌을 올려놓고 만신이 의식을 행한다.

댁으로 가서 마님을 뵈옵고 곧이들으시도록 꾸며대구려.”

(노) “옳소. 그것 참 되었소. 그 만신 소문을 우리 댁 마님도 들으시고, 그러지 아니해도 일상 한 번 불러보시든지 가보신다고 하시면서도, 혹 단골이 노여워하면 어찌하리 하시고 계신 터인데, 당신이 천거하더라고 여쭙기만 하면 얼마쯤 좋아하실 것이오. 마님께서 기다리실 터이니까 나는 어서 가야 하겠소. 김 만신 집에를 즉시 가보시오.” 하고 두어 걸음 나아가다가 다시 돌아서며,

(노) “김씨 만신이 좋기는 하오마는 나와는 생소하니 다 알아서 부탁하여주시오.”

(만) “그만만 해도 다 알아듣소. 염려 말고 어서 가시오.”

이 모양으로 별순검 변 쓰듯 끝만 따 수작을 하고, 노파의 마음이 든든하여 집으로 돌아오더니 최 씨를 보고 언구럭25)을 피우는데,

(노) “마님, 다녀왔습니다. 아마 대단히 기다리셨을 걸이오. 얼른 다녀온다는 것이 그렇게 되었습니다.”

(최) “늙은 사람 행보가 자연 그렇지. 그에서 더 속히 올 수 있나? 그래, 단골더러 내일 오라고 일렀나?”

(노) “단골이 오는 것이 다 무엇입시오? 제가 앓아서 거진 죽게 되었던데요.”

(최) “그리면 어떻게 한단 말인가?”

(노) “마님, 일상 말씀하시던 국수당 만신이 하도 소문이 났기에 지금 가서 내일로 일을 맞추고 왔습니다.”

(최) “국수당 만신이라니, 금방울 말인가?”

(노) “네네, 금방울이올시다.”

---

25) 언구럭: 교묘한 말로 떠벌리며 남을 농락하는 짓.

금방울의 별호 해제를 들으면 요절 아니 할 사람이 없으니, 얼굴이 누르퉁퉁하여 금빛 같다고 금이라 한 것도 아니요, 키가 작아 떼굴떼굴 굴러다니는 것이 방울 같다고 방울이라 한 것도 아니라.

　그 무당의 입에서 떨어지는 말이 길흉 간 쇳소리가 나게 맞는다고 소리 나는 쇠로 별호를 지을 터인데, 쇠에 소리 나는 것이 허구 많지마는 종로 인경이라 하자니 너무 투미하고, 징이나 꽹과리라 하자니 너무 상스러워, 아담하고 어여쁜 방울이라 하였는데, 방울 중에도 납방울, 시우쇠방울, 은방울 여러 가지 방울이 있으되, 썩 상등으로 대접하느라고 금방울이라 하였으니, 금이라는 것은 쇠 중에 일등 될 뿐 아니라 그 무당의 성이 김가니, 김은 즉 금이라고 이 뜻 저 뜻 모두 취하여 금방울이라 하였더라. 금방울의 소문이 어떻게 났던지 남북촌 굵직굵직한 집에서 단골 아니 정한 집이 없어, 한 달 삼십 일, 하루 열두 시, 어느 날 어느 때에 두 군데, 세 군데 의례히 부르러 와, 몸뚱이가 종잇장 같으면 이리저리 찢어지고 말았을 터이러라. 원래 무당이라 하는 것은 보기 좋게 춤이나 추고 목청 좋게 소리나 잘하고 수다스럽게 지껄이기나 잘하면 명예를 절로 얻어 예 간다 제 간다 하는 법인데, 금방울이는 한때 해먹고 살라고 하느님이 점지해내셨던지 그 여러 가지에 한가지 남의 밑에 아니 들뿐더러 남의 눈치 잘 채우고, 남의 말 넘겨짚기 잘하고, 아양, 능청 온갖 재주를 구비하였는데, 함진해 마누라의 무당 좋아한다는 소문을 듣고 어떻게 하면 한번 어울려들어 그 집 세간을 홀쭉하도록 빨아 먹을꼬 하고 아라사 피득 황제[26]가 동양 제국을 경영하듯 하던 차에, 함진해 집에서 부른다는 말을 듣고 다른 볼일을 다 제쳐놓고 다방골로 내려와 함 씨 집 안

---

26) 피득 황제: 표트르 1세. 러시아 역사상 가장 뛰어난 통치자이자 개혁가. 서유럽화에 주력하는 한편, 동쪽으로 발트 해와 카스피 해 연안까지 영토를 확장했다.

방으로 들어오며 첫대 앙큼스러운 거짓말 한 번을 내어놓는데, 최 씨는 아들 참척[27]을 보고 설우니 원통하니 하는 중에도 금방울의 말이 어떻게 재미가 있는지 오줌을 잘곰잘곰 쌀 지경이라.

(금방울) "세상에, 이상한 일도 있어라. 예 없던 신그릇에서 방울이 딸딸 울며, 두 어깨에 짐이 잔뜩 실리더니, 제 집에 뫼신 호구 아기씨께서 인도를 하시기에 꿈결인지 잠결인지 한곳에를 가 보았더니 집 모양이든지 방안 세간 놓인 것까지 영락없이 댁일세. 신통도 해라."

최 씨는 미처 대답도 하기 전에 노파가 한 번 더 초를 쳐서 찰떡 반죽하듯 한다.

(노) "꿈도 영검하셔라. 만신이 댁과는 적지 아니한 연분이시구려. 마님께서는 그런 현몽하신 바는 없으셔도 일상 마음이 절로 키어서 만신을 보시고 싶다 하셨다오."

(최) "만신의 나이 손아래일 듯하니 처음 보아도 서어하지 않도록 하게 하겠네. 지금 할멈도 말했지마는 어찌해 그런지 일상 만신이 보고 싶더니 좋은 일에 청해오지 못하고. 에구에구… 팔자 사나워 열 소경의 한 막대 같은 자식을 죽이어 궂은 일에 청하였네그려. 에구에구… 그 끔찍시러운 일을 보고 모진 목숨이 살아 있기는 그 자식의 저승길도 밝혀주려니와 더러운 욕심이 무슨 낙을 다시 볼까 하지, 에구에구…." 하더니, 노파를 부른다.

(최) "할멈, 어서 배송 제구를 차려놓고 사랑에 나아가 영감께 내 말로 여쭙게."

(노) "제구는 어제 다 장만한 것을 또다시 차릴 것이 있습니까마는 영감께 무엇이라고 여쭈랍시오? 걱정이나 듣게요."

---

27) 참척: 아들이 부모나 조부모보다 먼저 죽는 일.

(최) "걱정은 무슨 걱정을 하신단 말인가? 내 말대로 이렇게 여쭙게. 역질에 죽은 아이를 진배송을 아니 내어주면 원귀가 되어 다시 환토를 못할 뿐더러 이다음에 낳는 아기께도 길하지 못한 일이 생긴다니, 그것이 참말이나 거짓말이나 알고서야 그대로 있을 수 없습니다. 자세자세 여쭙되, 처음에 걱정 좀 하신다고 머쓱히 돌아서지 말고 알아들으시도록 말씀을 하게. 그래서 정 아니 들으신 대도 나는 그래도 시작하겠네."

노파가 사랑으로 나아가 한나절을 서서 핀잔을 먹어가며 어떻게 중언부언重言復言하였던지 함진해가 슬며시 못 이기는 체하고 드러누우니, 이는 노파의 말솜씨가 소진장의 같아 속아 넘어간 것도 아니요, 이치가 그러한 듯하여 어기지 못하리라 한 것도 아니라. 어리석은 생각에 자기 마누라 뜻을 너무 거스르다가 감정이 더럭 나면 집안에 화기를 잃을 지경이라 하여, 혼잣말로,

'계집이라는 것은 편성이라, 옳고 그르고 너무 억제하게 되면 저 잘못하는 것은 모르고 야속한 생각만 날 터이요, 또 요사이 몹쓸 경상을 보고 울며불며 하는 터이요, 나 역시 아무 경황없어 세상사가 귀찮다.' 하고 할멈의 말을 잠잠히 듣다가,

"아무 짓이든지 하고 싶은 대로 하라게그려. 말리지 아니하네."

노파가 그 말 한마디를 듣더니 엉덩이춤이 절로 나서 열 걸음을 한걸음에 뛰어 들어오며,

"마님, 인제는 걱정 마옵시오. 영감께서 허락을 하셨습니다. 만신, 마음 턱 놓고 징, 장구 울려가며 진배송이나마 산배송 다름없이 마님 속이 시원하시게 잘 지내주오."

금방울이 신옷을 내어 입고 장단을 맞추어 춤 한바탕을 늘어지게 추다가, 매암 한 번을 뼁뼁 돌며, 왼손에 들었던 방울을 쩔레쩔레 흔들더니 숨 한번을 오려 논의 새 쫓듯 위이 쉬고서 공수를 주되, 호구별성이 금방

온 듯이 최 씨를 불러 세우고 수죄數罪를 하는데, 세상 부정 모두 몰아다 함진해 집에다 퍼부은 듯이 주워섬긴다.

"어허, 괘씸하다! 최 씨 계주야, 네 죄를 네 모를까? 별성행차28)를 몰라 보고 물로 들어 수살水殺 부정, 불로 들어 화살 부정, 거리거리 성화 부정, 아침저녁 주왕 부정, 사람 죽어 상문喪門 부정, 그릇 깨져 악살 부정, 쇠털같이 숱한 부정을 아니 범한 것이 없구나. 앉아서 삼천리요, 서서는 구만 리라. 너희 인간은 몰라도 내야 어찌 속을소? 어허, 괘씸하다! 네 죄를 생각거든 네 아들 데려간 것을 원통타 말아라."

이때 최 씨와 노파는 번차례로 나서서 손바닥을 마주 대어 가슴 앞에 높이 들고 썩썩 비비면서 입담이 매우 좋게 비는데,

"허하고 사합시사. 인간이라 하는 것이 쇠술로 밥을 먹어 아무것도 모릅니다. 여러 가지 부정을 다 쓸어버려서 함 씨 가중을 참기름같이 밝혀 줍소사. 입은 덕도 많삽거니와 새로 새 덕을 입혀주사, 죽은 자식은 연화 대로 인도해주시고 새로 낳는 자손을 수명 장수하게 점지해줍시사."

금방울이 또 한 번 춤을 추다 여전히 매암을 돌며 휘이 휘 소리를 하더니 창주, 봉산 세청 미나리 곡조같이 노랑목을 연해 넣어가며 넋두리가 나오는데 최 씨 마음에는, '아마 만득이 넋이 돌아왔거니.' 싶어, 제가 살아오나 다름없이 소원의 일이나 물어보고 원통한 말이나 들어보겠다고 하고 바싹바싹 들어서더니, 천만뜻밖에 다시 오려니 생각도 아니하였던 귀신이 왔더라.

금방울의 두 눈에는 눈물이 더벅더벅 떨어지며,

"에그, 나 돌아왔소. 내가 이 집에 인연 지고 시우진 내요. 에그, 할멈, 나를 몰라보겠나? 아, 삼 년 석 달 병들어 누웠을 때 단잠을 못다 자며 지

---

28) 별성행차(別星行次): 임금의 명령을 받들고 남의 나라로 가는 사신의 행차.

성으로 구완해주던 자네 은공, 죽은 넋이라도 못 잊겠네에. 침방에 있는 반닫이 안에 나 시집올 때 가지고 온 은반상이 있으니 변변치 않으나, 그 것이나 갖다가 내 생각 하여가며 받아 먹게에. 에그, 원통해라아! 정도 남다르고 의도 남다르더니 한번 죽어지니까 속절이 없고나아."

이때 구경하는 집안 식구들이 제각기 수군거리는 데 어떤 계집은,

"여보 형님 형님, 저게 누구의 넋이 들었소? 아마 재취再娶마님이지."

어떤 계집은,

"아닐세, 은반상 해가지고 오셨다는 것을 들어보게. 초취 마님이신가 뵈. 이 별제 댁이 부자로 사시는 때문에 그 마님 시집오실 제 퍽 많이 가지고 오셨다데. 재취 마님 친정은 억척 가난하여서 이 댁에서 안팎을 싸오셨는데 은반상이 다 무엇인가, 질그릇도 못 가져왔다네."

어떤 계집은,

"아주머니 말씀이 옳소. 영감마님과 금실도 초취 마님이 계셨지, 재취 마님과는 나무공이 등 맞춘 것같이 삼 년이나 사시며 말 한마디 재미있게 해보셨소?"

그중의 한 계집은 여러 사람의 이야기하는 것을 한편으로 들어가며 행주치마 자락을 접어들고 두 눈에는 샘솟듯 나오는 눈물을 이리 씻고 저리 씻고 흑흑 느껴 우는데, 이때의 최 씨는 눈 꼬리가 실쭉하여 아무 말도 아니하고 섰다가 혀를 툭툭 차며,

"저렇게 원통한 것을, 누가 죽으라고 고사를 지냈나? 이년 삼랑아, 보기 싫다. 너는 죽은 사람만 밤낮 못 잊어, 아이 때부터 드난을 했나니, 무던한 심덕을 못 잊겠나니 하며 산 나는 쓴 외 보듯 하는 터이니, 공연히 소요시럽게 울고 섰지 말고 저렇게 왔을 때에 아주 따라가려무나. 할멈, 나가서 영감 여쭙게, 귀신이 보고 싶다네. 그 소원이야 못 풀어주겠나?"

함진해가 집 안에서 똥땅거리는 것이 듣기 싫어, 의관을 내려 입고 친

구 집에 가서 바둑이나 두다 오려고 막 나서다가, 할멈이 나와 큰마누라의 혼이 들어와 청한다는 말을 듣고 속종으로,

'이런 미친 무당 년도 있나, 여인들을 속이다 못하여 나까지 속여보려고 대관절 그년의 거동을 구경이나 해보아. 정 요사시럽거든 당장 내어쫓으리라.' 하고 노파 뒤를 따라 안으로 들어오며,

"우리 죽은 마누라가 어디 왔어, 응?"

그 말이 채 그치기 전에 넋두리하던 무당이 마주 나아오며 대성통곡하더니, 함진해의 입이 딱 벌어지며 혀가 홰홰 내둘리게 수작이 나온다.

"에그 영감, 나를 몰라보오, 오? 아무리 유명이 달라졌기로 어쩌면 그다지 무정하오오? 나 병들었을 때에 무엇이라고 하셨소오? 십 년 동거하던 정을 버리고 왜 죽으려 드느냐고 저기 저 창 밑에서 더운 눈물을 더벅더벅 떨어뜨리시던 양을 보고, 죽는 나의 뼈가 아프며 눈을 못 감겠더니, 이 눈이 꺼지지 않고 살이 썩지도 않아, 밤낮 열나흘 경을 읽어 구천 응원이 호통을 하고 소거백마[29)가 선봉이 되어 앞뒤에다 금사진을 치고 움도 싹도 없이 잡아 가두려 하였으니, 아무리 영감이 하신 일은 아니시나 인정에 어찌 모르는 체하오오?

간신히 자취를 숨겨 이 집을 떠나갈 제 원통하고 분한 생각 어느 날 어느 때에 잊히겠소오? 이집 저 집 엿보며 수수밥 조죽 사발로 고픈 배를 채우면서 그동안 세월을 보내던 내오오."

그때 곁으로 왔던 무당이 별안간 손뼉을 치며 넋두리가 또 나오는데,

"에그, 나도 돌아왔소. 이팔청춘에 뒷방마누라가 되어 긴 한숨 짜른 탄식으로 평생을 마치던 박 씨 내오오. 여보 영감, 그리를 마오. 살아서 박

---

29) 소거백마(素車白馬): 흰 포장을 두른 수레와 흰 말을 아울러 이르는 말. 적에게 항복할 때 또는 장례할 때 썼다.

대하고 죽어서도 미워하여 밝은 세상을 보지도 못하게 경을 읽어 가두려 드오오. 에그, 지극 원통해라아!" 하더니, 그다음부터는 둘이 병창을 하여 흑흑 느껴가며,

"우리 둘이 전후취로 영감께 들어와 생전에는 서로 보지도 못했으나 고혼孤魂은 남과 달라아, 손목을 마주 잡고 설운 눈물이 마를 날 없이 전전걸식 다니다가 칠월 보름날 사시 초에 베전 병문에서 영감을 만나, 이씨 나는 동남풍이 되고, 박 씨 나는 서북풍이 되어 두 바람이 모여 회오리바람이 되었소오. 영감의 가시는 길을 에워싸고 이리 돌고 저리 돌고, 감돌고 푸돌며 지접할 곳을 두루 찾더니 영감 쓰신 저모립이 둥둥 떠나가 일 마장 밖에 가 떨어지기에 우리가 그 갓에 은신을 했더랬소오. 그길로 영감을 따라 집에를 돌아온 지 보름이 다 되도록 국내, 장내 맡기만 했지 떡 한 덩이 못 얻어 먹었소오. 여보아라 최 씨야, 우리를 그렇게 박대하고 무사할 줄 알았더냐? 네 자식 데려간 것을 원통타 말아아. 별성마마께 호소하고 네 자식을 잡아왔다아."

상하노소 여인들이 서로 수군수군하며,

"에그, 저것 보아. 초취, 재취 두 마님이 모두 오셨네."

"그런데 그게 무슨 소릴까? 영감더러 하는 말씀이 이상도 하지. 그러니까 댁 아기를 그 마님이 데려갔구려. 누가 그대 뜻이나 했을까? 경 읽어 가두면 다시 세상에 못 나오는 줄 알았더니 경도 쓸데없어."

이 모양으로 공론이 불일한데, 이 씨, 박 씨의 죽은 넋이 함진해의 산 넋을 다 빼갔던지, 함진해가 금방울의 입만 물끄러미 건너다보고 두 눈물이 핑 돌며,

"허허, 무당도 헛것이 아니로군. 내가 베전 병문에서 회오리바람을 만난 것을 집안사람도 본 이가 없고 아무더러도 이야기한 적도 없는데 여합부절로 말하는 양을 본즉 귀신이라는 것이 있기는 있는걸." 하고 최

씨더러 책망을 하는데, 함진해 생각에는 예사로 하는 말이지마는 최 씨 듣기에는 죽은 마누라 역성이 시퍼런 것 같더라.

(함) "집 안에서 나만 쌀쌀 기이고 못 할 짓이 없었군. 아무리 죽은 사람이기로 내 가속되기는 일반인데, 어느 틈에 …옥추경… 을 읽어 가두려 들었던고? 마음을 그렇게 독하게 쓰고서야 자식을 보전할 수가 있나?"

혀를 뚝뚝 차며 할멈 이하 여러 계집종을 흘겨보며,

"이년들, 아무리 마님이 시키기로, 내게는 한마디 고하는 년이 없고. 네 이년들, 견디어 보아라. 차후에 무슨 변이 또 있으면 그제는 한 매에 깡그리 때려죽일 터이다. 너희 년쯤 죽이면 귀양밖에 더 가겠느냐?"

최 씨는 자기 남편의 하는 양을 보고 옥니가 뽀도독뽀도독 갈리며 강열이 바싹 치밀지만, 부지중에 소원 성취된 일 한 가지가 있어 분한 줄도 모르고 설운 줄도 모르고 도리어 빌붙느라고 골몰중이니, 그 성취된 소원은 별것이 아니라 자기 남편이 무당이라면 열 스무 길씩 뛰더니 넘두리 한바탕에 고집 세던 응어리가 확 풀어지며 깜짝 반하는 모양이라. 인제는 쉬쉬할 것 없이 펼쳐 내어놓고 할 노릇을 한껏 다 하겠다 하고, 목소리를 서늘하게 눅여가며,

(최) "영감, 내가 다 잘못한 일인데 하인들 걱정하실 것 있소? 집안에 우환도 하도 떠나지 아니하기에 그리면 나을까 하고 지각없는 일을 했었구려.

그러기에 여편네지, 그렇지 아니하면 여편네라고 하겠소? 이다음부터는 집안만 편안하다면 이 씨, 박 씨 두 귀신을 내 등에 업어 모시기라도 하리다."

함진해의 위인이 이단을 물리치고 오도를 존중하는 도학군자라든지 원소를 궁구하여 물질을 분석하는 물리 박사 같으면 물 같은 심계가 휘

저어도 흐려지지 아니할 것이요, 산 같은 지조가 흔들어도 빠지지 아니할 터이지마는, 여간 주위들은 문견으로 점잖은 모양을 강작하여 무당 판수를 반대하던 것이 첫째는 남이 흉볼까 함이요, 둘째는 인색에서 나옴이라. 실상은 의심이 믿음보다 많아 귀신이 있는 듯도 하고 없는 듯도 하던 차에, 없는 증거는 보지 못하고 있는 증거는 확실히 본 듯싶어서, 어서 회사를 발기하든지 학교를 설립하든지, 고금이나 보조를 청구하면, 당장 굶고 벗는 듯이 엄살을 더럭더럭 하여가며 한 푼 돈내기를 떨던 규모가, 별안간에 어찌 그리 희떠워졌는지 싸고 싸두었던 이천 자채벼 작전해온 돈을 아까운 줄 모르고 펄쩍 날라다 별비를 써가며 무당 하는 대로 시행을 하는데, 눈치 빠른 금방울이는 함진해의 하는 거동을 보고 새록새록 별소리를 다 지어내어 번연히 제 입으로 말을 하여 제 욕심을 채우면서도 저는 아무 상관없는 듯이,

"이 씨가 노자를 달라 한다. 박 씨가 의복차[30]를 달라 한다. 당집을 짓고 위해달라. 달거리로 굿해달라." 하여 당장에도 빼앗고 싶은 대로 빼앗고 이다음까지 두고두고 우려먹을 거리까지 장만하는데, 거죽 인심을 푹 얻어놓아야 아무 중병이 아니 나겠다 하고, 만득이 넜두리를 대미처 하며, 나 업어준 공으로 할멈은 무엇을 주고 젖 먹여준 공으로 유모는 무엇 무엇을 주고 삼랑이, 은단이는 이것저것을 차례로 주라고, 어머니, 아버지를 연해 불러가며 부탁을 하여, 파산선고 당한 집의 판셈하나 다름없이 집어내려 들더라.

싸리말, 짚오쟁이에 홍양산 수팔련을 갖추어, 입담 좋은 마부 놈이 마부 타령을 드럭거려 하며 호구별성을 모시고 나가는데, 그림자나 흔적도 없는 치행에 찾는 것이 어찌 그리 많은지 형형색색으로 섬길 수 없는 중,

---

30) 의복차: 옷 해 입으라고 주는 돈.

대은전쾌를 지어 말 워낭을 달아라, 세백목필을 채어 마혁을 달아라, 마량을 달라, 대갈 값을 달라, 요기차 신발차 등속의 달라는 소리가 한 끈에 줄줄 이었더라.

그전에는 최 씨가 안잠 마누라를 데리고 역적모의 하듯, 그대 소문이 날세라 그대 눈치가 보일세라 하여가며 집안 망할 짓을 하더니, 인제는 도리어 자기 남편이 알지 못할까 봐 겁을 내고, 함진해는 그런 말 듣기가 무섭게 내 집에 쓰던 돈이 없으면 남에게 빚을 내어다라도 그 시행은 하고야 마는데, 장안만호 집집마다 날 곧 밝으면 개문開門하니 만복래萬福來로 떡떡 열어젖뜨려 가까운 친척이나 정다운 친구들이 나오기도 하고 들어가기도 하건마는, 밤이나 낮이나 잠시 아니 열어놓고 안으로 빗장을 굳게 질러 적적히 닫아두는 대문은 함진해 집이라. 그 집 대문을 왜 그렇게 닫아두었는고 하니, 매삭 초하루, 보름으로 고사도 지내고, 기도도 하느라고 부정한 사람이 내왕할까 염려하여, 대문 주초 앞에 황토를 삼태로 퍼부어두고 좌우 설주에 청솔가지를 날마다 꽂아두건마는, 그 사정 모르는 사람은 종종 들어오는 고로 그 폐단을 없이하느라 그 문을 아주 닫은 것이더라.

하루는 황혼이 될락 말락 하여 대문에서 벼락 치는 소리가 나며 노파가 들어오더니, 최 씨 입에서 사복개천 같은 욕설이 나오는데,

(최) "그 양반이 왜 그리 성가시게 굴어? 그것 참 심상치 아니한 심사야. 죽어서 꽁지벌레밖에 안 될걸. 그 모양이니까 나이 사십이 불원하도록 초사 하나 못 얻어 하고 비렁뱅이 꼴로 돌아다니지. 남 잘사는 것이 자기 못사는 것보다 더 배가 아픈 것이로군."

(노) "왜 그 상제님이 남이십니까? 남도 아니신데 그러시니까 딱하시지요."

(최) "일가 못된 것은 남만도 못하다네. 친형인가, 친아우인가? 사촌부

터야 남이나 질 것이 무엇인가? 에그, 나는 일가도 귀찮고 당내도 성가시러워. 모두 일본이나 아라사로 떠나가기나 했으면 이 꼴 저 꼴 아니 보겠네."

함진해는 영문도 모르고 저녁밥을 먹으러 들어오다가 그 광경을 보고,

(함) "왜 누가 어찌했길래 그리하오? 떠들지 않고는 말을 못 하오? 요란시럽소."

(최) "누구는 누구야요? 진위 상제님인지 누구인지, 날송장을 주무른지가 석 달 열흘도 못 되고서, 아무리 대소가기로 무엇하러 와서, 대문이 닫혔으면 고만이지 발길로 박차고 들어올 것이 무엇이란 말이오? 번연히 알며 심사 부리는 것이지.

에그, 이 노릇을 어떻게 하나? 두 달 반이나 들인 공이 나무아미타불이 또 되었지. 삼신맞이를 하려면 번번이 이렇게 재앙이 드니, 우리 팔자에 자식이 아니 태었는지, 삼신 제왕이 아무리 점지하시려니 이 모양으로 인간 부정이 있으니까 괘씸히 보시지 아니할 수가 있나?"

함진해가 입맛을 쩍쩍 다시고 남 듣게 말은 아니해도 속종으로는 부인의 말을 조금도 반대가 없이 자기 사촌을 긴치 않게 여겨서,

"사람도, 지각날 나이 되었건만, 응. 글자가 그만치 똑똑하여 각색 사리를 알 만한 것이 술 곧 먹으면 방정을 떨어. 방정을 떨면 제 집에서나 떨지, 내 집에까지 와서 왜?"

입맛을 또 한 번 쩍쩍 다시고 앉았다가 소리를 버럭 질러,

"삼랑아, 네 나가서 보아라. 작은댁 상제님인지 누구인지 갔나, 그저 있나? 그저 있거든 내서 들어오지 말고 냉큼 가라 하더라고 일러라."

삼랑이가 대답을 하고 중문간을 막 나가는데, 상제 하나가 추포 중단에 새 방립을 푹 숙여 쓰고 휘적휘적 들어오다가 삼랑이를 보고,

(상제) "영감 어디 계시냐?"

(삼랑) "아낙에 계신데 밖에 상제님 오셨다는 말씀을 들으시고 들어오실 것 없이 바로 가시라 하서요."

(상) "들어오지 말라고, 들어오지 말라고? 왜 들어오지 말라고?" 하며 삼랑이 말은 다시 대꾸도 아니하고 바로 안마루 위에를 썩 올라서며, "형님!" 한마디를 부르더니 대성통곡을 드러내 놓으니, 함진해는 가슴이 덜꺽 내려앉으며 예기가 질려 아무 말도 못 하고, 최 씨는 독이 바싹 나서 아랫목에 앉았는 채 내어다 보지도 아니하고 악만 바락바락 쓴다.

(최) "왜, 와서 울어요? 왜 와서 울어요? 멀쩡한 집안에 왜 와서 울어요? 우리 집에서도 초상난 줄 아시오? 아무리 대소가 간이기로 깃옷을 입고 구태여 들어오실 것이 무엇이오?"

이 모양으로 수숙 간 체통은 조금도 없이 무지막지하게 말을 하니, 전 같으면 함진해가 자기 부인을 적지 아니 나무라고 사촌의 우는 것을 좋은 말로 만류하였을 터이지마는, 사람의 심장이 변하기로 어쩌면 그렇게 변하였는지, 사촌이라도 친형제나 다름없이 자별自別하던 우애를 꿈에도 생각지 아니하고 영창을 메붙이며,

"이놈아, 내 집에 와서 울 곡절이 무엇이냐? 설우면 네 집 상청에서나 울지. 나이 사십이 불원한 것이 방갓 귀를 처뜨리고 돌아다니며 먹을 것만 여겨 술만 퍼먹고 주정은 내게 와 해? 나는 네 주정받이 하는 사람이냐?"

그 상제의 선친은 곧 진해의 작은삼촌 함지평이라. 육십지년이 되도록 분호를 아니하고 백씨와 일문 동거하여 화기가 더럭더럭 하였고, 백씨 돌아간 뒤에도 그 조카 함일덕의 공부도 시키고 살림 뒷배도 보아주느라 그 곁집을 사 들고 하루도 몇 번씩 큰집에 와서 대소사 분별을 하여주더니, 최 씨가 삼취三娶질부로 들어온 후로 열 가지 일이면 아홉 가지는 뜻에 맞지 아니하여 한두 번 이르고 나무라다 점점 의만 상할 지경이라.

차라리 멀찍이 가서 살아 눈에 보고 귀에 듣지 아니하려고 진위로 낙향하였더니, 수토水土가 불목不服하여 그렇던지 우연히 병이 들어 장근 삼년에 신접살이 변변치 못한 재산이 여지없이 탕패할뿐더러, 필경 백약이 무효하였는데, 그 아들 일청은 성품이 정직하여 사리에 조금이라도 온당치 아니한 것을 보면 듣는 사람이 싫어하든지 미워하든지 도무지 고기 아니하고 바른말을 푹푹 하는 터이라. 그 사촌의 심정이 변하여 범백처사31) 하는 양을 보고 부화가 열 길씩은 부풀어 올라오지마는 자기 부친이 집안에 화기가 손상할까 하여 매양 만류함을 거역하기 어려워 꿀떡꿀떡하고 지내더니, 친상親喪을 당한 후 부고를 전인하여 보냈더니 그 부고를 받아들이지도 아니하고 대문 밖에서 도로 쫓아 보내며, '상가를 통치 아니할 일이 있으니 아무리 박절하여도 백 일이 지난 후라야 내려오겠다.'

말로만 일러 보내고, 초종장례를 다 지내고 졸곡까지 지내도록 현영이 없는지라. 일청이 분한 생각대로 하면 성복 안이라도 뛰어 올라가 손위 사촌이라 할 것 없이 한바탕 들었다 놓고 싶지마는, 행세하는 처지에 초상상제가 상청을 떠날 수도 없고 그러노라면 남에게 일문이 불목하다는 비소도 받을 터이라 참고 또 참아, 누가 종씨는 어찌하여 아니 내려오느냐 하게 되면 신병이 위중하니, 먼 곳에 출입을 했느니, 별별 소리를 다 꾸며대어, 아무쪼록 뒤덮어가며 그렁저렁 졸곡을 지낸 후에 질문 한 번을 단단히 해보려고 벼르고 별러 올라왔더니, 자기 사촌의 집 대문을 닫아걸고, 천호만호 하여도 알고 그리했든지 모르고 그리했든지 도무지 대답이 없다가, 노파가 마침 붉은 함지에 노란 식지를 덮어 머리에 이고 나오다가 자기를 보고 깜짝 놀라며,

---

31) 범백처사(凡百處事): 여러 가지 일을 처리함.

“상제님, 무엇하러 오셨습니까? 댁에 아기를 비시느라고 칠성 기우를 하시는데 백 일이 한 보름밖에 아니 남았습니다. 들어가시지 말고 달이 나가시거든 올라오십시오.” 하고 생면부지 과객 따돌리듯 하려 드니, 함 상인 이 분이 날 대로 나서,

“무엇이 어쩌고 어찌해? 칠성七星기우를 하기에 그렇지, 팔성 기우쯤 하더면, 천 일 부정을 볼 뻔 했네 그려. 부정은 누가 똥칠하고 다닌다던 가? 자네가 명색이 무엇인데 누구더러 가거라 오거라, 어, 아니꼬워.”

노파가 최 씨의 셋줄만 믿고 함상인을 터진 꽈리만치도 못 알고 훌뿌릴 대로 훌뿌려 인사 도리가 조금도 없이,

“늙은 사람더러 아니꼽다고? 초상상제가 부정하지 않으면 무엇이 부정한고? 양반은 법도 없나? 큰댁에서 자손이 없어 기우를 한다면 들어오라고 하신대도 도로 가실 터인데, 들어오시지 말라는데 부득부득 우기실 것이 무엇인구? 생각대로 합시오구려. 우리게 상관이 있습니까?”

다시는 말해볼 새 없이 안으로 들어가니, 함상인이 본래 성미가 괄괄한 데에 그 구박을 당하매 어찌 기가 막히지 아니하리오. 자기 종씨를 들어가 보고 가슴에 서려 담아두었던 책망도 절절히 하고, 노파의 분풀이도 시원하게 하려 들었더니, 입 쩍 한마디 해볼 새 없이 최 씨의 악쓰는 소리를 듣고 설움이 북받쳐 올라오니, 이는 상제 몸이 되어 망극한 생각이 새로이 나는 것도 아니요, 자기가 박대를 받아 원통코 분해서 그리하는 것도 아니라.

수십 대 상전하여오던 대종가가 최 씨 수중에 망하는 일이 지원절통하여 인사 여부 할 새 없이 마룻바닥을 주먹으로 치며 대성통곡을 드리내어놓은 것이라.

한참을 울다가 최 씨의 포달[32] 부리는 것을 듣고 분나는 대로 하면 다갱이가 깨지도록 적벽대전이라도 할 터이나, 차마 수숙 간 체통을 아니

볼 수 없어 아무 말도 못 하고 있다가 그 사촌의 만불근리하게 꾸짖는 말을 듣더니, 최 씨에게 할 말까지 한데 얼뜨려 말대답이 나온다.

(상) "형님 마음이 변하셨소, 본래 그러시오? 내 아버지는 형님의 작은아버지시오, 형님 아버지는 나의 큰아버지신데, 내 아버지 돌아가신데 졸곡이 다 지나도록 영연일곡을 아니하오? 큰아버지 돌아가셨을 때에는 내가 철 몰랐소마는, 만일 지금 같이 장성하여서 현영을 안 하게 되면 형님 생각에 매우 잘한다 하실 터이오? 기도는 무슨 기도요? 기도를 하면 인사도리도 없소? 펄쩍 기도 잘하는 집 잘되는 것 별로 못 보았소."

함진해는 양심이 과히 없던 사람은 아니라 손아래 사촌일지언정 바른말을 하니 무엇이라 대답할 말 없어 못 들은 체하고 있는데, 최 씨가 혀를 툭툭 차고 벌떡 일어나더니 자기 남편을 흘겨보며,

"에, 무능도 하오. 손아랫사람이 저 모양으로 할 말 못 할 말 함부로 해도 꾸지람 한마디 못 하고 무슨 큰 죄나 지었소? 아니 할 말로 죽을죄를 지었더라도 형은 형이지." 하며 영창문을 메어붙이고 마주 나오더니,

(최) "여보 상제님, 무엇을 잘못했다고 수죄를 하러 오셨소? 상제님은 삼사 형제씩 아들을 두었으니까 시들한가 보오마는 우리는 자식이 없으니까 아니 날 생각이 없어 기도를 하오. 무슨 기도인지 시원히 좀 아시려오? 왜 우리가 기도를 하여서 당신의 층층이 자라는 아들 장가를 못 들이겠소? 사내 양반이 악담은 얻다 대고 하오?"

(상) "내가 누구더러 악담을 했더란 말씀이오? 그렇게 하시지를 말으십시오, 아무리 분정지두[33]에 하시는 말씀이라도."

(최) "그러면 악담이 아니고 덕담이오? 번연히 우리가 기도를 하는데,

---

32) 포달: 암상이 나서 악을 쓰고 함부로 욕을 하며 대드는 일.
33) 분정지두(憤情之頭): 분한 마음이 왈칵 일어난 바람.

기도하는 집 잘되는 것 못 보았다구? 잘되지 못하면 망한다는 말이구려? 사촌도 이만저만이지, 누대봉사하는 종가 사촌인데, 종가가 망하면 무슨 차례 갈 것이나 있을 줄 아나 보구려. 망해도 내 집 나 망하는 것을 걱정할 것 없이 당신네 집이나 어서 흥해보시오. 빈말이나 참말이나 종손 낳기를 빈다 하니 없는 정성이 남과 같이 들이지는 못할지언정, 중단 자락을 휘두르고 훼방을 놓으러 오셨소?"

이 모양으로 함상인이 미처 대답할 새 없이 물 퍼붓듯 하더니 그 자리에 펄썩 주저앉아 들입다 울어대니, 편협하고 배우지 못한 부인네가 마음에 맞지 아니한 일이 있으면 제 독살을 못 이기어 쪽쪽 울기는 흔히 하는 버릇이지마는, 최 씨는 능청 한 가지를 가입하여, 자기 남편이 감동하도록 하느라고, 갖은 사설을 하여가며 자탄가로 울더라.

"팔자를 어떻게 못 타고 나서 이 모양인가! 으으으. 떡두꺼비 같은 자식을 잡아먹고 청승궂게 살아 있어서, 어어어. 눈먼 자식이라도 하나 점지하실까 하고 정성을 들여보겠더니, 이이이. 무슨 대천지원수로 그것조차 방망이를 드누, 으으으. 인제는 사촌도 다 알아보고 대소가도 다 알아보았소, 어어어. 우리 만득이도 저 모양으로 총부리들을 대어서 죽었지, 이이이이."

치는 시어미보다 말리는 시누이가 더 밉다고, 사설하는 최 씨보다 곁에서 그만 그치라고 권하는 노파가 더 가통하다.

"마님, 마님, 그치십시오. 분하고 원통하시면 어쩌십니까, 남도 아니시고 집안 간이신데. 그리하시는 양반이 그르시지. 당하신 마님이야 잘못하시는 것이 무엇 계십니까? 마님, 마님, 그만 그치십시오." 하더니 가장사리를 저 혼자 아는 체하고 마루로 나와 함상인을 보고,

"사랑으로 나아가십시오. 점점 마님 분만 돋우지 말으시고, 재하자在下者는 유구무언有口無言이랍니다.

상제님 잘하신 것도 없지마는, 아무리 잘하셨기로 형수 마님이 저렇게 하시는데 어찌하십니까? 마님 말씀이 한마디도 틀리신 것이 없습니다. 어서어서 나아가십시오."

일청이가 울던 눈을 딱 걷어붙이고 대청 들보가 뜰뜰 울리게 소리를 질러,

"어, 아니꼬와! 그 꼴은 더 못 보겠구. 늙은 것이 안잠을 자러 돌아다니면 마음을 올곧게 먹어 주인집이 잘되도록 하는 것이 아니라 전후 요사스러운 말은 모두 지어내어 남의 집을 결딴을 내려고, 무엇이 어쩌고 어찌해? 마님 분돋움을 내가 해? 재하자는 유구무언이야? 이를테면 나의 행실을 가르치는 모양인가? 한 매에 죽이고도 죄가 남을 것 같으니."

함상인이 써렛발 같은 짚신을 집어 부시럭부시럭 신으며,

"형님, 나는 가오. 인제 가면 어느 때 또 뵈러 올지 모르겠습니다."

이렇게 말이 나오니, 잘잘못은 고사하고 가깝지 아니한 길에 올라온 사촌이니 아무라도 하루를 묵어가라든지, 그렇지 못하면 밥이라도 먹고 가라 할 터인데, 무안해 그렇든지 여기가 질려 그렇든지 함진해는 달다 쓰다 말이 도무지 없이 내어 밀어보지도 아니하고 있더라.

사람의 집 재산은 물레바퀴같이 빙빙 돌아다니는 것이라. 이 집에 없어지면 저 집에 생기고 저 집에 없어지면 이 집에 생겨서, 있다가 없어지기도 쉽고 없다가 있기도 쉬워 변화, 번복을 이루 측량하기 어려운 것이라. 함 씨의 집안 대청에 금방울 소리가 딸랑딸랑 한 차례 난 이후로 몇 사람은 못 살게 되고 몇 사람은 생수가 났는데, 그 서슬에 해토머리에 눈 사라지듯 없어져가는 것은 함진해의 재산이라.

못살게 된 사람은 누구누구인고 하니, 첫째는 함상인이 그 모양으로 다녀간 후로 최 씨의 미워하는 마음이 대천지원수보다 못지아니하여, 자기 남편에게 없는 말 있는 말을 하려 들려, 저의 부친 유언으로 해마다

주던 돈 몇 천 냥, 벼 기십 석을 다시는 주지 아니할뿐더러, 진위 땅에 있던 농막까지 다른 곳으로 이매하여 농사도 지어 먹지 못하게 하니, 신골 망태 쏟아놓은 것 같은 층층이 자라는 자녀들은 모두 밥주머니요, 다산한 부인의 벌통 같은 뱃속은 쓴 것, 단것을 물론하고 들여라 들여라 하는데, 졸지에 생맥이 뚝 끊어지니 성품은 남보다 급한 함상인이 어찌 기가 막히지 아니하리오. 열 번 죽어도 자기 사촌의 집에는 다시 발길 들여놓기가 싫어 허리띠를 바싹바싹 졸라매어가며 기직 닢도 매고 짚신 켤레도 삼아 쌀 되, 나뭇짐을 주변하여 하루 한때 죽물을 흐려가고, 둘째는 박 유모니, 박 유모는 함진해 돌 전부터 젖을 먹여 길러낸 공으로 그 이웃에다 집을 장만해주고 일동일정을 대어주니 나이 육십여 세가 되도록 걱정 없이 지내니, 남들이 말하기를 함진해는 박 유모의 젖이 아니면 살지 못하였을 것이요, 박 유모는 함진해의 시량이 아니면 살지 못하겠으니, 천지간 보복지리가 신통하다고들 하더니, 신통이 변하여 절통이 되느라고 함상인이 최 씨에게 구박을 받고 쫓겨나올 때에 늙은 마음에 너무 가엾어서 자기 집으로 청해 들여 좋은 말로 위로하고 장국 한 상을 대접하여 보냈더니, 박 유모의 바른말이 듣기 싫어 소리 없는 총이 있으면 탕 놓아 죽이고 싶어 하는 안잠 마누라가 그 일을 알고 중언부언을 하여 무엇이라고 얽어 넘겼던지, 하루라도 아니 오면 하인을 보내 불러다 보고 감기나 체증으로 조금만 편치 않다하면 몸소 가서 문병하던 함진해가 별안간에, 괘씸하니 괴악怪惡하니 하는 무정지책으로 눈앞에 뵈지 말라 일절 거절하고, 다시는 나무 한 가지 양식 한 움큼 대어주지
아니하니, 남의 농사는 잘 짓고 내 농사는 잘 못하듯, 함진해는 잘 길러주면서 자기 자식은 기르지 못할 근력 없는 쇠경 늙은이가 끈 떨어진 뒤웅이 모양으로 삼척 냉돌에 뱃가죽이 등 뒤에가 붙어, 오늘내일 간 어서 죽기만 기다리고 있더라.

구마검 **181**

그러면 생수 난 사람들은 누구들인고 하니, 첫째는 금방울이라. 베전 병문에서 회오리바람에 함진해 갓 벗어지는 것을 넌짓 보고 그 눈에 뜨이지 아니하려고 행랑뒷골로 돌아온 후로 어쩌면 함 씨 집 쇠를 먹어볼꼬 하다가, 대묘골 무당의 인도로 함 씨 집에를 다니며 앙큼하고 알량스러운 수단으로 그날부터 회오리바람을 두고두고 쇠웅두리 우리듯 하여 먹는데 별별 기묘한 방법이 다 있어, 삼국 시절 적벽강 싸움에 방통 선생이 조조를 속여 연환계로 팔십만 대군을 깨치듯, 금방울은 함 씨 내외를 속여 정탐 수단으로 누거만 재산을 탈취하는데, 그 내외의 웃고 찡그리는 것까지 전보를 놓은 듯이 금방울의 귀에 들어오면 금방울은 귀신이 집어 대는 듯이 일호차착 없이 말을 번번이 하나, 함진해는 쥐에게 파 먹히는 닭 모양으로 오장을 빼어가도 알지 못하고, 영하니 신통하니 하여 가며 자기 정신을 자기들이 차리지 못할 만치 되었는데, 제일 큰 문제는 아들 비는 일이라. 돈을 처들이고 쌀을 퍼주어가며 보름 기도니, 한 달 기도니 하여, 이웃집에서 닭 한 마리만 잡아먹고 누가 손가락 하나만 베도 부정이 들어 효험이 없겠다 하고 번번이 다시 시작을 시키다가, 다시는 핑계 될 말은 없고 기도만 마치면 태기 있기를 날마다 기다릴 것이요, 태기가 요행 있으면 좋으려니와, 만일 없고 보면 헛일을 하였느니 영치 않으니 하여 본색이 탄로될 터이니 무엇으로 탈을 잡을꼬 하고 별 궁리를 모두 하다가, 함상인 다녀간 소식을 듣더니 얼씨구 좋다 하고 상문 부정을 연해 처들어 살풀이를 해도 여간해서는 아무 일도 아니 되겠다 칭탁하고, 또 한 차례를 빼앗아 먹는데, 함 씨의 집광 속 뒤주 속에 있는 오곡백곡은 제 양식이나 다름없고 함 씨의 집 장속 반닫이 속에 있는 능라금수는 제 의복이나 다름없으며, 그 지차에는 노파, 삼랑 등이 너나 할 것 없이 모두 살판이 났는데, 최 씨 부인 앞에서는 질고 갠 날 없이 양반의 일 하느라고 죽을힘을 다 들이는 체하여 특별 행하行下가 물 퍼붓듯 나오도록 나꾸어내고, 금방울에게는 우리가 아니면 네 일이 아니 되리라고 생색과 공치사를 연해 하여 열에 두셋씩은 으레 떼어먹어, 행랑방 구석으로 돌아다니던 것들이 뒷구멍으로 집과 세간을 제각기 떡 벌어지게 장만했더라.

　말 많은 집안의 장맛이 쓰다고 구기 몹시 하고 무당 좋아하는 집안은 우환질고가 의례히 떠나지 아니하는 이치라. 함진해 내외가 번차례로 앓아, 하루 빤한 날이 별로 없어 푸닥거리·성주받이를 아무리 펄쩍 하여도 아무 효험이 없으니, 최 씨도 넋이 풀리고 금방울도 무안하여 다시 무슨 일을 시킬 염치가 없으니, 그렇다고 그만두고 보면 함 씨의 재물을 다시 구경도 못 해볼 터이라, 한 가지 새 의견을 내어 나머지까지 마저 훑어내는 바람에 함 씨의 조상 뼈다귀가 낱낱이 놀아나더라. 사람마다 한 가지 흉은 없기가 어려우되, 전라도 낙안 사는 임 지관이라 하는 사람은 제반악증諸般惡症을 모두 겸하여, 세상없는 사람이라도 그자에게 들어 속아 넘어가지 않는 이가 없으므로, 제 것이 한 푼 없어도 호의호식하고 경향으로 출몰하며 남 속이는 재주를 한두 가지만 품은 것이 아니라, 의술 좋아하는 사람을 만나면 의원 행세도 하고, 음양 술수를 좋아하는 사람을 만나면 이인 자처도 하고, 산리에 고혹蠱惑하는 사람을 만나면 지관 노릇도 하여 어리석고 무식한 무리를 쫓아다니며 후려 넘기는데, 외양도 번번하고 글자도 무식하지 않고, 구변도 썩 좋은지라, 대저 마름쇠로 상하 삼판에 어디를 가든지 곁자리가 비지 아니하는 유명한 자이라.

　서울 와 주인을 정하되 장안만호 허구 많은 집에 장과 국이 맞느라고 금방울의 이웃집에다 정하고 있으니, 유유상종으로 자연 친숙하여 남매지의를 맺어 누이님, 오빠 하며 정의가 매우 두터운 터이라. 못 할 말, 할 말 분간할 것 없이 속에 있는 회포를 의논할 만치 되었는데, 하루는 임 지관을 청하여 한나절을 무어라 무어라 쑥덕공론을 하더니, 임지관이 그

날로 행장을 차려 주인을 떠나가더라. 함진해가 여러 날 최 씨의 병구완을 하다가 자기도 성치 못한 몸에 자연 피곤하여 사랑에 나와 정신없이 누웠더니, 노파가 창밖에 와서 근심이 뚝뚝 듣는 말소리로,

"영감마님, 주무십니까?"

함진해가 깜짝 놀라며,

(함) "왜 그러나, 마님 병이 더하신가?"

(노) "아니올시다. 놀라지 마십시오. 제가 아니할 생각이 없어서 국수당 만신을 청해 조상대를 내려 보니까 이상시러운 말이 나서 영감께 여쭙니다."

(함) "무슨 이상한 말이 있더란 말인가? 무당의 소리도 인제는 듣기 싫어."

(노) "댁에 위로할 귀신은 위로도 하고, 퇴송할 귀신은 퇴송도 하였으니 우환 걱정이 다시는 없을 터인데, 한 가지 조상의 산소가 잘못 들어서서 화패가 자주 있다고, 고명한 지관을 찾아 하루바삐 면례를 하면 곧 효험을 보겠다 하여요."

(함) "이 사람, 쓸데없는 말 고만두게. 고명한 지관이 어디 있다던가? 내가 몇십 년 구산에 금정 하나 바로 놓는 자를 만나보지도 못했네."

(노) "만신에게 한 번 더 속아보실 작정 하시고 들어오셔서 물어보십시오. 정성이 간곡하면 천하 명풍을 만나리라고 공수를 줍디다."

(함) "정성, 정성, 내가 무당의 말 듣기 전에 명풍을 만나려고 정성도 적잖이 들여보았네마는 다 쓸데없데. 그러나 어디 허허실수로 한번 물어나 보세." 하고 귀밑에 옥관자를 붙이고 제왈 점잖다 하는 위인이 남부끄러운 줄도 그다지 모르던지 노파의 궁둥이를 줄줄 따라 들어와 금방울 앞에가 납신 앉으며,

"그래, 우리 집 우환이 산화로 그러해? 그 말이 어지간하기는 한걸. 세

상에 똑똑한 지관을 만날 수 없어 선대감 내외분 산소부터 내 마음에 일상 미흡하건마는 그대로 뫼셔두었는걸. 어떻게 하면 도선이, 무학이 같은 명풍을 만날꼬? 시키는 대로 정성은 내가 드리지."

금방울이 백지로 한 허리를 질끈 맨 청솔가지를 바른손으로 잡고 쌀모판에다 한참 딱딱 그루박으며 엮어대는 듯이 무어라고 주워섬기더니 상큼하게 쪼그리고 앉으며 두 손 끝을 싹싹 비비고,

(금) "에그, 이상도 해라. 영감께서 이런 말을 들으시면 제가 지어내는 줄 아시겠네."

(함) "무엇이 그리 이상해? 대관절 어떻게 하면 만나겠나, 그것이나 물어보라니까."

(금) "글쎄 그 말씀이올시다. 알 수는 없지마는 신의 말씀이 하도 정녕하게 집어낸 듯이 일러주시니 시험하여보십시오. 내일 정오 십이 시에 무악재 고개를 넘어가면 산 겨드락 소나무 밑에서 어떠한 사람이 돌을 베고 잘 것이니, 그 사람에게 정성을 잘 들여보시라고 공수를 주셨습니다. 하도 이상하니까 제 입으로 말을 하면서도 지내보지 않고 장담 할 수 없습니다. 아무렇든지요, 밤만 지내면 즉 내일이니, 잠시 떠나시기 어려우셔도 영감께서 손수 가보시든지, 정 겨를이 없으면 친신한 사람을 보내어보십시오."

(함) "그 시에 가면 정녕 그런 사람이 있을까? 명산을 얻어 쓰려면서 다른 사람을 보내서 될 수가 있나? 내가 친히 가 정성을 들여야 할 것이지." 하더니 탈것 두 채를 마침 준비하였다가 그 시간을 맞추어 무악재로 향하는데, 새문 밖에를 나서 이전 경기 감영 모퉁이를 돌아서더니, 함진해가 눈을 연해 씻으며 독립문을 향하고 맞은편 산 근처 푸르스름한 나무 밑이라고는 하나 내어놓지 아니하고 이리저리 아무리 살펴보며 가도, 사람이라고는 나무꾼 하나 볼 수 없는지라, 속종으로,

'허허, 또 속았구. 번연히 무당이란 것이 헷것인 줄 짐작하면서 집안에서 하도 떠들기에 고집을 못할 뿐 아니라, 어떤 말은 여합부절로 맞기도 하니까 전수이 아니 믿을 수 없어 오늘도 여기를 나오는 길인데.' 하며 무악재를 막 넘어서니까 남산 한 허리에서 연기가 물씬 나며 오포 놓는 소리가 귀가 딱 맞치게 탕 한 번 나는데, 길 위 산비탈 아래 소나무 한 주가 우뚝 섰고 그 밑에 어떤 사람 하나가 갓을 벗어 나뭇가지에 걸고 겉옷자락으로 얼굴을 덮고 모로 누워 잠이 곤히 들었는지라. 함진해가 반색을 하여 인력거에서 내려 곁에 가 가만히 앉아 행여나 잠을 놀라 깨울세라 기침도 못하고 있는데, 한식경은 되어 잠을 깨는 모양같이 기지개 한 번을 커더니 다시 돌아누워 잠이 또 드는지라. 아무 말도 못하고 석양이 다시 되도록 그대로 기다리고 있다가, 그자가 부시시 일어나 두 손으로 눈을 썩썩 부비고 입맛을 쩍쩍 다시며 거듭떠보지도 아니하는 것을 보고, 함진해가 공손히 앞에 가 꿇어앉으며 구상전이나 만난 듯이 자기 몸을 훨쩍 처뜨려 수작을 붙인다.

"이왕 일차도 뵈온 적이 없습니다. 기운이 안녕하십니까?"

그자는 못 들은 체하고 눈을 내리깔고, 그리할수록 함진해는 말소리를 나직이 하여가며,

"문안 다동 사는 함일덕이올시다."

그자는 여전히 못 들은 체하고 이같이 한 시 동안은 있더니 그자가 눈살을 잔뜩 찡그리고,

"응, 괴상하고! 응, 누가 긴치 않게 일러주었노?"

그 말을 들으니 함진해 생각에 제갈량이나 만난 듯이,

'옳다, 인제야 내 소원을 성취하겠다. 천행으로 이 사람을 만나기는 했지마는 조금이라도 내 성의가 부족하면 아니 될 터이니까.' 하고서 다시 일어나 절을 코가 깨어지게 하며,

"제가 여러 십 년을 두고 한 번 뵈옵기를 주야 옹축하였습니다마는 종시 정성이 부족하여 오늘이야 뵈옵니다. 타실 것을 미리 등대하였으니 누추하시나마 제 집으로 행차하시기를 바랍니다."

그자가 함진해를 물끄러미 보다가 허허 웃으며,

"할 일 없소. 벌써 이 지경이 된 터에 박절히 대접할 수 있소? 그러나 댁 소원이 집안 질고나 없고 슬하에 귀자나 낳을 명당 한 곳을 얻으려하지 않소?"

함진해의 혀가 절로 내둘리며 유공불급하게,

(함) "네, 다른 소원은 아무것도 없고, 그 두 가지뿐이올시다. 선친의 묘소를 흉지에다 뫼셔 화패가 비상합니다. 자식 되어 제 화패는 고사하고 부모 백골이 불안하시니 일시가 민망하오이다."

(그자) "내 역시 아무것도 아는 것이 없으니까 별도리가 있소? 그나저나 오늘은 피곤하여 잠도 더 자야 하겠고, 볼일도 있어 못 가겠으니 내일 이맘때 동대문 밖 관왕묘 앞으로 나오되, 아무도 데리지 말고 댁 혼자 오시오. 나는 누워 자겠고. 어서 들어가시오." 하며 돌을 다시 베고 드러눕더니 코를 드르렁드르렁 고는지라. 함진해가 다시 말 한마디 붙여보지 못하고 집으로 들어와, 이튿날 오정이 될락 말락 하여 단장 하나만 짚고 홀로 동관왕묘를 나아가노라니 자연 십여 분 동안이 늦었는지라. 그자가 벌써 와 앉았다가 함진해를 보고 정색하여 말하되,

"점잖은 사람과 상약을 하였으면 시간을 어기지 않는 일이 당연하거늘 어찌하여 인제 오느뇨?"

(함) "시간을 대어 오노라는 것이 조금 늦어서 오래 기다리셨을 듯하오니 죄송 만만하도소이다."

(그자) "오늘은 늦었으니 내일 다시 오정에 삼각산 백운대 밑으로 오라." 하고 뒤도 아니 돌아보고 왕십리를 향하고 가거늘,

함 씨가 더욱 조민하여 집으로 들어오는 길로 금방울을 청하여 소경사를 이르고, 어떻게 하면 좋겠느냐 문의를 한즉, 금방울이 손으로 왼편 턱을 고이고 눈만 깜짝깜짝하고 있다가,

"에그, 영감마님, 일이 그렇지 않습니다. 그런 명풍의 손을 비시려면서 예단 한 가지 없이 그대로 가보시니까 정성이 부족하다 하여 허의를 얼른 하지 아니하는 것인가 보오이다. 내일은 다만 백지 한 권이라도 정성껏 폐백을 하시고 청해보십시오."

(함) "옳지, 그 말이 근리하군. 내가 까맣게 잊고서 빈손으로 연일 다녔으니 그 양반이 오죽 미거히 여겼을라구. 폐백을 아니하면 모르거니와, 백지 한 권이 다 무엇이야? 그도 형세가 헐 수 할 수 없으면 용혹무괴어니와 내 처지에야 그럴 수가 있나? 하불실 일이백 원가량은 폐백을 하여야지."

(금) "에그, 영감, 잘 생각하셨습니다. 산소를 잘 모시어 댁내에 우환이 없으시고 겸하여 만금 귀동자 아기를 낳으시면 그까짓 일이백 원이 무엇이오니까? 일이천 원도 아까우실 것 없지."

제삼일 되던 날은 함진해가 지폐 이백 원을 정한 백지에 싸고 싸서 조끼에 집어넣고 개동군령에 집에서 떠나 창의문을 나서서 인력거는 돌려보내고, 미투리에 들메를 단단히 하여 천리만리나 갈 듯이 차림이 대단하더니 조지서 언덕을 채 못 가서 숨이 턱에 닿아서 헐떡헐떡하며 펄쩍해만 치어다보고 오정이 지날까 봐 겁을 더럭더럭 내어 발이 부르터 터지도록 비지땀을 흘리며 골몰히 북한을 바라보고 올라가는데, 문수암으로 들어가는 어귀를 채 못 미쳐서 어떤 자가 앞을 막아 썩 나서며 전후좌우를 휘휘 둘러보고 소매 속에서 육혈포를 내어 들더니, 함진해 턱밑에다 바싹대고,

"이놈, 목숨을 아끼거든 지체 말고 위아래 의복을 썩 벗어라!"

함진해가 수족을 사시나무 떨듯 하며,

"네, 벗겠습니다. 벗을 때 벗더라도 제 말 한마디만 들으십시오. 제집 내환이 위중하여 약을 구하러 급히 가는 길이오니 특별히 용서해주시면 적지 않은 적선이올시다. 이 의복은 입던 추한 것이올시다. 내일 이곳으로 다시 오시면 입으실 만한 의복을 몇 벌이든지 말씀하시는 대로 갖다 드리오리다."

그자가 눈을 부라리며,

"이놈아 잔소리가 무슨 잔소리야! 진작 벗지 못하고?" 하며 당장 육혈포 방아쇠를 잡아당길 모양이니 의복 말고 더한 것이라도 다 내어놓을 판이라. 다시는 말 한마디 앙탈도 못 하고 웃옷부터 차례로 벗어주니, 그자가 저 입었던 옷을 앞에다 턱 던지며,

"너는 이것이나 입고 가거라." 하고서 함진해 의복을 제 것같이 척척 입으며 조끼 속에 손을 썩 집어넣어 보더니 아무 말도 아니 하고 산곡으로 들어가는지라. 함진해가 기가 막혀 그놈의 의복을 집어 입으니 당장에 드러난 살은 감추겠으나 한 가지 큰 걱정이 지폐 잃어버린 것이라. 가도 오도 못 하고 그 자리에 끌로 판 듯이 서서 입맛을 쩍쩍 다시며 혼잣말로,

'이 노릇을 어찌하면 좋은가? 집으로 돌아갔다 오는 수도 없고 빈손 들고 그대로 가자기도 딱하지. 가기로 그가 오지 말라고 할 리는 없지마는, 여북 무심한 사람으로 여길라고. 해는 점점 오정이 되어 오고 여기까지 왔던 일이 원통하니, 아무려나 신지에를 가보는 일이 옳지. 가보고 소경력 사정이나 이야기를 하여 내 정성이나 알도록 하여보겠다.' 하고 꿩 튀기러 다니는 사냥꾼 모양으로 단상투 바람, 동저고리 바람으로 어슬렁 어슬렁 올라가며, 행세하는 터에 아는 사람을 만나면 어찌하리 싶어 얼굴이 절로 화끈거려 발등만 굽어보고 걸음을 걷다가, 목이 어찌 마른지

물을 좀 먹으려고 샘물 나는 곳을 찾아 바른편 산골짜기 안 바위 밑으로 내려가더니 별안간에 주춤 서며 두 손길을 마주 잡고 공손한 목소리로,

(함) "여기 앉아 게십니까? 오늘도 시간이 늦어 아마 오래 기다리셨지요?"

(그자) "…."

(함) "아무쪼록 일찍 오자고 새벽밥을 먹고 떠났더니, 정성이 부족함이런지, 거진 다 와서 도적을 만나, 변변치 아니한 정을 표하고자 돈 백 원이나 가지고 오던 것과 관망의복까지 몰수이 빼앗겼으나, 점잖은 양반과 상약을 한 터에 실신할 도리는 없고 분주히 오노라는 것이 이렇게 늦었습니다."

(그자) "가여운 일이오. 회래지액도 산화소치가 아니라 할 수 없습니다. 그러나 오늘도 늦었으니 내일 오정에는 좀 가까이 세검정 연무대 앞으로 오시오. 나는 총총하여 가겠소."

하더니 행행이 가는지라. 함진해가 억지로 만류할 수 없어, 문수암을 찾아 들어가 세보교를 얻어 타고 집으로 돌아와 노름꾼의 등 단 것같이 돈 이백 원을 다시 변통하여가지고, 이튿날 열 시가 채 못 되어 연무대 앞에 와 그자 오기를 고대하더니 오정이 막 되었는데 그자가 한북문 통한 길로 올라오며 허허 웃고,

(그자) "오늘은 매우 일찍 오셨소구려."

(함) "여러 번 실기를 하여 대단히 불안하오이다." 하며 말끝에 조끼에서 무엇을 꺼내어 두 손으로 받들어주며,

"이것이 변변치 아니하나 주용에나 보태서 쓰시옵소서."

그자가 펴 보지도 아니하고 집어넣으며,

"그것은 무엇을 가져 오셨소? 아니 받으면 섭섭히 여기실 터이니까 받기는 받소. 나는 번거하여 이목이 수다한 데는 재미없으니 댁으로 같이

들어갈 것 없이 댁 근처 조용히 있을 주인 한곳을 정해주시오."

함진해가 유공불급하여,

(함) "네, 그는 어렵지 아니합니다. 내 집도 과히 번거하지는 아니하지마는 아주 절간같이 조용한 집이 있으니 그리로 가 계시게 하지요."

사주인을 허고 많은 집에 하필 안잠 마누라 집에다 정하고 삼시, 사시로 만반진수를 차려 먹이며 아침저녁으로 대령을 하여 정성을 무진 들이며 지관의 입만 쳐다보는데, 임 지관은 어쩌면 그렇게 묵중한지, 열 마디 묻는 말에 한마디를 썩 시원하게 대답을 아니하니, 그 속이 천 길인지 만 길인지, 어여뻐하는지 미워하는지, 알고 그러는지 모르고 그러는지 도무지 아는 수 없으니, 그리할수록 함진해는 목이 밭아 애를 더럭더럭 쓰며 감히 구산하러 가자는 말을 못 하고 자기 집 사정이 일시 민망한 이야기만 시시로 하더니 하루는,

(임) "여보 주인장, 산 구경하러 아니 가 보시려오? 신산도 잡으려니와 구산부터 가보십시다. 선장 산소가 어디 계시오?"

(함) "네, 친산이 멀지 아니합니다. 양주 송산인데 불과 오십 리라 넉넉히 되다녀라도 오시지요." 하며 그 말을 얻어들은 김에 분주히 치행을 차릴 새, 장독교 두 채에 건장한 교군 두 패를 지르고, 마른찬합, 진찬합과 약주병, 소주병을 짐에 지워 뒤딸리고 동소문 밖으로 썩 나서니, 앞에는 함진해요, 뒤에는 임 지관이라. 함진해 마음에는,

'이번 길에 천하대지天下大地를 정녕 얻어 자기 친산을 면례할 터이니 우환걱정은 다시 염려할 것 없이 만당자손도 게 있고 부귀공명도 게 있고 게 있으려니.' 하여 한없이 기꺼워 혼자 앉았든지 누구를 보든지 웃음이 절로 나와 빙글빙글하고, 임 지관 마음에는, '어떻게 말을 잘하면, 내 말을 꼭 곧이듣고 조약돌 밭을 가리켜도 다시없는 명당으로 알아 불일내로 면례를 시킬꼬? 제 아비 이상으로 몇 대 무덤을 차례로 면례를 시

커놓았으면 부지중에 내 평생 먹고살 거리는 넉넉히 생기리라.' 하여 금 방울과 마누라의 전하던 함 씨 집 전후 내력을 곰곰 생각하더라. 얼마를 왔던지 장독교를 내려놓으며, 함진해가 먼저 나오더니 임 지관더러,

(함) "인제 나의 친산이 멀지 아니합니다. 찬찬히 걸어가시면 어떠하실 는지요?"

(임) "그리해 봅시다." 하며 염낭을 부시럭부시럭 끄르고 지남철을 꺼 내더니 손바닥 위에 반듯이 놓고 사면으로 돌아보며 입속에 말을 넣고 중얼중얼하더니,

"영감, 주룡34)으로 먼저 올라가십시다. 산세는 매우 해롭지 아니하여 뵈오마는." 하면서 이리도 가서 보고 저리도 가서 보다가, 살을 연해 찡 그리고 분상 앞으로 오더니, 펄썩 앉으며 잔디를 꾹꾹 눌러 평편하게 한 후에 지남철을 내려놓고 자오를 바로 맞추더니,

(임) "영감, 이 산소 쓴 지 몇 해나 되었소? 이 산소 모시고 화패가 비상 하였겠소."

(함) "산소 모신 지 지금 열두 해에 화패는 이루 측량하여 말할 수 없습 니다."

(임) "가만히 계시오. 내 소견껏 말을 할 것이니 과히 착오나 없나 들어 보시오." 하더니 얼음에 배 밀듯 내려 섬기는데 함진해는 입에 침이 없 이 칭찬을 한다.

(임) "산지라하는 것은 '복 있는 사람이 길지를 만난다福人逢吉地' 하였지 마는, 산리를 알지 못하고 보면 번번이 이런 자리에다 쓰기 쉽것다. 태조 봉이 음양취기陰陽聚氣를 하여야 손세가 장원하지, 그렇지 않고 독양獨陽 이나 독음獨陰이 되어 사람의 부부 교합지 못한 것 같으면 자손을 둘 수

---

34) 주룡(主龍): 풍수지리에서, 주산主山의 줄기.

없는데, 이 산소가 독양, 독음으로 행룡을 하였고, 안산에 식루사가 있으니 참척을 빈민히 보셨을 것이요, 과협은 잘되지 못하였으나 좌우에 창고봉倉庫奉이 저러하니 가세는 풍부하시겠소마는, 과두수.頭水가 있으니 얼마 아니 되어 손해가 적지 아니할 것이요, 황천수黃泉水가 비쳤으니 변상變喪이 답지遝至하겠소."

(함) "과연 이 산소 모시고 자식 놈 여럿을 참척 보고, 상처를 두 번이나 하고 재산으로 말해도 부지중에 손해가 적지 않았어요."

(임) "허허, 그러하시리다. 이 산소는 더 볼 것 없거니와 선왕장 산소는 어디 계신가요?"

(함) "예서 멀지 아니합니다. 이리 오십시오." 하며 임 지관을 인도하여 두어 고동이를 넘어가더니 손을 들어 가리키며,

(함) "저기 보이는 산소가 나의 조부모 합폄으로 모신 곳이올시다."

(임) "네, 그러하시오니까?" 하고서 쇠를 또 내어 들고 자세 살펴보더니,

(임) "이 산소도 매우 합당치 못한걸. 용이라 하는 것이 역수逆水를 하여야 생룡이라 하거늘 순수도국에 골육수骨肉水가 과당過當하고 또 주엽산 큰 맥이 졸지에 뚝 떨어져 앞에 공읍사가 없고, 장단이 부제하여 여기도 쓸 만하고 저기도 쓸 만하니, 이는 허화虛花라. 모르는 사람 보기에는 좋을 듯하나 용진호퇴龍進虎退하여야 할 터인데, 용호가 저같이 상충相衝하니 대소가가 불목不睦할 것이요, 청룡이 많을 다 자로 되었으니 자손은 번성하겠소마는 제일절이 저함低陷하였으니 종손은 얼마 아니 가서 절대가 되는 장손과격이오. 영감 댁 작은댁이 어디 사는지 영감 댁은 자손이 없어도 그 댁에는 자손들이 선선하겠소."

(함) "그 말씀이 꼭 옳으십니다. 나는 자식을 낳으면 죽어도 내 사촌은 아들을 사 형제나 두었는데 모두 감기 한 번 아니 앓고 잘 자랍니다."

(임) "그러하리다. 대원한 산소는 모르겠소마는 이 두 분상 산소는 시

각이 바쁘게 면례를 하여야 하겠소."

함진해가 임 지관의 말에 어떻게 혹하던지 팥으로 메주를 쑨대도 꼭 곧이들을 만치 되어, 그다음부터 임 지관더러 말을 하자면, 선생님 선생님 하여 극공극경하기를 한층 더 심하더라.

(함) "선생님, 선생님께서 이같이 박복한 위인을 아시기가 불찰이시올시다. 아무쪼록 불쌍히 보셔 화패나 다시없을 자리를 지시하여주옵소서."

(임) "글쎄요, 무엇을 아나요? 어떻든지 차차 봅시다."

(함) "이 도국 안이 과히 좁지는 아니한데 혹 쓸 만한 자리가 없을까요? 좀 살펴보시면 어떨는지요."

(임) "이 도국에 산지가 무엇이오? 벌써 다 보았소. 영감이 산리를 모르니까 그 말하기도 쉬우나, 말을 들어보면 짐작이 나서리다. 대지는 용종요리락大地龍從腰裡落하여 여기횡전작성곽餘氣橫纏作城郭이라 하니, 큰 자리는 용이 장산壯山허리에서 뚝 떨어져서 나머지 기운이 가로 둘러 성곽 모양이 된다 하였거늘, 이 산 내맥을 볼작시면 뇌두에 성신星辰이 없고 본신에 향응向應이 없어 늘어진 덩굴도 같고, 족은 지룡도 같으니, 이는 곧 천룡 직룡이라. 아무리 속안에는 쓸 만한 듯하여도 기실은 한 곳도 된 데가 없으니 그대 생각은 하지도 마시오."

(함) "그러면 우리 국내가 진위 땅에도 있습니다. 그리로나 가보실까요?"

(임) "여기니 저기니 할 것 없소. 영감의 정성이 저러하시니 말이오마는, 내가 이왕에 한 자리 보아둔 곳이 있는데, 웬만하면 아니 내어놓자 하였더니…." 하며 그다음 말은 아니하고 우물우물 흉중을 부리니, 남 보기에는 가장 천하명당을 보아두고 내어놓기를 아까워 주저하는 것 같은지라 함 씨가 궁금증이 나서,

(함) "너무나 감격무지하오이다. 그 자리가 어디오니까?"

(임) "차차 아시지요. 급하실 것 있소."

함 씨가 임 지관을 데리고 자기 집으로 돌아와 묏자리 일러주기만 바라고 날마다 정성을 들이는데 임 지관은 쿨쿨 낮잠만 자고 그대 수작이 일절 없더라.

이때 노파는 무슨 통신을 하는지, 하루 몇 번씩 금방울의 집에 북 나들 듯 하고, 금방울은 무슨 계교를 꾸미는지 고양 땅에를 삼사 차 오르내리더라.

하루는,

(임) "영감, 산 구경 가십시다."

(함) "어디로 가시렵니까?"

(임) "어디든지 나 가자는 대로만 가십시다." 하며 곁엣사람 듣기 알맞을 만하게 혼잣말로,

'가보아야 좋기는 좋지마는 좀체 성력에 그런 자리를 써볼까?'

함진해는 그 말을 넌짓 듣고 가장 못 들은 체하며 자기 속으로 독장수 셈 치듯,

'임 지관이 청찬을 저렇게 할 제는 대지가 분명한데, 아마 산주가 있어, 투장 외에는 할 수가 없는 것이거나, 논둑, 밭둑 같은 데 대혈이 맺혀 범상한 눈에 대수롭지 않게 보이어서 성력이 조금 부족하면 쓰지 못하리라 하는 말인 듯하나, 내가 그만 성력은 있으니 성력 모자라 못 써볼라구? 유주산이거든 돈을 주고 사보고, 정 아니 팔면 투장인들 못 할 것 있으며, 논밭 두렁 말고 물구덩이에다 장사를 지내라 해도 손톱만치도 서슴지 않고 써볼 터이야.' 하며 임 지관의 시키는 대로 죽장망혜에 가는 대로 고양 땅을 다다르니, 여겨보면 매부의 밥그릇이 높다고, 대지 명당이 이 근처에 있으려니 여겨보니 산세도 별로 탈태하여 뵈고 수세도 별

로 명랑하여 임 지관의 눈치만 살피는데, 임 지관이 높직한 산상으로 올라가 펄쩍 주저앉으며,

"영감, 다리 아프지 아니하시오? 인제는 다 왔소. 이리 와 앉아 저것 좀 보시오."

함진해가 그 곁으로 다가앉으며,

"무엇을 보라고 하십니까?"

임 지관이 오른 손가락을 꼿꼿이 펴들고 가리키며,

(임) "저기 연기 나는 데 뵈지 않습니까?"

(함) "네, 저 축동나무가 시퍼렇게 들어선 데 말씀이오니까?"

(임) "옳소, 그 동리 이름은 덕은리라 하는 대촌인데, 또 이편으로 보이는 산은 마둔리 뒷봉이오."

(함) "선생님께서 고양 지명을 어찌 그렇게 역력히 아십니까?"

(임) "우리나라 십삼도 중에 용세나 좋은 곳이면 내 발길 아니 들여놓은 데가 없었소. 그러나 정혈에를 내려가 보았으면 좋겠소마는 산주에게 의심을 받을뿐더러 대단한 강척이라 당장 모다깃매를 당하고 쫓겨갈 터이니 멀찍이서 보기나 하지요." 하며 이리저리 가리키며 입에 침이 없이 포장을 하는데, 그 자리에 면례 곧 하고 보면 당대발복에 자손이 만당하여 금관자, 옥관자가 삼태로 퍼부을 듯하더라.

(임) "이 산 형국形局은 옥녀탄금형이니 당국은 옥녀체요, 안산은 거문고체라. 저기 보이는 봉은 장고사요, 여기 우뚝한 봉은 단소사요, 전후좌우는 금장격, 자좌오향에 신득진파이니 신자진삼합격이요, 혈은 횡접와체에 포전이 매우 좋으니 자손이 대단히 번성할 터이오. 자, 더 보실 것 없이 이 자리에 선장 산소를 모셔볼 경륜을 해보시오."

(함) "어떻게 하면 그 자리를 얻어 쓰겠습니까? 선생님 지휘대로 하겠습니다."

(임) "영감이 하실 탓이지, 나는 별수가 있소? 그러나 내가 연전에 이 산판을 보고 하도 욕심이 나서 산 임자가 누구인지는 탐문하여보았소."

(함) "산주가 어디 사는 누구인가요?"

(임) "마두리 웃동리 사는 최 생원이라는데, 대소가 수십 집이 모두 연장접옥하여 자작일촌으로 산다 하옵디다. 그런데 그 여러 집 사람들이 모두 불초초35)하여, 남이 홀만히 볼 수 없으나 형세는 한 집도 조석 분명히 먹는 자가 없다 합디다."

(함) "가세가 그렇게 간구艱苟하면 산지를 팔라면 말을 들을까요?"

(임) "그 역시 나더러 물을 것 아니라 오늘은 도로 가셨다가 내일 모레간 몸소 내려와 산주를 찾아보시고 간곡히 말씀을 해보시오."

(함) "그 자리 하나만 사면 그 국내에 또 비봉귀 소형한 자리가 있으니 그것도 마저 사서 왕장 산소를 면례해보십시다."

그 산 안에 명당이 한 곳뿐 아니요 또 한 곳이 있단 말을 듣고 함진해가 불같은 욕심이 어떻게 치미는지, 산주가 팔기 곧 하면 자기 든 집째 세간째 먼 곳에 있는 외장까지 모두 주고 벌건 몸뚱이가 한데로 나앉더라도 기어이 사서 써볼 생각이라.

평생에 오 리 밖을 걸어 다녀보지 못한 터에 평지도 아니고 등산까지 하여가며 사오십 리를 왕환往還하였으니 다리도 아플 것이요, 피곤도 할 것인데, 그 이튿날 밝기를 기다려 시골서 귀물로 알 만한 물종을 각가지로 장만해서 두어 바리 실리고 고양 길을 발행하는데, 임 지관이 무엇이라고 두어 마디 이르니까 함진해가 고개를 끄덕끄덕하며,

"옳소, 선생님 말씀이 옳소. 그렇게 해보지요. 위선하여 하는 일에 무엇이 어려울 것 있소?" 하더니 하인을 시키어 공석 한 닢을 둘둘 말아 장

---

35) 불초초(不草草): 사람의 됨됨이가 관대하지 아니하다.

독교 뒤채 위에 매달아가지고 떠나가더라.

　세상사람 사는 것이 천태만상이라. 열 집이면 열 집이 다 다르고, 백 집이면 백 집이 다 달라서, 잘 살기로 말하여도 여러 백 천 층이요, 못살 기로 말해도 여러 백 천 층이라. 그런고로 사람마다 부정모혈을 받아 나 올 적에 각기 사주와 팔자이로되, 잘사는 부자로 첫째 되기도 극난하지 마는, 못사는 빈호로 첫째 되기도 역시 드문 터인데, 고양 사는 옥여 최 생원은 고양 안에는 고사 물론하고 대한 십삼도 안에 둘째가라면 원통 하다 할 만한 간난이라. 그중에 누대 상전하여오는 선영은 있어 해마다 솔포기가 푸르스름하면 모조리 싹싹 깎아 팔아 먹더니, 산이라 하는 것 은 큰 나무가 들어서서 뿌리가 얽히지 아니하면 사태가 나며 토피가 으 레 벗는 법이라. 다음부터는 풋나무 짐씩 뜯어 생활하던 길도 없어지고 다만 돈 백이라도 주고 뫼 한 장 쓰겠다면 유공불급하여 쉰네 쉰네하여 가며 팔아먹는 터이나, 그런 일이 어찌 날마다 있고 달마다 있으리오. 두 수 없이 꼭 굶어 죽게 되어 이웃집 도끼를 빌려가지고 깎아 먹던 솔 그루 썩은 고자등걸을 캐어 지고 서울로 갖다 팔기로 생애를 하느라고 금방 울의 집에다 단골을 정하고 하루 걸러큼 다녀 매우 숙친한 까닭으로, 저 의 집 지내는 사정을 낱낱이 말하고 나무 값 외에 쌀 되, 돈관을 얻어다 먹고 지내매, 금방울의 분부라면 거역치 못하는 법이, 칙령이라면 너무 과도하고 황송한 말이지마는, 본 고을 원의 지령만은 착실하더라. 하루 는 나뭇짐을 지고 들어오니까, 요지 선녀같이 쳐다보고 지내던 금방울이 가 반색을 하여 반기며 안으로 잡담 제하고 들어오라 하더니,

　(금) "에그, 당신은 양반이시고 나는 여염 사람이지마는 여러 해 친하 여 숭허물 없는 터에 관계 있습니까? 우리 인제는 의남매를 정하십시다. 오빠, 전에는 체통을 보시느라고 설면히 굴으셨지마는, 어서 신발을 끄 르고 방으로 들어오시오. 추우시기는 좀 하시겠소? 구시월 막새바람에

홑것을 그저 입고. 어보게 부엌어멈, 밥 숭늉 좀 덥게 데우고, 새로 해 넣은 섞박지 좀 놓아 가져오게. 오빠, 편히 앉으서서 어한 좀 하시오."

이 모양으로 에 없던 정이 물 퍼붓듯 쏟아지니 최 생원이 웬 영문인지 알지를 못하고 쭈뼛쭈뼛하다가 간신히 입을 벌려,

(최) "나 같은 시골사람더러 남매를 정하시자는 것도 황송한데 무엇을 이렇게 차려주십니까?"

금방울이 깔깔 웃으며,

(금) "에그, 오빠도 망령이셔라. 손아래 누이더러 황송이 다 무엇이고, 존대가 다 무엇이야요? 인저는 허소를 하십시오."

(최) "허소는 차차하면 못합니까? 누이님이 이처럼 하시니 내 마음은 어떻다 할 길 없소."

(금) "생애에 바쁘신데 어서 내려가시오. 내일쯤 오빠 사시는 구경도 할 겸, 언니 상회례도 할 겸 내가 내려가겠습니다."

(최) "누이님께서 오실 수가 있습니까? 우리 마누라를 데리고 올라오지요."

(금) "아우 되어 내가 먼저 가뵈어야 도리상에 당연하지요. 걱정 말고 내려가시오." 하며 나무 값 외에 돈 몇 백 냥을 집어주며,

"이것 변변치 않으나, 신발이나 한 켤레 사다가 우리 언니 드리시오."

최 생원이 재삼 사양하다가 마지못하여 받아가지고 나오다가 선혜청 장에 들어가 쌀도 좀 팔고 반찬거리도 약간 장만하여가지고 자기 집으로 내려와, 일변 집 안을 정히 쓸고 기직 닢 방석 닢을 이웃집에 가 얻어다 깔고, 자기 아낙더러, 새둥우리 같은 머리도 가리어 쓰다듬고 보병것이나마 부유스름하게 새것을 갈아입으라 한 후 계란 낱, 닭 마리를 삶고 끓여놓고 눈이 감도록 고대하더니, 거무하에 유사 사인교 한 채가 떠들어오며 금방울이 나오더니 최 생원과 인사를 한 후 최 생원의 마누라를

가리키며,

(금) "오빠, 이 어른이 우리 언니시오? 처음 뵈오니까 누구신지 몰라 뵈었습니다." 하고 날아갈 듯이 절을 하며 교군꾼을 부르더니 피륙 낱, 담배 근을 주엄주엄 내어다가 앞에다 놓으며,

"모처럼 오며 빈손 들고 오기 섭섭해서 변변치 않으나마 정이나 표하고자 가져왔습니다, 언니…."

최 생원의 아낙은 본래 촌 생장으로 금방울을 보니 요지에서 선녀가 내려온 듯싶어 정신이 휘둥그러운 중 석새베 입던 몸에 고운 필목을 보고 순뜯이 먹던 입에 지네발 같은 서초를 보니 입이 저절로 벌어져서, 자기 딴은 인사 대답을 썩 도저히 한다는 것이 귀동대동 구석이 어울리지 아니하게 지껄이건마는 금방울은 모두 쓸어 덮고 없는 정이 있는 듯이 수문수답을 하다가 최 생원을 돌아보며,

(금) "오빠, 시골 구경을 별로 못 했더니 서울처럼 갑갑하지 아니하고 시원해서 좋소. 동산에나 올라가 구경 좀 합시다."

(최) "봄과 달라 꽃 한 가지 없고 구경하실 것이 무엇 있나요? 아무려나 찬찬히 가보십시다. 그렇지만 누이님같이 가만히 들어앉으셨던 터에 다리가 아프서서 다니시겠습니까?"

(금) "가보아서 다리가 아프면 도로 내려오지. 누가 삯 받고 가는 길이오?" 하며 최 생원은 앞을 서고 마누라와 금방울이 뒤에 따라 뒷동산으로 올라가는데 최 생원 내외의 생각에는,

'서울서 꼭 갇혀 들어앉았다가 여북 갑갑하여 저리할라구? 경치는 별로 없지마는 바람이나 시원히 쏘이게 김 판서 댁 묘소로, 이 과장 집 산소로 골고루 구경을 시키리라.' 하고, 금방울의 생각에는,

'최가의 국내가 얼마나 되노? 이놈을 잘 삶아 함진해에게 팔게 하였으면 저도 돈천이나 착실히 얻어먹고 우리도 전만이나 톡톡히 갖다 쓰겠

다.' 하며 이 고동이 저 고동이 구경하다가,

(금) "오빠 댁 국내는 어디요? 아마 매우 넓지, 해마다 나무 베어다 파시는 것을 짐작하건대."

(최) "얼마 되지 못합니다. 우리 집 뒤에서부터 저기 보이는 사태가 허연 고동이까지올시다."

(금) "에그, 산이나마 넉넉히 있어 나무 장사라도 하시는 줄 여겼구려. 얼마 되지도 못하고 그나마 토피가 모두 벗어 나무인들 어디 있소? 그까짓 것 두시면 무엇을 하오? 뉘게 돈천이나 받고 팔아 말 바리나 사매고 삯이나 팔아먹지."

(최) "뫼장 쓸 만한 곳은 이왕 다 팔아먹고 지금 나머지는 애총 하나 묻을 만한 곳이 없으니 누가 사야 하지요?"

(금) "그 걱정은 말고 내려갑시다. 내 좋은 획책을 하여볼 것이니."

(최) "아무려나, 누이님 덕택만 바랍니다."

금방울이 최 생원 집으로 내려와 무엇이라고 쥐도 못 듣게 수군대더니 그길로 떠나 올라간 뒤로, 최 생원이 축일 금방울의 집에를 드나들고 금방울도 수삼차를 최 생원의 집에 다녀가더니 최 생원이 자기 마누라도 모르게 정밤중이면 뒷동산에를 슬며시 다녀 내려오더라.

하루는 동리집 개들이 법석으로 짖으며 최 생원 집에 이상스러운 일이 났으니, 향곡 풍속에 말 탄 사람 하나만 지나가도 남녀노소가 너나없이 나서서 구경을 하는 법인데, 하물며 이 집에는 난데없는 행차 하나가 기구 있게 들어오더니, 사립문 앞에다 공석을 깔고 금옥탕창한 점잖은 양반이 엎드려 대죄를 하니, 보는 사람마다 곡절을 모르고 눈들이 둥그레서 쑥덕공론이 분분한데, 최 생원이 먼지가 케케 앉은 관을 툭툭 털어 쓰고 나오며,

(최) "이거, 웬 양반이 남의 집 문 앞에 와서 이 모양을 하시오? 이 양반

뉘 집을 찾아왔소?"

그 사람이 머리를 땅에 조으며,

"네, 댁에를 왔습니다. 이놈은 천지간에 죄가 많은 놈이라, 하해 같은 덕을 입어 그 죄를 면하고자 이처럼 석고대죄를 합니다."

최 생원이 허 웃으며,

(최) "이 양반아, 댁 죄는 무슨 죄며 내 덕은 무슨 덕이란 말이오? 암만해도 댁에서 병풍상성을 하였나 보오. 대관절 댁이 누구시오?"

(함) "네, 서울 다동 사는 함일덕이올시다."

(최) "네, 그러하시오? 나는 성은 최가고, 자는 옥여요. 무슨 일로 찾아 계십더니이까?"

(함) "네, 다름이 아니라, 친산을 잘못 쓰고 화패가 비상하와서 장풍향양하여 백골이나 평안한 곳을 얻어 쓸까 합니다."

(최) "댁이 댁 산소 면례하기를 생면부지 모르는 나를 보고 이리할 일이 무엇이오? 그 아니 이상한가?"

(함) "이렇게 댁에 와서 대죄하는 것은 당신 말씀 한마디만 듣기를 바랍니다."

(최) "내게 들을 말이 무슨 말이오? 나를 도선이나 무학이 같은 지관으로 아시오? 여보, 나는 본래 낫 놓고 기역자도 모르는 무식쟁이라 답산가 한 구절 외우지 못하오. 여보, 댁이 잘못 찾아 계신가 보오."

(함) "아무리 미거하기로 잘못 찾아뵈옵고 말씀할 리가 있습니까? 다름이 아니라 댁 선영 국내 안에…."

그다음 말이 다 나오기 전에 최 생원이 눈이 실룩하여지고 콧방울이 벌룽벌룽하며 부쩍 도슬러 앉더니,

(최) "그래서요, 어서 말하시오."

(함) "일석지지만 빌려 주시면 친산을 면례하고 동산소하여 지내겠습

니다."

최 생원이 벌떡 일어서며 주먹을 도슬러 쥐고 꿩 채려는 보라매 눈같이 함진해를 노려보며,

"허, 이놈, 별놈 났다! 내가 이 모양으로 구차히 사니까 얼만큼 넘보고 와서 무엇이 어찌고 어찌해? 묏자리를 빌려 동산소를 해? 이따위 놈은 당장에 두 다리를 몽창 분질러놓아야 이까짓 행위를 못 하지." 하더니 울짱 한 가지를 보기 좋게 뚝 꺾어 들고 서슬 있게 달려드니 함진해의 하인들이 당장 보기에 저희 상전에게 화색이 박두한지라, 제각기 대들어 최 생원의 매 든 팔을 붙들다가 다갱이도 터지고, 함진해를 가려 서다가 엉덩이도 쥐어질리니, 분한 생각대로 하면 동나뭇단 같은 최 생원 하나야 발길 몇 번이면 저승 구경을 당장에 시키겠지마는, 상전의 낯을 보아 차마 못 하고,

"생원님, 생원님, 너무 진노하지 마십시오. 산소 자리를 아니 드리면 고만이지 이처럼 하실 것 있습니까?"

최 생원이 하인의 말대답은 하지도 아니하고 함진해만 벼른다.

"오 이놈, 기구도 좋은 놈이니까, 하인 놈들을 성군작당하여 데리고 와서 나같이 잔약한 사람을 업수이 여기는구나. 이놈, 너 한 놈 때려죽이고 나 죽었으면 고만이다." 하고 울짱 가지를 함부로 내두르는 바람에 사인교는 진가루가 되고, 말리러 덤비던 하인들은 오강 편싸움에 태곰보 들어온 모양으로 분주히 쫓겨 도망을 하는데, 부지중에 함진해도 당장 화색이 박두하니까 쫓겨나왔더라. 매 맞은 하인들이 분함을 서로 이기지 못하여 구석구석 욕설이 나온다.

"제미를 할 거, 팔자가 사나우니까 별 작자의 매를 다 맞아보았구. 그 자가 명색이 무엇이야? 다갱이에 넉가래 집 같은 관을 뒤집어쓰고, 형조 사령이 지나갔나? 매질을 함부로 하게. 우리 댁 영감 낯을 보니까 참고

참아 쫓겨왔지그려. 그까짓 위인을 내 발길로 보기 좋게 한 번만 복장을 질렀으면 개구리 새끼 나가자빠지듯 할 것이, 가만히 내버려두니까 제 세상만 여겨서 눈에 뵈는 게 없나 보데.”

“여보게, 가만 내버려두게. 아래 위를 훑어보니까 그자가 꼴 보니 나무 장사로 생애 하는 위인인데, 이번에는 영감을 되셨으니까 하릴없이 참고 들어가지마는, 아무 때든지 문안서 한 번만 우리 눈에 걸리라게. 당장에 할아버지를 부르게 주릿대를 메워놓을 것이니.”

한참 이 모양으로 지저귀는 것을 함진해가 듣고 그중에도 행여나 최생원을 건드려 자기 경륜을 와해되게 할까 겁이 나서 하인을 꾸짖기도 하고 달래기도 한다.

“이놈들, 그것이 무슨 소리니? 너희들이 그 양반을 함부로 대접하고 보면 내 손에 죽고 남지 못하리라. 그 양반이 시골 살아 촌시러워 보이니까 너희들이 넘보고 그리나 보구나. 이놈들아, 그 양반 대접하는 것이 곧 나를 대접하는 일체인데, 무엇을 어찌고 어찌해? 상놈이 양반의 매 좀 맞은 것이 그리 원통하냐? 그 매는 너희를 때린 매가 아니요, 즉 나를 때린 것인데, 나는 아무 말도 못 하는 것을 번연히 보며 함부로 떠드느냐? 다시 이놈들 무엇이라고 했다가는 한 매에 죽으리라!”

이 모양으로 천둥같이 을러 데리고 서울로 올라와 임 지관더러 소경력 풍파를 일일이 이야기한 후 주사야탁으로 성화만 하더니, 며칠 아니 되어 어떠한 의표도 선명하고 위인도 진실한 듯한 사람 하나가 찾아 들어와 함진해를 보고 인사를 통한다.

“주인장이 누구시오니까?”

함진해가 아무리 살펴보아도 한 번도 본 적이 없는 사람이라.

(함) “네, 내가 주인이오. 웬 양반이신데 무슨 사로 찾아 계시오?”

(그 사람) “네, 나는 고양 읍내 사는 강 서방이올시다. 다름 아니라 댁

에 임 생원이라 하시는 양반이 오셔서 유하십니까?"

(함) "네, 그 양반이 계시지요. 어찌하여 찾으시오? 그 양반을 본래 친하시던가요?"

(강) "매우 친좁게 지냅니다."

(함) "그러면 거기 좀 앉아 기다리시오." 하고 한달음에 안잠 마누라 집으로 가서 임 지관더러 그 말을 전하니 임 씨가 입맛을 쩍쩍 다시며 괴탄을 무수히 한다.

"응, 긴치 아니한 사람, 또 무엇하러 여기까지 찾아왔노? 내 행색을 일껏 감추려 하여도 필경은 소문이 또 났으니 여기도 오래 있지 못하겠구."

함진해를 건너다보며,

(임) "영감 댁 일은 잘될 듯하오. 지금 온 그 사람이 고양 일읍에서는 권도가 매우 좋아서 그만 주선을 할 만합니다. 기왕 온 사람을 어쩔 수 있소? 이리로 부르시오."

(함) "네, 그리하오리다. 선생님이 말씀을 하시니 말이지, 나는 친산면 례할 일로 어찌 속이 타는지 밤이면 잠을 잘 못 잡니다. 그 사람이 기위 권도가 매우 있다 하오니 이 말씀 아니기로 어련하실 바는 아니시나 아무쪼록 되도록 부탁을 하여주십시오. 산지 값은 얼마를 주든지 다과를 교계치 아니합니다."

(임) "어데 봅시다. 그러나 이런 일을 데면데면히 하다가는 또 이번에 영감이 다녀오신 모양같이 될 것이니 단단히 하시오."

(함) "내가 아무리 단단히 하고 싶으나 될 수가 있습니까? 선생님께서 하실 탓이지."

(임) "내야 영감 일에 범연하겠소마는 내 부탁 다르고 영감의 간청 다르지 아니하오? 그 사람도 내 손에 친산을 얻어 쓰고 우연히 없던 아들을 낳은 후로 자기 딴은 감사히 여겨 저 모양으로 찾아오는 터이니까, 영

감의 사정말을 부탁 곧 하게 되면 자기 힘자라는 대로는 하겠으나, 매양 그런 일을 하자면 빈손 들고는 도저히 아니 될 것이니, 그 사람이 가세가 매우 간구하여 일 주선하기가 역시 곤란하리다. 어떻든지 나는 힘껏 할 것이니 영감이 그다음 일은 알아서 처치하시오."

(함) "그는 염려 마십시오. 제 일 제가 하려면 무엇을 아끼겠습니까?" 하며 나아가더니 강 씨를 인도하여 데리고 오는데, 처음에는 그렇게 설만히 수작을 하더니, 별안간 한없이 공근하고 관곡36)한지라, 강 씨가 뒤를 따라오며 혼잣말로,

'옳지, 인저는 네가 착실히 낚시에 걸렸다. 농익은 연감 모양같이 홀쭉하도록 빨려보아라. 대체 우리 아주머니 모계는 초한 때 진평이만은 착실하신걸. 국과 장이 맞느라고 임 지관은 어디서 그리 마침 생겼던고?' 하고 그대 사색을 싹도 보이지 아니하고 천연스럽게 따라 들어오더니, 임 지관 앞에 가 절을 코가 깨어지게 한 번 하고 곁으로 비켜서 공손히 꿇어 앉으며,

(강) "그동안 기체 어떠합시오니까?"

(임) "허, 자네인가? 예를 어찌 알고 찾아왔노? 그래, 댁내 태평하시고 자제도 잘 자라나? 아마 컸을걸."

(강) "올해 다섯 살이올시다. 그놈이 기질도 튼튼하고 외양도 똑똑하여 남의 열 자식 부럽지 아니합니다. 그놈을 볼 때마다 임 생원장 덕택은 머리를 베어 신을 삼아도 못다 갚겠다고 저희 내외가 말씀을 합니다."

(임) "실없는 사람이로세. 자네 댁 복력으로 그런 자손을 두었지, 내덕이 다 무엇인가? 설혹 자네 말같이 면례를 잘하고 자손을 낳았다 한 대도 역시 자네 댁 복력으로 내 말을 곧이들었지, 내 아무리 가르치기로 자

---

36) 관곡(款曲): 매우 정답고 친절하다.

네가 믿지 아니하면 되겠나, 허허허….”

(임) “여보게, 지나간 일은 쓸데없이 말할 것 없네. 그리지 아니하여도 내가 자네를 좀 보면 하였더니 다행하게 마침 잘 왔네.”

강 씨가 생시치미를 뚝 떼고,

(강) “무슨 부탁하실 말씀이 계십니까? 세상없는 일이기로 임 생원장께서 하시는 말씀이야 봉행치 아니하겠습니까?”

(임) “자네 덕은리 근처 사는 최 서방들과 친분이 있나?”

(강) “네, 그 근처에 최 씨들이 여러 집인데 한 고을에 사는 고로 모두 면분은 있지마는, 그 최 씨의 종손 되는 옥여 최 서방과는 못 할 말을 다 할 만치 친숙히 지냅니다.”

(임) “옳지, 내가 말하는 사람이 즉 옥여 최 서방일세. 여보게, 이 주인장이 형세도 남부럽지 아니하고, 공명도 할 만치 하였건마는, 자네 댁 일과 같이 흉지에 친산을 쓰고 독한 참척을 여러 번 보아 슬하에 자제가 없을뿐더러 우환이 개일 날이 없어 아무것도 모르는 나를 이같이 조르시네그려. 차마 괄시할 수 없어 큰 화패는 없을 듯한 자리 한 곳을 보아드렸는데 즉 최옥여의 국내 안일세. 자네도 동병상련이 아니라 할 수 없으니 주인장 말씀을 들어 보아 힘을 다하여 주선 좀 해드리게.”

(함) “내 일이 되고 아니 되기는 노형 주선에 달렸습니다.”

(강) “천만의 말씀이오. 일의 성불성은 모르겠습니다마는 저 어른 부탁도 계시고 어련하겠습니까? 그러나 그 사람의 성미가 너무 끌끌하고 고집이 있어 섣불리 개구를 했다가는 뺨이나 실컷 맞고 돌아설 터이니 웬만하시거든 파의를 하시고 다른 곳을 구해보시는 것이 좋을 듯하오이다.”

(함) “그 사람 성미는 나도 대강 짐작합니다마는 불고염치하고 이처럼 말씀을 하오니 아무리 어려워서도 힘써주시오. 산 값은 얼마를 달라하

든지 교계할 것 없소. 여북하여 선산을 파는데 후한 편으로 하는 것이 옳지 않소? 노형만 하셔도 예서 고양 가는 길에 아무리 철로는 있지마는 가깝지 아니한 터에 여러 번 오르내리실 터이오. 그러노라면 하루 이틀 아니 될 터인데 댁 가사도 낭패가 적잖이 되실지라, 우선 돈천이나 드릴 것이니 내왕 노자도 하시고 쌀섬이나 팔아 댁에 두시고 내일을 전심하여 좀 보아주시오."

함진해가 그같이 말하면서 지폐 한 뭉치를 내어주니 강 씨가 재삼 사양하며,

(강) "별말씀을 다 하십니다. 돈이 다 무엇이야요? 아직 될는지는 모릅니다마는 그만 일을 보아드리기가 무엇이 힘이 든다고 이처럼 말씀하십니까?" 하며 받지를 아니하니, 임 지관이 가장 사리대로 말하는 체하고,

(임) "여보게, 고집 말고 받아 넣게, 주인장이 정으로 주시는 것을 아니 받아쓰겠나? 어서 받아가지고 내려가 일 주선이나 잘해보게."

강 씨가 말에 못 이기는 체하고 집어넣더니 그길로 떠나갔다가 수삼일 후에 다시 오더니, '바람에 돌 붙여보도 못 할러라, 삶은 호박에 이도 아니 들러라.' 하여 함 씨의 마음을 불 단 가마에 엿졸이듯 바작바작 졸인 후에 몇 차례를 왔다 갔다 하며 애를 쓰는 모양을 보이더니, 한번은 올라와서 태산이나 져다 주는 듯이 덕색을 더러 내며,

"에구, 어렵기도 어렵다. 이렇게 힘들 줄이야 누가 알아? 영감, 어서 면례하실 택일이나 하시오. 이번에야 최 서방의 허락을 받았소. 허락은 받았지만 한 가지가 내 소료보다는 대상부동한 걸이오."

(함) "불안하오, 내 일로 해서 너무 고생을 하셔서. 그런데 산주의 응낙을 받으셨다며 무엇이 소료에 틀린다 하시오?"

(강) "다른 것이 아니라 산 값을 엄청나게 달라 하니, 나는 기가 막혀 선뜻 대답을 못 하고 왔습니다."

(함) "얼마나 달라길래 그리하시오?"

(강) "그 사람 말이 '그 자리가 자래自來로 유명하여 팔라 조르는 사람이 비일비재非一非再인데 십오만 냥까지 주마하는 것을 팔지 아니하였거니와, 자네가 괄시할 수 없는 터에 이처럼 한즉 그 값이면 팔겠다' 하니, 나도 알다시피 다른 사람이 주마는 값을 감하여 말할 수 없고 영감 의향을 알지 못하여 말씀을 듣자고 왔습니다."

(함) "걱정 마시오. 내 형세가 전만은 못하지마는, 십오만 냥까지야 주선 못 하겠소? 어서 그대로 약조를 하시고 이다음 파수波收에 돈을 치르게 하시오." 하고 십오만 냥 어음을 써서 주니 강 씨가 받아 척 접어 염낭에 넣고 가더니, 그 이튿날 산주의 약조서를 받아왔더라. 함진해가 면례 택일을 임지관더러 보아달라 하여 일변으로 구산을 돋으며 일변으로 신산을 작광하는데, 역꾼들이 별안간에 괭이, 가래를 집어던지고 확 돌아서서 이상하니, 야릇하니, 처음 보았느니, 알 수 없는 것이니, 뒤 떠들더니 광중 속에서 난데없는 돌함 하나를 얻어내었는데, 함진해가 정구한 처소에서 조상식을 지내다가 그 소문을 듣고 상식상을 물릴 여부없이 한달음에 올라가 돌함을 구경한즉, 크기가 단천 담배 설합만 한데 뚜에를 무쇠 물로 끓여 부어 단단히 봉하였는지라. 강철 끌 몇 채를 가져오라 하여 이에를 조아내고 열어보니 홍공단 한 조각에 금으로 글씨를 썼으되 전면에는, '옥녀탄금형玉女彈琴形 십대장상十代將相에 백자천손지지百子千孫之地 함씨입장咸氏入葬' 후면에는 '모년 모월 모일 옥룡자소점玉龍子所點'이라 하였거늘, 그날 회장하러 온 사람과 구경하러 온 사람들과 역꾼과 집안하인 병하여 근 백 명이 한마디씩이라도 다 떠들며 참 대지니 과연 명당이니 하는데, 함진해는 어떻게 좋던지 돌합을 품에 품고 임 지관 앞에 가서 백 번 천 번 절을 하며,

(함) "선생님 덕택에 과연 명혈을 얻었습니다. 선생님은 참 신안神眼이

올시다. 이 비기 좀 보십시오."

임 지관이 비기를 받아 우두커니 보다가 픽 웃으며,

(임) "그것이 그다지 희한하시오? 나는 별로 아는 것도 없이 맹자직문으로 우중한 일이지만 영감 댁 복력이 거룩하여 몇백 년 전에 옥룡자가 벌써 비결까지 묻었으니 나 아니기로 댁에서 쓰지 못할 리가 있소? 아무러나 영감 댁 복력이 대단하시오. 이왕 명혈을 쓰신 끝에 선왕장 산소를 마저 면례하시오."

(함) "그다 뿐이오니까? 향일에 말씀하시던 비봉귀소형을 마저 가르쳐 주시기를 바랍니다."

이와 같이 정성을 들여가며 간곡히 물어 강 씨를 사이에 또 놓고 몇 십만 냥을 주고 샀던지 급급히 택일을 하여 면례 한 장을 마저 한 뒤에, 임 지관이 종적 노출이 되어 오래 유련하지 못하겠다 하고 군이 말려도 듣지 아니하고 떠나가는지라. 수로금 몇 만 금을 경보로 내어놓으니 임지관이 가장 청렴한 체하고 무수히 퇴각하다가 마지못하여 받는 모양으로 짐에 넣더니, 배행陪行하러 보내는 하인을 도로 쫓고 정처와 거주를 물어도 대답이 없이 표연히 가더라.

함진해가 그 후로는 부인의 병세도 차차 낫고 귀동자를 올 아니면 내년에는 낳을 줄로 태산같이 믿고 기다리더니, 공든 탑이 무너지고 믿는 나무에 곰이 핀다고, 부인의 병은 더욱 별증別症이 생겨, 한 다리 한 팔 못 쓰는 반신불수가 되어 말하는 송장이 되었고, 그 고생을 다 하노라니 함진해는 나이 융로한 터는 아니나 근력 범절이 칠십 노인이나 다름없이 되었는데, 저 강도와 아귀보다 더한 요악 간휼한 금방울이 그 모양으로 속여 먹고도 오히려 부족하던지 한 가지 흉계를 또 부려서 근력 없는 함진해가 수각황망한 지경을 당하였더라.

하루는 어떠한 자가 불문곡직하고 주인을 찾으며 들어오더니 시비를 내어놓으니, 이는 다른 사단이 아니라 그자가 고양 최 씨의 도종손이라 자칭하고 산송을 일으키려는 것이라. 최가의 위인도 똑똑하고 구변도 썩 좋아 함진해는 한 마디쯤 말을 하면 최가는 열 마디씩 쥐어박아 말을 한다.

(최) "여보, 댁에서는 세력도 좋고, 형세도 부자니까 잔핍한 사람을 업수이 여기고 남의 누대 분모 내룡건갑 좌립구건지지에 호기 있게 뫼를 썼나 보오마는 그 지경을 당한 사람도 오장육부가 다 있소."

(함) "여보, 댁이 누구시오? 나도 천금 같은 돈을 주고 산주에게 사서 썼소."

(최) "산주, 산주, 산주가 누구란 말이오?"

(함) "네, 고양 최 씨의 종손 되는 옥여 최 서방에게 샀소. 댁이 무슨 상관으로 이리하시오?"

(최) "우리 최가에 옥여라고는 당초에 없을 뿐 아니라, 산하에 사는 일가들은 모두 우리 집 지파요, 수십 대 봉사하는 종손은 나의 집인데, 십여 년 전에 호중으로 낙향하였다가 금년에야 비로소 성묘를 온 터이오. 댁에서 사지 말고 세상 없는 일을 했더라도 당장 파내고야 배기리다. 댁에서 아니 파면 내 손으로라도 파 굴리고 말 터이니 알아 하시오." 하고 최 씨 집 내력과 파계를 역력히 말하며 독서슬 같이 으르는 바람에 함진해가 겁이 더럭 나서, 좋은 말로 어루만지며 뒷손으로 사람을 급히 보내어 옥여를 찾으니 벌써 솔가도주率家逃走하여 영향도 없는지라. 법은 멀고 주먹은 가깝다고 정소를 하든지 재판을 하기는 이다음일이요, 당장 친산親山에 사굴을 당할 터이니까 생각다 못하여 하릴없이 산값을 재징再徵으로 물어주더라.

상말로, 파리한 개 무엇 베고 무엇 베니 남는 것이 아무것도 없는 일체로, 패해 가는 세간을 이리 빼앗기고 저리 빼앗기고 나니 남는 것이라고는 새앙쥐 볼가심할 것도 없게 되어, 그렇지 아니하게 먹고 입고 지내던 함진해가 삼순구식三旬九食을 못 면하고 누대 제사에 궐향을 번번이 하니, 타성들이 듣고 보아도 그 집안 그 지경된 것을 가여우니, 그래 싸니 다만 한마디씩이라도 흉볼 겸, 걱정할 겸 하거든, 하물며 원근족 함 씨의 종중에서야 수십 대 종가가 결딴이 났으니 어찌 남의 일 보듯 하고 있으리오. 팔도 함 씨 대종회를 열고 관자 수 대로 모여드는데, 이때 함일청이는 그 사촌의 집에를 일절 발을 끊어 다시 현영을 아니하고 다만 치산을 알뜰히 하여 형세도 점점 나아지고 아들 삼 형제를 열심히 가르쳐 남부러워 아니하고 지내는 터이나, 다만 마음에 계련되어 잊히지 못하는 바는 경성 큰집 일이라. 자기는 아니 갈 법해도 서울 인편 곧 있으면 종종 소식을 탐지한즉 듣는 말이 다 한심하고 기막힌 일뿐이러니, 하루는 종회하는 통문이 서울에서 내려왔는지라. 곰곰 생각한즉, '아무리 사촌이라도 타인보다도 더 미워 다시 대면을 말자 작정을 하였지마는, 팔도 일가가 모두 총회를 하는데 내 도리에 아니 가볼 수 없다.' 하고 그길로 떠나, 성중을 들어서서 다방골 모퉁이를 돌아드니 해포 그리던 사촌을 만날 터인즉 얼마쯤 반가운 마음이 날 터인데 반갑기는 고사하고 눈물만 절로 나니, 그 사정을 모르는 사람 보기에는 심상히 여기겠으나 이 사람의 중심에는 여러 가지 철천지한이 가득하더라.

'저기 보이는 집이 우리 사촌의 집이 아닌가? 어쩌면 저 모양으로 동퇴서락하였노? 우리 큰아버지 당년이 엊그제 같은데, 그때는 저 집이 분벽사창粉壁紗窓이 영롱하던 다동 바닥에 제일 갑제러니! 집이 저 지경이 되었을 제야 그 집안 범절이야 더구나 오죽할까? 에그, 우리 조부께서 머나먼 북경을 문턱 드나들듯 하시며 알뜰살뜰 모신 세간을 그 형님이 장가 한 번을 잘못 들더니 걷잡을 새 없이 저 모양으로 망하였지. 집안에 가까이 다니던 정직한 사람은 모두 거절을 하고 천하의 교악 망측한 연놈들만 집에다 붙이어 억지로 결딴이 나도록 심장을 두었으니 무슨 별수로 저 모양이 아니 될꾸? 안잠 하인 년이 그저 있는지, 제일 그년 보기 싫어 어찌 들어가노? 에라, 이탓저탓 해 무엇하리? 대관절 우리 형님이 글러 그렇게 되었지.' 하며 손수건을 내어 눈물 흔적을 씻고 대문을 들어서니 문 위에 엄나무 가시와 좌우 주초 앞에 황토가 여전히 있는지라. 그같이 비창하던 마음이 졸지에 변하여 눈에서 쌍심지가 올라오며 가슴에서 불덩어리가 벌꺽벌꺽 올라온다.

'이왕 결딴난 집안을 어찌할 수는 없지만 이 모양으로 흥와조산을 하는 연놈을 깡그리 대매에 때려 죽여 분풀이나 실컷 하겠다. 오, 어떤 연놈이든지 걸려만 들어보아라. 내 손에 못 배기리라.' 하며 사랑 앞에를 썩 들어서니, 대부, 족장, 형제, 조카, 손항[37] 되는 여러 일가 사람들이 가득모여 앉았다가 분분히 인사를 하는데, 정작 자기 사촌은 볼 수가 없는지라 마음에 당황하여 좌우를 돌아보고,

"여보, 우리 형님은 어데 가셨길래 아니 계시오?"

그중 항렬 높은 자가 일청을 불러 앞에 세우고 준절히 꾸짖는다.

"네가 그 말하기가 부끄럽지 아니하냐? 네 사촌이 아무리 지각없이 집안을 결딴내기로 너는 그만 지각이 있는 사람이 종형제 간에 절적을 하고, 조상의 제사 참사까지 몇 해를 아니하다가, 우리가 이 모양으로 종회를 하니까 그제야 올라와서 무엇이 어찌고 어찌해? 우리 형님이 어디로 가셨어? 주축이 일반이다. 집안이 그 모양으로 불목하고 무슨 일이 되겠느냐?"

그 곁에 앉았던 노인 하나가 분연히 나앉으며,

"여보 형님, 그 말씀 마시오. 그 사람이 무슨 잘못한 일이 있다고 그리

---

37) 손항(孫行): 손자뻘 되는 항렬. 종손, 재종손, 족손 따위가 있다.

하시오? 이것저것이 모두 진해의 잘못이지, 저 사람은 저 할 도리를 다
했습니다."

먼저 말하던 노인이 징을 내며,

"자네는 무엇을 가지고 저 사람의 과실이 없다 하노?"

(곁에 앉았던 노인) "형님, 그렇게 말씀하시기도 용혹무괴오마는 내 말
씀을 자세 듣고 무정지책을 너무 말으시오." 하며 소년 일가 하나를 부
르더니, 편지 한 뭉치를 가져다가 조좌 중에 내어놓고 축조하여 설명을
하는데 그 편지는 별사람의 편지가 아니라 함일청이 그 종씨의 하는 일
마다 소문을 듣고 깨닫도록 인편 곧 있으면 변명을 하여 간곡히 한 편지
라.

그 어리석고 미련한 함진해는 그럴수록 자기 사촌을 돈목히 여기지 아
니하고 그 편지 올 적마다 큰집이 아니 되도록 훼방을 하거니 여겨 원수
치부를 한층 더하던 것이라. 그 편지의 연월을 맞춰 차례차례 보아 내려
가는데 자자마다 간절하고 구구마다 곡진하여 목석이라도 감동할 만하
니 최초에 한 편지 사연에 하였으되, '무릇 나라의 진보가 되지 못함은
풍속이 미혹함에 생기나니, 슬프다! 우리 황인종의 지혜도 백인종만 못
지아니하거늘, 어쩌다 오늘날 이같이 조잔 멸망 지경에 이르렀나뇨? 반
드시 연고가 있을 지니다. 우리 동양으로 말하면 당우 이래로 하늘을 공
경하며 귀신에게 제 지냄은 불과 일시에 백성의 뜻을 단속하기 위함이
러니, 오괴한 선비들이 오행의 의론을 창설하여 길흉화복을 스스로 부른
다 하므로, 재앙과 상서祥瑞의 허탄虛誕한 말이 대치하여 점점 심할수록
요약한 말을 주작한지라. 일로조차 천지 귀신이 주고 빼앗으며, 죽고 사
는 권리를 실상으로 조종하여 순히 하면 길하고 거스르면 흉한 줄로 미
혹하여, 이에 밝음을 버리고 어두움을 구하며, 사람을 내어 고 귀신을 위
하여, 무녀와 판수가 능히 재앙을 사라지게 하고 복을 맞아 오는 줄 여겨

한 사람, 두 사람으로부터 거세가 본받아 적게 한 집만 멸망할 뿐 아니라 크게 나라까지 쇠약케 하나니, 이는 곧 억만 명 황인종의 금일 참혹한 형상을 당한 소이연이니다. 엎드려 바라건대, 형장은 무식한 자의 미혹하는 상태를 거울하사, 간악요괴 한 무리를 일절 물리치시고, 서양 사람의 실지를 밟아 일절 귀신 등의 요괴한 말을 한 비에 쓸어버려, 하늘도 가히 측량하며, 바다도 가히 건너며, 산도 가히 뚫으며, 만물도 가히 알며, 백사도 가히 지을 마음을 두시면, 비단 형장의 한 댁만 부지하실 뿐 아니라 나라도 가히 강케 하며 동포도 가히 보존하리이다.'

그다음에 보낸 편지에 또 하였으되,

'슬프다, 형장이시여! 형장의 처지를 생각하시옵소서. 형장은 우리 일문 중 십여 대 종손이시니 큰 집의 동량이나 일반이라. 그 동량이 썩어지면 큰 집이 무너짐은 면치 못할 사세라. 형장의 미혹하심은 전일에 올린 바 글에 누누이 말씀하였으니 다시 논란할 바 없거니와, 날로 들리는 소식이 더욱 놀랍고 원통하와 이같이 다시 말씀하나이다.

착한사람을 가까이 하며 악한 무리를 멀리함은 성인의 훈계요, 공을 상주고 죄를 벌함은 가법의 정당함이거늘, 이제 형장은 이와 같이 아니하여 무육하던 유모의 공을 저버려 그 착함을 모르시고, 간휼한 할미의 죄를 깨닫지 못하여 그 악함을 친신親信하시니 어찌 가도가 쇠색함을 면하오며, 또 산지라 하는 것은 조상의 백골로 하여금 풍우에 폭로치 아니하고 땅 속에 깊이 편안히 계시게 함이 도리에 온당하거늘. 풍수의 무거한 말을 곧이 듣고 자기의 영귀와 자손의 복록을 희망하여 안장한 백골을 파가지고 대지명당을 찾아다니니, 대지 명당이 어데 있으며 조상의 백골이 어찌 자손의 영귀와 복록을 얻어주리오? 만일 그와 같은 이치가 있을진대 아무 데나 매장지를 한곳에 정하고 백골을 단취하는 서양 사람은 모두 멸종, 빈한하겠거늘, 오늘날 그 번식, 부강함이 산지로 종사하는 우리나라에 비할 바 아님은 어쩐 연고이며, 만일 지관이라 하는 자가 대지명당을 능히 알아 남에게 가르칠 재주가 있고 보면 어찌하여 저의 할아비를 묻지 아니하고 그같이 빈곤히 지냄을 면치 못하며 타인만 가르쳐주리오? 이는 허탄한 말을 주작하여 남의 재물을 도적함이어늘, 어찌 이같이 고혹하사 산소를 차례로 면례코자 하시나니까? 종제의 위인이 불초하므로 말을 버리지 마시고 급히 깨달으사, 유모를 도로 부르시고 할미를 축출하며 지관을 거절하사 면례를 파의하압소서.'

그 끝에 열 가지 잠언을 기록하였으되,

'일. 쓸데 있는 글을 많이 읽고 무익한 일을 짓지 말으소서.

이. 사람 구원하기는 의원만 한 이 없고, 세상을 혹게 하기는 무녀 같은 것이 없나이다.

삼. 사람을 사귀매 양증陽症있는 자를 취하고 음증陰症있는 자를 취치 마옵소서.

사. 광명한 세계에는 다만 실상만 있고 허황한 지경은 없사외다.

오. 세계에 신선이 있으면 진시황과 한무제가 가히 죽지 아니하였으리이다.

육. 사람을 능히 섬기지 못하거든 어찌 능히 귀신을 섬기며, 산 사람도 모르며, 어찌 능히 죽은 자를 알리오? 귀신과 죽음은 성인의 말씀치 아니한 바니, 성인이 아니하신 말을 내가 지어내면 성인을 배반함이다.

칠. 굿하고 경 읽음을, 자기는 당연한 놀이마당으로 여겨도, 지식 있는 사람 보기에는 혼암 세계로 아나이다.

구. 산을 뚫고 길 내기를 풍수에 구애가 될지면, 외국은 철도가 낙역하고 광산이 허다하건만, 어찌하여 국세가 저같이 흥왕하뇨? 풍수가 어찌 동양에는 행하고 서양에는 행치 아니하오리까?

십. 사람의 품은 마음을 가히 측량키 어려워 얼굴과는 관계가 없거늘, 상

을 보고 마음을 안다 하니, 진실로 술사의 사람 속이는 말이니다.'

보기를 다하매 그 많은 일가들이 칭찬하지 않는 자가 없는데, 그중에 그 편지 가져오라던 노인 함만호는 진해 집 이웃에 있어 그 집의 국이 끓고 장이 끓는지 그 하는 것을 모를 것이 없이 다 아는 터인데, 진해의 하는 일이 마음에 해괴하건마는 아무리 일가간이기로 소불간친으로 내외 간사를 말하기 어려워서, 다만 대체로 한두 번 권고한 후 다시는 개구도 아니하고 이따금 가서 진해의 망측한 거동만 구경하더니, 어리석은 진해는 일문 대소가들이 다 절적을 하는데, 이 노인은 가장 자기를 친절히 여겨 종종 찾아오거니 하여,

"만호 아저씨, 만호 아저씨." 하며 일청의 편지 올 적마다 펴 보이며,

"이놈이, 소위 형은 갱참에 집어넣어 그른 사람으로 돌리고 저는 지식이 고명코 정대한 사람인 체하여 이따위 편지를 하느니 마느니." 하고 찢어 내어버리는 것을, 함만호는 뜻이 깊은 사람이라 속마음으로,

'종형제 간에 어쩌면 저같이 청탁이 현수한고? 대순과 상이도 있고, 도척이와 유하혜柳下惠도 있다 하지마는, 저 사람이야말로 상이와 도척이보다 못지아니하도다. 내가 저 편지를 간수하여 두었다, 이다음에 일청의 발명거리를 삼으리라.' 하고 슬며시 주섬주섬 집어 모아, 이리저리 이에를 맞추어, 튼튼한 종이로 배접褙接을 하여두었던 것이라. 이번 종회를 발기하기도 함만호가 문장을 일부러 여러 번 가보고 통문을 놓은 것인데, 그 종회한 주지는 큰 조목 세 가지가 있으니, 제일은 진해의 양자를 일청의 아들로 정하여 누대 종통을 잇고자 함이요, 제이는 진해의 그르고 일청의 바름을 종중에 공포하여 선악의 사실을 포폄[38]코자 함이요, 제삼은 형제의 불목함을 없게 하여 문내에 화기가 다시 생기게 하고자

---

38) 포폄: 옳고 그름이나 선하고 악함을 판단하여 결정하다.

함이라.

　그날 함진해는 자기 일로 종회한다는 말을 듣고 여러 일가 보기에 얼굴이 뜨뜻하여, 내환으로 의원을 보러 간다 청탁하고 안잠 할미의 집을 치우고 들어앉아 연해 소식만 탐지하더니, 처음에 자기 사촌이 들어오는 것을 보고 문장이 호령하더란 말을 듣고, 무슨 원수가 그다지 깊던지 마음에 시원 상쾌하다가, 만호가 편지 뭉치를 내어놓고 일장 설명하더니, 만좌가 모두 칭찬하더라는 기별을 듣고서는 분함을 견디지 못하여 잔부끄럼은 간다보아라 하고, 그길로 바로 자기 사랑으로 들어오며, 문장 이하로 여러 일가에게만 인사를 하고, 마주 나오며 절하는 일청은 본 체도 아니하며 등을 지고 돌아앉으니, 일청이가 기가 막혀 더운 눈물이 더벅더벅 떨어지며 아무 말 없이 섰으니, 이는 자기 종형을 오래간만에 만나 반가운 눈물도 아니요, 자기 종형의 눈에 나서 원통하여 나오는 눈물도 아니라.　옛말에 '오십五十에 사십 구년의 그름을 안다知四十九年之非' 하였거늘, 자기 종형은 오십이 다 되도록 회개를 그저 못 하였으니 집안일을 다시 바랄 여지가 없겠다 싶은 생각이 불현듯이 나서 우는 일이러라.

　(문장) "여보게 진해, 내 말 듣게. 사람의 집안이 화목한 연후에 만사가 성취되는 법이어늘, 자네 연기가 노성한 터에 제가霽家를 그같이 불목히 하고 가사가 일패도지치 아니하겠나? 옛 성인의 말씀에, '독한 약이 입에 괴로우나 병에는 이하고, 충성된 말이 귀에는 거슬리나 행실에는 이하다' 하였거늘, 자네는 어찌하여 충성된 말로 간하는 것을 청종치 아니할 뿐외라, 간하는 사촌을 구수같이 여기니 실로 한심한 일이로세"

　(진해) "집안의 불목한 것이 저놈의 죄이지, 나는 아무 잘못한 일이 없습니다. 저놈이 내 집에 절족한지 우금 몇 해에 우리 아버지, 할아버지 산소를 차례로 면례를 하여도 제 집에 자빠져 현영도 아니하고, 집안에 우환이 그렇게 심하여도 어떠냐 말 한마디 물어본 적 없고, 아니꼽게 편

지자로 수죄 비스름하게 논란을 하여 보냈으니, 저 하는 대로 하면 어느 지경까지든지 분풀이를 못할 바 아니나, 남의 청문을 위하여 참고 참는 나더러 꾸지람을 하시니 너무 원통하오이다."

(문) "허허, 이 사람, 가위 고집불통일세. 저 사람이 자네를 미워서 간하는 말과 편지를 하였겠나.

아무쪼록 자네가 잡류배 죄임에 빠지지 말고 가도를 바르게 하도록 함이어늘, 자네는 그 뜻을 알지 못하고 도리어 구축하며 미워하였으니, 자네가 잘못이지 무엇인고?"

함진해가 다시 개구開口할 겨를이 없이, 당초에 그 삼촌 돌아가서 삼 년이 지나도록 영연일곡도 아니한 일로부터, 일청 온 것을 부정하다고 구축하여 쫓던 일과 일청의 일반 병작39)도 못 해먹게 전답 팔아가던 일과, 무육한 유모를 일청이 밥 먹였다고 박대하며 요사한 무당 년을 소개하여 제반악증諸般惡症을 다하던 노파를 신임한 일까지, 임가의 허황한 말에 속고 조상의 백골을 천동한 일까지, 조목조목 수죄를 한 후, 일청의 편지를 내어놓고 구절마다 들어 타이르고, 설명을 어찌 감동할 만치 하였던지, 진해가 처음에는 일일이 자기가 잘못한 것이 없다고 반대하던 위인이라서, 고개를 푹 숙이고 아무 말 없이 듣다가 자취 없는 눈물이 옷깃을 적시며 한숨만 자주 쉬더라.

문장이 종회의 처리할 사건을 차례로 가부표를 받아 종다수취결하는데,

"우리 문중 제일 소중한 바는 종통인데, 지금 진해의 연기는 오십지년이 되었으며 종부의 연기는 아직 단산지경은 아니나 그러나 다년 중병에 반신불수가 되어 다시 생산할 여망이 없은즉, 불가불 입후를 하여야 누대 향화를 그치지 아니할 터인데, 당내堂內에 항렬 닿는 아이가 없으면

---

39) 병작: 지주가 소작인에게 소작료를 수확량의 절반으로 매기는 일. 배메기.

원근족을 불계하고 지취동성只取同姓으로 아무 일가의 자식이고 소목만 맞으면 데려오겠지만, 진해의 사촌, 일청의 맏아들 종표가 비단 당내만 될 뿐 아니라 위인이 준수하니, 폐일언하고 그 아이로 정하는 것이 어떠한고?"

여러 일가가 일시에 한마디 말로,

"가하오이다."

문장이 또 한 문제를 제출하되,

"지금 진해의 연기는 과히 늙지는 아니하였으나, 다년포병으로 가위 정신상실자라 할 만한즉, 도저히 가사를 처리할 수 없고, 데려올 종표는 아직 미성년한 아이인즉, 불가불 뒤보아주는 사람이 있어야, 패한 가세를 회복기는 이다음 일이어니와, 목전의 봉제사, 접빈객을 할 터인즉, 그 자격에 합당한 사람 하나를 천거하시오."

이때에 함만호가 썩 나앉으며,

"그 사람은 별로 구할 것 없이, 내 생각에는 일청이 외에는 그 소임을 맡길 사람이 다시없을 듯 하오이다."

문장이 여러 사람에게 가부를 물으니 또한 일구동성一口同聲으로 만호의 말을 찬성하는지라, 문장이 진해를 돌아보며,

"자네는 어제 잘못한 것을 깨달아 이제는 옳게 함을 생각할뿐더러 일동일정을 자네 사촌에게 위임하고 불목히 지내지 말아야 가정을 보존할 것이니 아무쪼록 종중 공의를 위반치 말기를 믿으며, 만일 일향 회개치 아니하고 악인을 가까이 하여, 오늘 회의 결정한 일이 헛일이 되면, 그제는 종벌을 크게 당하리니 조심하소."

또 일청을 부르더니,

"자네의 종가 위하는 직심은 이미 듣고 보아 아는 일이어니와, 여러 해 절적한 일은 잘못함이 아니라 할 수 없으니, 자네 사촌만 야속타 말고 지

금 회의 가결된 일과 같이 내일 내로 즉시 종표를 데려다 종가에 바치고, 자네도 반이하여 올라와, 한집에 있어 대소사의 치산을 전담 극력하여 누대 향화를 잘 받들도록 하소."

함진해가 전일 같으면 반대를 해도 여간이 아닐 것이요, 고집을 세워도 어지간치 아니할 터이로되, 본래 천성은 과히 악한 사람이 아니요, 무식한 부인과 간특한 하속에게 미혹한 바 되어 인사정신人事精神을 못 차렸더니 문중 공론을 듣고 자기 신세를 생각한즉, 지난 일은 잘했든지 못했든지 말 못 되어가는 가세에, 우환질고는 그칠 날이 없는데, 수하에 자질 간 대신 수고하여 줄 사람이라고는 그림자 하나 없은즉, 양자는 불역지전하여야 할 것이요, 양자를 하자면 집안 아이 내어놓고 원촌에 데려올 수도 없으며, 데려온 대도 내 집이 전 세월 같지 않아, 한없는 구덥을 치르고 배겨 있을 자식이 없을 것이니, 종중회의에 못 이기는 체하고 종표를 양자하여 제 아비 시켜 뒷배를 보아주게 하면, 줄어든 가사가 더 줄어질 여지는 없을 것이요, 제 부자가 아무 짓을 하기로 우리 내외 죽기 전 병구원과 먹도록 입도록이야 아니하여줄 수 없으니, 핑계 김에 잘되었다 하고 외양으로 천연스럽게 대답을 한다.

(진해) "종중 처결이 그러하시니, 무엇이라도 거역할 가망이 있습니까? 오늘부터라도 가사를 다 쓸어맡기겠습니다."

(문장) "그렇지, 고마운 말일세. …주역周易…에 '불원복不遠復'이라 하였으니, 자네를 두고 한 말일세.

사람이 누가 허물이 없겠나마는, 자네같이 오래지 아니하여 회복하는 자가 어데 또 있겠나? 허허, 인제는 우리 종갓집을 위하여 하례할 만한 일일세." 하며 일청더러,

"자네 종씨 말은 저러하니 자네 말도 좀 들어보세."

(일청) "종의도 이 같으시고 종형의 뜻도 저러시니 어찌 군 말씀을 하

오리까마는, 저 같은 위인이 열이기로 어찌 종형 하나를 따르겠습니까? 그러나 만일 형이 시키는 말 곧 있으면 정성껏 거행하겠습니다."

(문장) "자, 그리고 보면 장황히 더 의논할 것 없이 이 길로 자네가 떠나 내려가 종표를 데리고 올라오소. 아무리 급해도 그 아이 의복이라도 빨아 입혀야 할 터인즉, 자연 수일 지체는 될 것이니 오늘 내일 모레, 오늘까지 닷새 동안이면 하루 가고, 하루 오고 넉넉히 되겠네. 그날은 우리가 또 한 번 다시 모여야 하겠네." 하며 일변 일청을 재촉하여 발행케 하고, 일변 진해를 다시 당부한 후 이다음 다시 모이기로 문장 이하가 각각 헤어져 가더라.

여러 함 씨들이 종표의 올라올 승시하여 일제히 모여 예를 행케 하고 내당에 들여보내어, 최 씨 부인에게 모자지례로 뵈옵는데, 이때 최 씨는 병은 아무리 깊었더라도 그 병이 부집 죄듯 왜깍지깍 세상모르고 앓는 증세가 아니라 시난고난 앓는 중, 중풍이 되어 반신불수로 똥오줌을 받아내되, 정신은 참기름송이 같아, 귀로 듣고 눈으로 보고 입으로 말까지는 하는 터이라, 일청이가 그 아들을 데리고 들어오는 양을 본즉, 눈 꼬리가 창알고패 되듯 하며 앞니가 보도독보도독 갈리건마는, 일문 대종중이 모여 하는 일이요, 또 자기가 그 처신이 되었으니 무엇이라고 말 한마디 할 수 없어, 다만 어금니 빠진 표범과 발톱 부러진 매와 같이 할퀴며 물지는 못하고 속으로만 노리며 으르렁대어, 종표가 '어머니 어머니' 하며 앞에 와 어리대는 것을 대답 한마디 없이 거들떠도 아니 보니 속담에, '병든 나무에 좀 나기가 쉽다'고 자기의 소생도 아니요, 양자로 데려온 아이를 그 모양으로 냉대하니, 의리 모르는 노파 등속이 종회 이후에는 어엿이 나덤벙이지는 못해도 여전히 최 부인에게는 왕래통신이 은근하여, 종표의 험담을 빗발치듯 담아 부으니, 최 씨는 더구나 미워하여 날로 구박이 자심하건마는 종표는 일정한 정성을 변치 아니하고 똥오줌을 손수 받내며 조금도 어려운 기색이 없어, 밤낮 옷끈을 끄르지 아니하고 단잠을 잘 줄 모르며, 진해에게 혼정신성과 최 씨에게 시탕 범절이 목석이라도 감동할 만하더라.

본래 사람의 열량후박은 병중에 알기 쉬운 고로, 말 한마디에 야속한 마음도 잘 나고 고마운 생각도 잘 나는 법이라. 최 씨가 종표 부자를 구수같이 미워하던 그 마음이 차차 감해지고 감사하고 기특한 생각이 차차 더해지니, 이는 자기 일신이 괴롭고 아픈 중, 맑은 정신이 들 적마다 오장에서 절로 솟아나오는 생각이라.

"에구 다리야, 에구 팔이야, 일신을 마음대로 놀리지 못하니 똥오줌을 마음대로 눌 수가 있나! 세상에 모를 것은 사람의 마음이다. 내게 단것 쓴것 다 얻어먹던 것들은 웃노라고 문병 한 번 없지.

그것들은 오히려 예사지만, 안잠 할미로 말하면 제 죽기 전에는 나를 배반치 못할 터이어늘, 똥 한 번 오줌 한 번을 치우려면 군말이 한두 마디가 아니요, 그나마 목이 터지도록 열스무 번 불러야 겨우 눈살을 잡고 마지못하여 오니, 살지무석하고 의리부동한 것도 있다. 에구구 팔다리야, 종표는 기특도 하지. 제가 내게 무슨 정이 들었다고 어린것이 더럽고 괴로운 줄도 모르고 단잠을 아니 자고 잠시를 떠나지 아니하니 그 아니 신통한가!

에그, 집안이 어쩌면 그렇게 되었던지 돈냥 될 것은 모두 전당을 잡혀 먹고, 약 한 첩 지어 먹자 해도 일 푼 도리 없더니, 시사촌께서 와 계신 이후로는 그 걱정 저 걱정 도무지 모르고 지내지.

내가 내 일을 생각해도 벌역을 받아 병신 되어 싸지 않은가? 남의 말만 곧이듣고 내 집안 양반을 괄시하였으니."

하루 이틀 지나갈수록 세상 짓이 다 헷일을 한 듯하고, 사랑하는 마음이 더욱 깊어가더라.

최 씨 부인의 병이 감세가 있을 때가 되었던지 약을 바로 쓰고 조섭[40]을 잘해 그렇던지, 기거동작을 도무지 못 하던 몸이 능히 일어나서 능히 앉으며 지팡이를 짚고 방문 밖에도 나서 보니, 자기 생각에도 희한하고 다행하여 이것이 다 시사촌의 구원과 종표의 정성으로 효험을 보았거니 싶어 없던 인정이 물 퍼붓듯 하는데,

(부인) "종표야, 날이 선선하다. 핫옷을 갈아입어라. 내 병으로 해서 잠도 못 자며 고생을 하더니, 네 얼굴이 처음 올 때보다 반쪽이 되었구나. 시장하겠다. 점심 먹어라. 병구완도 하려니와 성한 사람도 기운을 차려야지. 삼랑아, 이리 와서 도령님 진지 차려드려라."

(종) "저는 배고프지 아니합니다. 약 잡수신 지 한참 되어 다 내리셨겠으니 진지 끓인 것을 좀 잡수셔야지, 속이 너무 비서서 못씁니다."

(부) "너 먹는 것을 보아야 내가 먹지, 너 아니 먹으면 나도 아니 먹겠다." 하며 자애가 오장에서 우러나오니, 세상에 남의 집에 출가하여 그 집을 장도감[41] 만드는 부인이 허구 많은데, 열에 아홉은 소견이 편협치 아니하면 심술이 대단하여, 한번 고집을 내어놓으면 관머리에서 은정 소리가 땅땅 나기 전에는 다시 변통을 못 하건마는, 최 부인은 고집을 내면 암소 곧다름으로 고삐 잡아당길 새 없이, 하고 싶은 일을 실컷 하고야 말면서도 전후 사리는 멀쩡하여 잘잘못을 짐작 못 하던 터가 아니라, 한번 마음이 바로잡히기 시작하더니, 본래 무던하던 부인보다 오히려 못지아니하여 처사에 유지함이 상등사회에 참례할 만하다.

하루는 자기 남편과 시사촌과 사촌동서와 종표까지 한자리에 모여 앉

---

40) 조섭(爪攝): 침을 놓을 자리에 기운이 잘 통하도록 그 혈의 아래위를 엄지손가락 끝이나 손톱으로 꼭꼭 눌러 주는 일.

41) 장도감(張都監): 큰 말썽이나 풍파를 이르는 말. 수호지에 나오는 장도감의 집이 풍파를 만나서 큰 피해를 입고 뒤죽박죽이 되었다는 데서 유래한다.

은 좌상座上에서 최 씨 부인의 발론으로 종표를 중학교에 입학케 하여, 사오 년 만에 졸업한 후에 다시 법률 전문학교에 보내어 공부를 시키는데, 생양정부모의 정성도 도저하지마는 종표의 열심이 어찌 대단하던지 시험마다 만점을 얻어 최우등으로 졸업을 하니, 함종표의 명예가 사회상에 훤자하여 만장공천으로 평리원 판사를 하였는데, 그때 마침 우리나라 정치를 쇄신하여, 음양 술객과 무복 잡류배를 일병 포박하여 차례로 신문하는 중에, 하루는 부녀 일명을 잡아들여 오거늘 종표의 내심으로 '저 계집도 사람은 일반인데, 므슨 노릇을 못 해서 혹세무민하는 무녀 노릇을 하다가 이 지경을 당했노? 우리 집에서도 아마 이따위 년에게 속고 패가를 했을 것이니, 아무 때든지 그년만 붙들고 보면 대매에 쳐 죽여 첫째로 우리 집 설분도 하고 둘째로 세상 사람의 후일 경계를 하리라.' 하는데 잡혀 들어오던 무녀가 신문장에를 당도하더니, 그 똘똘하고 살기가 다락다락하던 위인이 별안간에 얼굴빛이 사상死相이 되어 목소리를 벌벌 떨며 자초自招행위를 개개승복하되,

"의신을 장하에 죽이신대도 어디 가 한가하오리까마는, 죽을 때 죽사와도 한마디 아뢰올 말씀이 있습니다. 의신의 무녀 노릇 하옵기는 다름이 아니라, 생애가 어려워 마지못해 하는 일인데, 한때 얻어먹고 살라고 우중偶中으로 말마디가 신통히 맞사와 사면서 이 소문을 듣고 부르오니, 속담에 '굿 들은 무당'이라고, 부르는 곳마다 가서 정성껏 큰굿도 하여 주고, 푸념도 하여준 죄밖에 다른 죄는 없습니다."

종표의 말소리가 본래 기걸하여 예사로 하는 말도 천장이 드르렁드르렁 울리는 터이라, 그 무녀의 말이 막 그치자 가래침 한 번을 칵 배앝고,

(판사) "네 말 들거라. 세상에 무슨 생애를 못해먹어, 요사한 말을 주작하여 사람을 속여 전곡을 도적하고 패가망신까지 시키노?"

(무녀) "의신이 무녀 된 이후로 남북촌에 단골 댁이 허구많으셔도, 불

행히 다동 함진해 댁에서 그 댁 운수로 패가를 하셨지, 그 외에는 한 댁도 형세가 늘면 늘었지 줄으신 댁은 없사온대, 이처럼 분부를 하시니 하정에 억울하오이다."

함 판사가 함진해 댁이라는 말을 들으니,

'옳다, 이년이 우리 집 결딴내던 년이로구나. 불문곡직不問曲直하고 당장 그대로 엎어놓고 난장으로 죽이고 싶지마는, 법률 배운 사람이 미개한 시대에 행하던 남형을 행할 수 없고, 중률이나 쓰자면 그년의 전후 죄상을 명백히 공초케 하여야 옳것다.' 하고 한 손 능치며,

(판) "네 말 같으면 남북촌 여러 단골집이 모두네 공효功效로 형세를 부지한 모양 같고나. 그러면 네 단골 되기는 일반인데, 함진해 댁에서는 어찌하여 독獨이 패가를 하셨어?"

(무) "네, 아뢰기 죄만하오나, 그 댁은 그러하실 밖에 수가 없으시지요. 그 댁 마님께서 귀신이라면 사족을 못 쓰시는데, 좌우에서 거행하는 하인이라고는 깡그리 불한당년이올시다. 의신은 구복이 원수라, 그댁 하인의 시키는 대로 할 따름이지, 한 가지 의신의 계교로 속인 일은 없습니다."

(판) "네 몸에 형벌을 아니 당하려거든, 그년들 이 네게 와 시키던 말도 낱낱이 고하려니와, 너의 간교로 그 댁 속이던 일을 내가 이미 알고 있으니 잔말 말고 고하렷다."

(무) "그 댁 하인의 다른 것들은 다만 심부름만 하였지요마는, 그 댁에서 안잠자는 노파, 그 댁 일을 무이어 자주장하다시피 하는데, 하루는 의신의 집을 와서 그 댁 아기 죽은 데 진배송을 내어달라 하며, 그 댁 세세한 일을 모두 가르쳐 의신더러 알아맞히는 모양을 하여 별비가 얼마가 나든지 반분하자 하옵기, 말씀이야 바로 하옵지, 무녀 되어서 그런 자리를 내어놓고 무엇을 먹고사옵니까? 그러하오나 마침 의신이 신병이

있사와 부득이하여 저의 동무를 천거하였삽더니 그럴 줄이야 누가 알았습니까? 그년이 천하에 간특하고 의리부동한 년이라, 의신의 그 댁 단골까지 빼앗아 제가 차지하고 홍와조산을 못 할 짓이 없이 하였습니다. 당초에 그 댁 영감께서 베전 병문에서 회오리바람을 만나시는 것을 마침 지나다 제 눈으로 보고 앙큼한 마음으로 아무 때든지 그 댁 일을 한 번만 맡아보면 귀신이 집어낸 듯이 말을 하여 깜짝 반하게 하리라 한 것은 아무도 몰랐더니, 그년이 그 방법을 행할 뿐 아니라 안잠 할미를 부동하여 세소한 일까지 미리 알고 가장 영한 체하여, 그 댁 재물을 빼앗아 먹다 못하여 나중에는 임가라 하는 놈과 흉계를 내어, 그놈을 지관 행세를 시켜 비기를 써다 미리 고양 땅에 묻고, 그 영감을 감쪽같이 속여 넘겨 누만금을 도적하여 먹으면서도 의신에게는 이렇다 말 한마디 없었사오니, 하늘이 내려다보시지 의신은 그 댁 일에 일호도 죄가 없습니다."

(판) "그러면 너는 어디 살고, 그년은 어디 있으며, 명칭은 무엇이라하고 그년의 비밀한 계교를 어찌 알았뇨?"

(무) "의신은 묘동 사압기로 묘동집이라고 남들이 부르옵고, 국수당 무당은 성이 김가라고 그렇게 별호를 지었는지, 금방울이 금방울이 하고 모르는 사람이 없사오며, 그 비밀한 일은 그 댁에 가까이 단기는 하인들이 그년의 소위가 괘씸하여 의신 곧 보면 이야기를 하옵기로 들었습니다."

함 판사가 듣기를 다하고 사령을 명하여 금방울과 임 지관을 성화같이 잡아들이라 분부하니, 묘동이 다시 고하되,
"동류의 일을 아무쪼록 덮어가는 것이 서로 친하던 본의오나, 그년이 의신의 생애를 앗아 가지고 그 댁을 못살게 하온 일이 너무 분하고 가엾어 이 말씀이지, 그년이 바람 높은 기색을 미리 알아채옵고 동대문 안 양사골 제 아지미 집 건넛방 속에 임가와 같이 된장독에 풋고추 백이듯 꼭

들이백혀 있습니다. 그년을 잡으시랴 하면 제 집에는 보내보실 것도 없이 이 길로 양사골로 사령을 보내서야 잡으십니다. 그년의 벗바리가 어찌 좋은지 사면에 버레줄같이 늘어서 있어, 몇 시간만 지체가 되면 이 소문을 다 듣고 달아날 터이올시다."

판사가 사령에게 엄밀히 분부하여 양사동으로 보내더니, 거무하에 연놈을 항쇄족쇄하여 잡아들였는데, 신문 한 번도 하기 전에 예서제서 청촉이 빗발같이 쏟아져 들어오는지라. 판사가 한편 귀로 듣는 족족 한편 귀로 흘리며 속마음으로,

'아따, 이년의 세력이 어지간치 않다. 이왕으로 말하면, 북묘 진령군眞靈君만은 하고, 근일로 말하면 삼청동 수련壽蓮이만은 착실한걸. 네 아무리 청질을 해도 내가 이왕 법관 모양으로 협잡하는 터 이 아니니, 무엇이 고기되어 법을 굽혀가며 호락호락히 청 들을 내냐! 이년, 정신없는 년, 내가 누구인 줄 알고 이따위 버르장이를 하느냐? 매 한 개라도 더 맞아보아라!' 하고 서리같이 호령을 하여 족불리지로 잡아들여, 형구를 갖추어놓고 천둥같이 으르며 일장 신문을 하는데, 금방울같이 안차고 다라지고 겁 없는 인물도 불이 어찌되든지 말끝마다,

"죽을 혼이 들어서 그리했으니 상덕을 입어 살아지이다!"

소리를 연해 하여가며 전후 정절을 개개승복하니, 임가 역시 발명무지[42]라, 다만 고개를 푹 숙이고 살기만 발원發願하더라. 판사가 일변 고양군에 발훈하여 최옥여를 마저 압상押上하여 일장 문초한 후, 세 죄인을 모두 한기신징역으로 선고하고, 자기 집에 돌아와 생양정 부모께 그 사실을 고하고서, 당장 노파와 삼랑들을 불러 세우더니,

(판사) "너희들의 죄상은 열 번 죽어도 남을 터이나 십분 용서하는 것

---

42) 발명무지(發明無地): 변명할 길이 없어 몸 둘 곳이 없음.

이니, 댁 문하에 다시 발그림자도 하지 말고 이 길로 나아가되, 다른 집에 가서라도 그런 행실을 하여 내게 입렴 곧 되고 보면 그때 가서는 죽어도 한가 말렸다."

이 모양으로 호령을 하언 두 년을 축출하니, 최 씨 부인이 그 아들 보기도 얼굴이 뜨뜻하여, 그 사지 어금니같이 아끼던 수아친병이 이 지경이 되어도 말 한마디 두호斗護하여주지 못하고, 오직 아들의 뜻대로만 백사, 만사를 좇는데, 벽장 다락 구석에 위해 앉혔던 제석帝釋, 삼신, 호구, 구눙, 말명, 여귀 등 각색 명목과 터주, 성주 등 물을 모두 쓸어내다 마당 가운데에 쌓아놓고, 성냥 한 가지를 드윽 그어 불을 질러 태워버리고, 다시 구기라고는 손톱 반머리만치도 아니 보는데, 그 뒤로는 그같이 번할 날이 없이 우환이 잦던 집안 식구가 돌림감기 한 번을 아니 앓고, 아이들이 나면 젖주럽도 없이 숙성하게 잘자라니.

『제국신문』, 1908

이해조(1869~1927)

신소설 작가.

1869년 경기도 포천군 신북면 신평리에서 이철용과 청풍 김씨 사이 장
　　　남으로 출생.
1887년 과거 초시 합격.
1893년 유학자 모임인 대동사문회를 주관하며 편집 발간 활동.
1903년 제국신문 기자로 근무.
1906년 ≪소년한반도≫에 소설 『잠상태』를 연재하며 본격 문학 활동
　　　시작.
1908년 대한협회 교육부 사무장, 실업부 평의원으로 활동. 『윤리학』을
　　　연재. 『빈상설』, 『구마검』 발표.
1909년 기호학교 교감으로 취임해 활동.
1910년 『자유종』 발표.
1927년 포천에서 뇌일혈로 사망.